수능까지 이어지는

초등 고학년

문학 독해

4학년

어떻게 학습할까요?

〈수능까지 이어지는 초등 고학년 문학 독해〉는 초등학교 고학년이 반드시 알아야 할 문학 독해를 체계적으로 훈련하기 위한 25개의 필수 지문과 실전 문제, 그리고 지문 익힘 어휘 문제로 구성되어 있습니다. 하루 15분 내로 다양한 갈래의 지문과 실전 문제를 푸는 사이에 부쩍 성장한 독해력을 확인할 수 있습니다.

작품 지문 읽기

실전 독해 문제

★다양한 갈래의 지문 읽기

• 초등학생이 꼭 읽어 두어야 할 작품이나 공감할 만한 시, 소설, 수필, 희곡 등의 핵심 장면을 지문으로 사용했습니다.

• 우리나라 및 세계 문학 작품의 주요 장면을 읽으면서 핵심 내용과 함께 갈래별 특징, 표현상의 특징을 파악하는 훈련을 합니다.

★수능형 독해 문제를 포함한 7문항 실전 문제

• 핵심어 및 전개, 서술 방식 파악 → 세부 정보 확인 → 고난이도 사고력 측정으로 이어지는 7문항을 사고의 흐름에 맞추어 구조적으로 배열해 해당 지문을 입체적으로 이해할 수 있습니다.

• 매 일자에 실제 수능 유형을 분석한 수능 연계 문항을 1문항씩 배치해 고난도 문항 유형의 문제 해결력을 키울 수 있습니다.

낱말 풀이	별 개수 및 글자 수	큐아르(QR) 코드
낱말 및 관용 표현의 사전적 의미 확인	글의 길이와 난이도 확인	지문 및 문제 풀이 시간 측정

〈수능까지 이어지는 초등 고학년 문학 독해〉로 매일 4쪽씩 15분간
꾸준히 수능 독해 문제를 연습해요!

어휘력 다지기

자세한 오답 해설

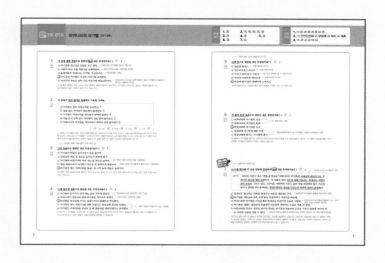

★3단계로 지문에 나온 어휘 정리

- 지문에 나온 낱말 중 핵심 낱말이나 꼭 알아 두어야 할 필수 어휘를 문제로 정리합니다.

- 지문 속 중요 어휘는 의미 확인→어휘 활용→어휘 확장의 3단계로 체계적으로 학습해 둡니다.

★틀린 문제는 반드시 정오답 풀이로 확인하기

- 문제를 풀고 나서 정답을 확인한 다음에는 내가 이해한 내용이 맞는지 또는 내가 잘못 이해한 부분이 무엇인지 반드시 풀이를 통해 확인해야 합니다.

- 틀린 문제는 따로 표시해 두고, 내가 고르지 않은 답까지 오답 풀이를 통해 완벽하게 학습해 둡니다.

어휘 의미
낱말의 사전적 의미 확인

어휘 활용
실제 예문으로 낱말 적용

어휘 확장
낱말 간의 의미 관계,
속담, 관용 표현,
한자 성어 연습 등

어떻게 활용할까요?

〈수능까지 이어지는 초등 고학년 독해〉는 문학과 비문학을 나누어 각 제재에 대한 독해를 집중적으로 훈련하는 초등 국어 독해서입니다. 이 책은 본책과 정답 책, 모의고사로 구성되어 매일 정해진 분량을 스스로 공부할 수 있을 뿐 아니라, 자신의 학습 수준과 상황을 되돌아볼 수 있는 자기 주도 학습서입니다.

교재
구성

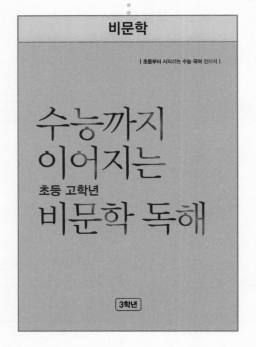

비문학

| 초등부터 시작하는 수능 국어 전략서 |

수능까지 이어지는
초등 고학년
비문학 독해

3학년

학년	대상	주요 영역
3학년	3학년~4학년	인문, 사회, 과학, 기술, 예술·체육
4학년	4학년~5학년	
5학년	5학년~6학년	
6학년	6학년~예비 중	

★주요 주제
- **3학년** 스마트폰과 고릴라(사회/사회 문화), 비눗방울의 과학적 비밀(과학/물리), 하얀 거짓말(인문/윤리)
- **4학년** 역사를 알려 주는 우리말 유래(인문/언어), 웨어러블 로봇(기술/첨단 기술), 공해가 되어 버린 빛(사회/사회 문화)
- **5학년** 혐오 표현(사회/사회 문화), 보온병의 물이 식지 않는 까닭(과학/물리), 조선판 하멜 표류기, 『표해시말』(인문/한국사)
- **6학년** 한·중·일의 젓가락(사회/사회 문화), 다수를 위한 소수의 희생(인문/철학), 유전자 편집 시대(기술/첨단 기술)

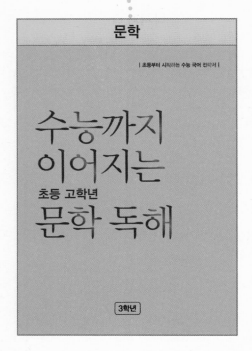

문학

| 초등부터 시작하는 수능 국어 전략서 |

수능까지 이어지는
초등 고학년
문학 독해

3학년

학년	대상	주요 영역
3학년	3학년~4학년	창작·전래·외국 동화, 신화·전설, 동시, 희곡
4학년	4학년~5학년	
5학년	5~6학년	현대·고전·외국 소설, 신화·전설, 현대시, 현대·고전 수필
6학년	6학년~예비 중	

★주요 작품
- **3학년** 바위나리와 아기별(마해송), 할머니 집에 가면(박두순), 대별왕과 소별왕, 크리스마스 캐럴(찰스 디킨스)
- **4학년** 산새알 물새알(박목월), 곰이와 오푼돌이 아저씨(권정생), 큰 바위 얼굴(나다니엘 호손), 저승 사자가 된 강림 도령
- **5학년** 꿈을 찍는 사진관(강소천), 자전거 도둑(박완서), 늙은 쥐의 꾀(고상안), 유성(오세영), 마녀의 빵(오 헨리)
- **6학년** 소음 공해(오정희), 양반전(박지원), 배추의 마음(나희덕), 사막을 같이 가는 벗(양귀자), 동물 농장(조지 오웰)

〈수능까지 이어지는 초등 고학년 독해〉로 꾸준히 공부하면
탄탄한 독해 실력을 키울 수 있어요. 모의고사로
달라진 내 실력을 확인해 보세요!

교재 활용법

"3단계 독해 집중 훈련 코스"

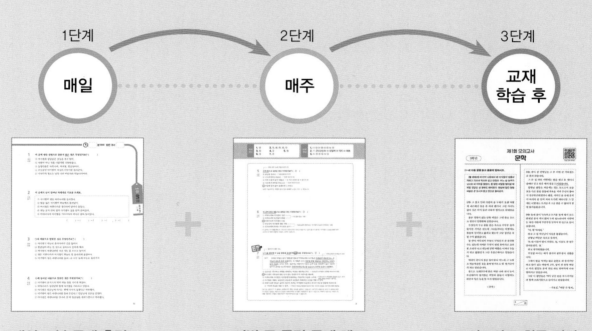

1단계	2단계	3단계
매일	매주	교재 학습 후

★매일 15분 독해 훈련

하루에 15분씩 문학 작품을 하나씩 읽고 실전 문제를 풀며 독해 훈련을 합니다.

★이번 주 틀린 문제 체크

매주 한 번씩 정답 책에 표시해 둔 이번 주에 틀린 문제만 한 번씩 다시 풀면서 복습합니다.

★모의고사로 최종 점검

교재 학습을 모두 마친 후에는 모의고사로 자신의 실력을 최종 점검합니다.

☑ 매일 15분씩 하나의 지문을 해결하면 25일만에 한 권을 완성할 수 있습니다.

☑ 매주 정답 책으로 틀린 문제를 복습해 자신이 취약한 문제 유형을 파악합니다.

☑ 5주 학습을 모두 마친 후에는 모의고사 문제로 자신의 최종 실력을 확인합니다.

CONTENTS

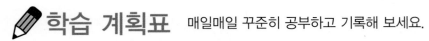

학습 계획표 매일매일 꾸준히 공부하고 기록해 보세요.

	주제	쪽수	공부한 날	공부 시간	맞은 개수 독해	어휘
01	일기장 통신	10~13쪽	월 일	분	/ 7	/ 3
02	지전거 도둑	14~17쪽	월 일	분	/ 7	/ 3
03	산새알 물새알	18~21쪽	월 일	분	/ 7	/ 3
04	곰이와 오푼돌이 아저씨	22~25쪽	월 일	분	/ 7	/ 3
05	다이달로스와 이카로스의 날개	26~29쪽	월 일	분	/ 7	/ 3
06	가족사진	32~35쪽	월 일	분	/ 7	/ 3
07	가마솥	36~39쪽	월 일	분	/ 7	/ 3
08	송두리째 다 내놓았어	40~43쪽	월 일	분	/ 7	/ 3
09	바리데기	44~47쪽	월 일	분	/ 7	/ 3
10	톰 소여의 모험	48~51쪽	월 일	분	/ 7	/ 3
11	애플 데이	54~57쪽	월 일	분	/ 7	/ 3
12	길	58~61쪽	월 일	분	/ 7	/ 3
13	비둘기 구구	62~65쪽	월 일	분	/ 7	/ 3
14	박씨전	66~69쪽	월 일	분	/ 7	/ 3
15	마지막 수업	70~73쪽	월 일	분	/ 7	/ 3
16	고추잠자리 꿈쟁이의 흔적	76~79쪽	월 일	분	/ 7	/ 3
17	떠돌이별	80~83쪽	월 일	분	/ 7	/ 3
18	행복한 일	84~87쪽	월 일	분	/ 7	/ 3
19	오성과 한음	88~91쪽	월 일	분	/ 7	/ 3
20	큰 바위 얼굴	92~95쪽	월 일	분	/ 7	/ 3
21	소녀상이 받은 하얀 운동화	98~101쪽	월 일	분	/ 7	/ 3
22	저승사자가 된 강림도령	102~105쪽	월 일	분	/ 7	/ 3
23	별처럼 빛난 손	106~109쪽	월 일	분	/ 7	/ 3
24	마지막 잎새	110~113쪽	월 일	분	/ 7	/ 3
25	하이디	114~117쪽	월 일	분	/ 7	/ 3

1주

한자 地 (땅 지) 자

"역시 장다인이야. 네 언니가 우리 시 중학교 3학년 중에서 일등이다."

"시에서요?"

학교에서는 늘 일등이었지만 시 전체에서 일등이라니. 다미는 놀라서 되물었다.

"그렇다니까! 이제는 교육부 주최*로 전국 수학 경시대회에 나갈 거야."

선생님은 언니에 대한 기대로 기분이 좋아 보였다.

"네 언니 공부 진짜 잘한다. 나는 수학 소리만 들어도 머리가 아픈데. 다미 넌 좋겠다. 공부 잘하는 언니가 있어서." / 소라가 부러운 듯이 말했다.

"뭐가 좋아? 언니 때문에 만날 비교당하는데."

다미는 퉁명스레 대답했다.

"하긴 그러네." / 다미와 소라는 서로를 위로하며 한숨을 푹 내쉬었다.

㉠언니 소식으로 학원은 북적거렸고* 반 아이들이 모두 다미를 힐끗거렸다*. 꼭 '너는 왜 공부를 못하니?' 하고 묻는 것만 같았다. 다미는 아이들의 눈이 불편해 마지막 종이 치자마자 소라와 함께 얼른 1층으로 내려왔다. 그새 학원 벽에는 현수막*이 걸렸다. 경시대회 입상자*와 수상자*들의 명단이 쓰여 있었는데 ㉡언니 이름이 제일 컸다. (중략)

"엄마! 학원에는 벌써 현수막이 걸렸는데 언니 이름이 제일 커요."

대번에 엄마 얼굴이 함박웃음*이다.

"엄마는…… 공부 잘하는 언니가 자랑스럽죠?" / "당연하지!"

엄마는 뻔한 질문이라는 듯 기분 좋게 대답했다. / "나는? 나는…… 공부 못해서 부끄러워요?"

다미는 목소리를 낮춰 물었다. 뜬금없는 다미의 말에 엄마는 웃음을 거두었다.

"엄마가 왜 널 부끄러워해? 우리 다미는 긍정적이고, 배려*도 잘하는 예쁜 마음씨를 가졌어. 다인이가 밝은 네 모습을 좀 닮았으면 싶은데? 아마 다인이는 인생을 성실히 살고, 다미 너는 행복하게 살 거야. 그게 얼마나 큰 복인데."

엄마는 다미 얼굴을 살피더니 말을 더 보탰다.

"물론 너와 다인이가 늘 예쁜 건 아냐. 엄마도 사람이라 내 기분대로 잔소리도 하고, 말도 퉁명스럽고……, 엄마 노릇*을 잘 못하지. 그래도 너는 엄마를 사랑하잖아. 엄마니까! 엄마도 그래. 다미야."

엄마가 온화한* 얼굴로 말하자 다미는 고개를 끄덕였다. ㉢그래도 괜히 엄마한테 미안한 마음이 들었다.

– 김희숙, 『일기장 통신』

낱말
풀이

＊**주최** 행사나 모임을 기획하여 엶. ＊**북적거렸고** 많은 사람이 한곳에 모여 매우 수선스럽게 들끓고. ＊**힐끗거렸다** 가볍게 자꾸 슬쩍슬쩍 흘겨보았다. ＊**현수막** 선전문 등을 적어 걸어 놓은 막. ＊**입상자** 상을 탈 수 있는 등수 안에 든 사람. ＊**수상자** 상을 받은 사람. ＊**함박웃음** 크고 환하게 웃는 모습. ＊**배려** 도와주거나 보살펴 주려고 마음을 씀. ＊**노릇** 역할에 어울리는 행동이나 태도. ＊**온화한** 조용하고 부드러운.

1 이 글의 내용과 일치하지 <u>않는</u> 것은 무엇인가요? (　　　)

세부
내용

① 다미는 다인이의 동생이다.

② 다미는 언니와 공부로 비교당한다.

③ 다미 언니 다인이는 공부를 잘한다.

④ 엄마는 공부 잘하는 다인이를 자랑스러워한다.

⑤ 엄마는 공부 잘하는 다인이를 다미보다 더 예뻐한다.

2 ㉠에 나타난 '다미'의 마음으로 알맞은 것은 무엇인가요? (　　　)

추론
하기

① 공부 잘하는 언니가 밉다.

② 아이들이 언니를 좋아하는 게 부럽다.

③ 아이들이 언니와 자신을 비교하는 것 같아 싫다.

④ 부모님께 얼른 기쁜 소식을 알려 드리고 싶다.

⑤ 언니가 수학 경시대회에서 일등한 것이 자랑스럽다.

3 ㉡의 뜻으로 알맞은 것의 기호를 쓰세요.

어휘
어법

> ㉮ 다미 언니가 학원에서 가장 높은 학년이다.
>
> ㉯ 다미 언니가 수학 경시대회에 학원 대표로 나갔다.
>
> ㉰ 다미 언니가 우리 시 수학 경시대회 중학교 3학년 중에서 일등을 했다.

(　　　　　　　　)

4 ㉢의 까닭으로 알맞은 것은 무엇인가요? (　　　)

세부
내용

① 수학 경시대회 시험을 망쳐서

② 엄마에게 좋은 선물을 사 주지 못해서

③ 엄마 말을 안 듣고 자기 멋대로 행동해서

④ 언니랑 싸워서 엄마를 속상하게 만들어서

⑤ 언니처럼 공부 잘하는 자랑스러운 딸이 되지 못해서

5

추론
하기

이 글과 [보기]에서 다미의 부모님이 아이들에게 바라는 것은 무엇인가요? (   )

[보기] "공부도 공부지만 바른 생각을 가진 사람으로 자라야 할 텐데."
아빠는 백미러를 통해 자고 있는 두 아이를 바라보았다.
"그러게요. 운동 부족인 애들 건강을 더 챙겨야겠어요."
다미는 잠결에 들려오는 엄마 아빠의 말 속에 사랑이 느껴져 기분 좋은 미소를 지었다.

① 건강하게 오래오래 살기를 바란다.
② 공부 잘하는 학생이 되기를 바란다.
③ 사회적으로 큰 성공을 이루기를 바란다.
④ 좋은 배우자를 만나 결혼하기를 바란다.
⑤ 건강하고 바른 생각을 가진 사람이 되기를 바란다.

6

감상
하기

이 글에 대한 감상으로 알맞지 <u>않은</u> 것은 무엇인가요? (   )

① 요즘 아이들이 공부 스트레스를 많이 받고 있는 것 같아.
② 다미는 공부 잘하는 언니와 자주 비교당해서 속상할 것 같아.
③ 공부를 잘하면 나중에 행복하게 살 수 있으니까 열심히 공부해야겠어.
④ 다미는 언니가 자랑스럽기도 하고, 언니만큼 공부를 못해서 속상하기도 해.
⑤ 사람은 누구나 잘하는 게 다르니까, 다미도 공부를 좀 못한다고 기죽을 필요는 없어.

7

적용
창의

이 글을 영화로 재구성하려고 합니다. 달라지는 내용으로 알맞은 것의 기호를 <u>두 가지</u> 쓰세요.

㉮ 배경 음악을 활용하여 분위기를 조성할 수 있다.
㉯ 작가가 사건의 전개 과정을 직접 설명할 수 있다.
㉰ 인물의 모습이나 장면을 상상하며 감상할 수 있다.
㉱ 배경이나 분위기를 생생하고 감각적으로 표현할 수 있다.

(,   )

01회 지문 익힘 어휘

1
어휘
의미

뜻에 알맞은 낱말을 골라 ○표 하세요.

(1) 수상자: (상 / 벌)을 받은 사람.

(2) 함박웃음: (작고 / 크고) 환하게 웃는 모습.

(3) 현수막: (선전문 / 발표문) 등을 걸어 놓은 막.

(4) 노릇: (역할 / 나이)에 어울리는 행동이나 태도.

(5) 북적거리다: (적은 / 많은) 사람들이 한곳에 모여 매우 수선스럽게 들끓다.

2
어휘
활용

첫소리를 참고해 빈칸에 들어갈 알맞은 낱말을 쓰세요.

(1) 우리 동네 야시장에 많은 사람들이 ㅂ ㅈ 거렸다.

(2) 어른이 되면 부모 ㄴ ㄹ 이 얼마나 힘든지 알게 된다.

(3) 학교 교문에 어린이날 체육 대회를 알리는 ㅎ ㅅ ㅁ 이 걸려 있다.

(4) 교내 과학 발명품 대회에서 우리 반 친구들이 모두 ㅅ ㅅ ㅈ 로 선정되었다.

(5) 할머니께서는 동생의 노래를 들으시면서 얼굴에 ㅎ ㅂ ㅇ ㅇ 을 지으셨다.

3
어휘
확장

[보기]에 나타난 엄마의 마음을 잘 표현한 속담은 무엇인가요? (   )

> [보기] "엄마가 왜 널 부끄러워해? 우리 다미는 긍정적이고, 배려도 잘하는 예쁜 마음씨를 가졌어. 다인이가 밝은 네 모습을 좀 닮았으면 싶은데? 아마 다인이는 인생을 성실히 살고, 다미 너는 행복하게 살 거야. 그게 얼마나 큰 복인데."

① 형만 한 아우 없다

② 소 잃고 외양간 고친다

③ 열 손가락 깨물어 안 아픈 손가락 없다

④ 콩 심은 데 콩 나고 팥 심은 데 팥 난다

⑤ 얌전한 고양이 부뚜막에 먼저 올라간다

그건 틀림없는 민우의 자전거였다.

꼼꼼한* 성격의 아빠가 혹시 잃어버릴 것에 대비하여* 안 지워지는 펜으로 안장 뒤에다 아주 작게 민우의 영문 이니셜*을 써놓은 것이다. ㉠색이 파란색에서 노란색으로 바뀐 자전거 짐칸에는 신문이 잔뜩 실려 있었다.

민우가 고개를 끄덕이자 아빠는 이제 확인은 끝났다는 듯 기세* 좋게 말했다.

"이런 녀석은 파출소에 가서 혼 좀 나야 해. 얼른 따라 와!"

아빠는 영래를 파출소에 넘길 생각인 것 같았다. 영래는 금세 울음을 터뜨릴 것처럼 겁에 질려* 있었다. / 아빠가 영래를 이끌고 파출소로 가려 하자 민우가 갑자기 아빠의 팔뚝을 잡았다.

"아빠, 제 말 좀 들어보세요." / "무슨 말?"

"사실…… 이 자전거 제가 영래 준 거예요." / "뭐라고? 누구 맘대로 자전거를 줘?"

"아빠가 저 사 준 거니까 이 자전거 제 거잖아요? 그렇죠?" / "그야…… 그렇지."

"제 거니까 제 맘대로 영래 준 거예요."

"뭐? 참 어이가 없네. 너 지금 무슨 소리하는 거야?"

그때 민우가 영래를 바라보며 ㉡둘만 알게 찡긋 눈짓*을 했다.

"영래야, 대답해 봐. 내가 너 준 거 맞지?" / 영래는 잔뜩 굳은 표정으로 겨우 고개를 끄덕였다.

"보셨죠, 아빠? 맞대잖아요. 영래야, 어서 니 자전거 몰고 가. 그리고 내일 학교에서 보자."

영래는 머뭇거리다 아빠에게 인사를 꾸벅하고는 자전거를 질질 끌고 안개 속으로 사라졌다*.

"어, 어…….""

아빠는 뭐라고 말도 못하고 멍하니 자전거를 끌고 가는 영래의 뒷모습만 바라보았다.

영래가 안개 속으로 완전히 사라지자 비로소 민우가 말했다.

"아빠, 죄송해요……, 사실……쟤…… 이름이 영래인데…… 5학년 때 같은 반이었어요……. 얼마 전에 엄마가 돌아가시고 아빠랑 둘이 살아요……. 무지 가난해요……. 여섯 살짜리 여동생도 있는데 아빠가 공사판*에서 허리를 심하게 다쳐서 병원에 입원하시는 바람에 지금 아동보호소*에 맡겨 놓고 있대요……. 영래는 요즘 신문을 돌려서 아빠 병원비를 벌고 있는데……쟤 소원은 빨리 돈 벌어서 아동보호소에 맡긴 여동생 데려오는 거래요……."

아빠는 민우의 말을 다 듣더니 가만 고개를 끄덕였다.

"그게, 그랬냐……." / 아빠는 이내 빙그레 미소 지으며 민우를 쳐다보았다.

– 양태석, 「자전거 도둑」

낱말 풀이

*꼼꼼한 빈틈이 없이 차분하고 조심스러운. *대비하여 앞으로 일어날 수 있는 어려운 상황을 미리 준비하여. *이니셜 주로 알파벳의 표기에서, 낱말이나 문장 혹은 고유 명사의 첫머리에 쓰는 대문자. *기세 기운차게 뻗치는 모양이나 상태. *질려 몹시 놀라거나 무서워서 얼굴빛이 변해. *눈짓 눈으로 상대편에게 어떤 뜻을 전달하거나 암시하는 동작. *사라졌다 현상이나 물체의 자취 따위가 없어졌다. *공사판 공사를 벌이고 있는 현장. *아동보호소 사회의 책임 아래에서 어린이가 위험이나 곤란 등이 미치지 않도록 보호하려고 만든 곳.

1 이 글의 내용과 일치하지 <u>않는</u> 것은 무엇인가요? (   )

세부
내용

① 민우는 자전거를 잃어버렸다.

② 자전거를 훔친 사람은 영래이다.

③ 민우의 아빠가 잃어버린 자전거를 찾았다.

④ 민우의 아빠는 영래를 이끌고 파출소로 가려 했다.

⑤ 영래는 민우가 새 자전거를 타고 학교에 온 것이 부러웠다.

2 이 글에서 일이 일어난 차례대로 ㉮~㉱의 기호를 쓰세요.

구조
알기

> ㉮ 민우 아빠가 민우가 잃어버린 자전거를 찾았다.
>
> ㉯ 민우가 자전거를 영래한테 준 거라고 아빠에게 말했다.
>
> ㉰ 민우 아빠가 자전거 도둑 영래를 이끌고 파출소로 가자고 했다.
>
> ㉱ 영래가 민우 아빠에게 인사를 하고 자전거를 끌고 안개 속으로 사라졌다.

(   ) → (   ) → (   ) → (   )

3 ㉠에서 알 수 있는 내용을 <u>두 가지</u> 고르세요. (,   )

세부
내용

① 영래는 신문 스크랩이 취미이다.

② 영래의 아버지 직업은 신문 배달원이다.

③ 영래는 자전거를 타고 신문 배달 일을 했다.

④ 영래는 자전거를 멋지게 꾸미고 싶어 노란색으로 자전거를 바꾸었다.

⑤ 영래는 훔친 자전거를 들키지 않으려고 노란색으로 자전거를 바꾸었다.

4 ㉡의 뜻으로 알맞은 것의 기호를 쓰세요.

어휘
어법

> ㉮ 알고도 모른 척 하다.
>
> ㉯ 얕은 수로 남을 속이려 하다.
>
> ㉰ 간단히 둘만 아는 약속의 뜻을 보이다.

(   )

5 '민우 아빠'의 마음이 어떻게 바뀌었는지 알맞게 정리한 것은 무엇인가요? (　　　)

추론
하기

① 슬픔 → 당황함 → 후련함
② 기쁨 → 행복함 → 부끄러움
③ 속상함 → 행복함 → 두려움
④ 화가 남 → 당황함 → 흐뭇함
⑤ 부끄러움 → 놀라움 → 안타까움

6 '민우'와 [보기]에 나오는 '신부'의 공통점은 무엇인가요? (　　　)

추론
하기

[보기]　　깊은 겨울 밤, 경찰들이 장발장을 붙잡아서 성당으로 끌고 왔다.
　　　　신부는 그가 바로 어젯밤 자신이 저녁 식사를 대접하고, 성당에서 하룻밤을 지내게
　　배려해 주었던 남자라는 것을 금세 알아차렸다.
　　　　"신부님, 이 남자가 성당의 은촛대를 가지고 있는 것이 수상해 데려왔습니다. 이 남
　　자가 성당에서 이 촛대를 훔친 것이 맞지요?"
　　　　경찰이 촛대를 흔들면서 신부에게 다그쳐 물었지만, 신부는 조용히 입을 열었다.
　　　　"그 은촛대는 제가 그에게 선물한 것입니다. 그런데 왜 촛대만 가져가셨습니까? 제
　　가 은쟁반도 같이 드렸는데 말입니다."
　　　　신부는 빙그레 웃으며 남자의 배낭에 은촛대와 은쟁반을 함께 넣어 주었다.

① 정직하게 사는 것이 가장 중요하다고 생각하였다.
② 가난한 사람들에게 자신의 전 재산을 나누어 주었다.
③ 형편이 어려운 사람들을 돕기 위해 봉사 활동을 하였다.
④ 어려운 처지에 놓인 사람의 잘못을 용서하고, 그를 도와 주었다.
⑤ 어려운 처지에 놓여 잘못된 행동을 선택하지 않도록 조언을 해 주었다.

7 이 글에 대한 감상으로 알맞지 <u>않은</u> 것은 무엇인가요? (　　　)

감상
하기

① 이기적으로 사는 현대인들에게 큰 깨달음을 주는 것 같아.
② 영래의 어려운 사정을 알고 도와주려는 민우도 좋은 친구인 것 같아.
③ 영래의 노란색 자전거가 사실은 민우의 자전거라는 것이 밝혀져 통쾌해.
④ 어려운 상황에서도 좌절하지 않고 열심히 살아가는 영래가 참 대단한 것 같아.
⑤ 민우가 아빠에게 영래의 사정을 밝히자 아빠가 이해해 주는 모습이 감동적이야.

02회 지문 익힘 어휘

1

어휘
의미

뜻에 알맞은 낱말을 [보기]에서 찾아 쓰세요.

[보기]	기세	눈짓	질리다	대비하다

(1) (　　　　　　　): 기운차게 뻗치는 모양이나 상태.

(2) (　　　　　　　): 몹시 놀라거나 무서워서 얼굴빛이 변하다.

(3) (　　　　　　　): 눈으로 상대편에게 어떤 뜻을 전달하거나 암시하는 동작.

(4) (　　　　　　　): 앞으로 일어날 수 있는 어려운 상황에 대해 미리 준비하다.

2

어휘
활용

빈칸에 들어갈 알맞은 낱말을 [보기]에서 찾아 쓰세요.

[보기]	기세	눈짓	대비	질린

(1) 외적의 침입에 (　　　　　　　)하여 군사력을 키워야 한다.

(2) 두 사람이 서로 (　　　　　　　)을/를 주고받고는 밖으로 나왔다.

(3) 공포 영화를 보고 나오는 누나의 얼굴이 하얗게 (　　　　　　　) 것 같았다.

(4) 축구 경기에서 우리 팀은 처음부터 맹렬한 (　　　　　　　)(으)로 공격했다.

3

어휘
확장

밑줄 친 낱말과 같은 뜻으로 쓰인 것을 [보기]에서 찾아 기호를 쓰세요.

> "어, 어……."
> 아빠는 뭐라고 말도 못하고 멍하니 자전거를 끌고 가는 영래의 뒷모습만 바라보았다.
> 영래가 안개 속으로 완전히 <u>사라지자</u> 비로소 민우가 말했다.

> [보기] ㉮ 달이 검은 구름 사이로 <u>사라진다</u>.
> ㉯ 형이 대학에 합격하자 엄마의 걱정도 <u>사라졌다</u>.
> ㉰ 수많은 독립 운동가들이 역사 속으로 <u>사라지고</u> 말았다.

(　　　　　　　)

산새알 물새알

박목월

물새는
물새라서 바닷가 바위 틈에
알을 낳는다.
㉠보얗게* 하얀
물새알.

산새는
산새라서 잎수풀 둥지 안에
알을 낳는다.
㉡알락달락* 얼룩진
산새알.

물새알은
㉢간간하고* 짭조름한*
미역 냄새
바람 냄새.

산새알은
달콤하고 향긋한
㉣풀꽃 냄새
이슬 냄새.

물새알은
물새알이라서
날갯죽지* 하얀
물새가 된다.

산새알은
산새알이라서
머리꼭지*에 빨간 댕기*를 드린*
산새가 된다.

낱말
풀이

＊**보얗게** 빛깔이 보기 좋게 하얗게. ＊**알락달락** 여러 가지 밝은 빛깔의 점이나 줄 무늬가 고르지 아니하게 촘촘한 모양. ＊**간간하고** 약간 짜고. ＊**짭조름한** 조금 짠 맛이 나는. ＊**날갯죽지** 날개가 몸에 붙어 있는 부분. ＊**머리꼭지** 머리의 맨 위의 가운데. ＊**댕기** 길게 땋은 머리 끝에 드리는 장식용 헝겊이나 끈. ＊**드린** 여러 가닥의 실이나 끈을 하나로 땋거나 꼰.

1

세부
내용

이 시에 대한 설명으로 알맞지 <u>않은</u> 것은 무엇인가요? (　　　)

① 6연 26행으로 이루어져 있다.

② 이 시의 중심 소재는 산새알과 물새알이다.

③ 자연환경을 파괴하는 인간들을 비판하고 있다.

④ 냄새, 맛, 모습 등 감각적인 이미지를 사용하고 있다.

⑤ 1·2연과 3·4연, 5·6연의 글자 수와 짜임이 비슷하다.

2

세부
내용

이 시의 내용으로 알맞지 <u>않은</u> 것은 무엇인가요? (　　　)

① 물새의 날갯죽지가 하얗다.

② 잎수풀 둥지 안에 산새알이 들어 있다.

③ 물새알이 파도에 휩쓸려 떠내려 가고 있다.

④ 산새알에서 산새가, 물새알에서 물새가 알을 깨고 나온다.

⑤ 물새알은 보얗게 하얗고, 산새알은 알락달락 얼룩져 있다.

3

어휘
어법

㉠~㉣에 쓰인 감각적 이미지를 알맞게 짝 지은 것은 무엇인가요? (　　　)

	㉠	㉡	㉢	㉣
①	시각	시각	후각	미각
②	시각	청각	미각	청각
③	시각	시각	미각	후각
④	미각	청각	촉각	후각
⑤	미각	시각	미각	촉각

4

추론
하기

이 시의 전체 분위기로 알맞은 것은 무엇인가요? (　　　)

① 차갑고 딱딱하다.　　　　　② 신비하고 경이롭다.

③ 지루하고 단조롭다.　　　　④ 시끄럽고 활기차다.

⑤ 불안하고 초조하다.

5 이 시의 주제로 알맞은 것은 무엇인가요? (   )

주제
찾기
① 생명 탄생의 신비
② 자연 보호의 필요성
③ 생태계 파괴에 대한 걱정
④ 산새와 물새의 사랑과 우정
⑤ 동물과 인간이 더불어 함께 살아가야 하는 이유

6 [보기]를 참고해 이 시를 감상한 것으로 알맞은 것은 무엇인가요? (   )

감상
하기

> [보기]   이 시에서 글쓴이는 사람이 아닌 것을 사람처럼 표현하고 있다. 이런 표현들은 시를
> 읽는 이들이 시에 나오는 대상을 재미있고 친근하게 느끼게 하는 효과가 있다.

① 산새알, 물새알이 계속 반복되어 시를 읽을 때 재미있어.
② 자연 현상을 냉정하고 객관적인 시선으로 보고 쓴 글인 것 같아.
③ 산새알에서 향긋하고 달콤한 풀꽃 냄새와 이슬 냄새가 나는 듯해.
④ 물새알에서 간간하고 짭조름한 바다 냄새와 미역 냄새가 나는 듯해.
⑤ 산새가 소녀처럼 머리에 댕기를 드린다는 표현에서 산새가 친구처럼 느껴졌어.

7 이 시의 '말하는 이'와 비슷한 경험을 떠올린 것은 무엇인가요? (   )

창의
적용
① 개와 고양이가 꼬리를 흔드는 이유가 다르다는 것이 신기했어.
② 갓 태어난 송아지를 어미 소가 혀로 핥자, 비틀비틀 일어나 걷는 게 신기했어.
③ 다친 고래를 여러 고래들이 둘러싸고 들어 나르는 것을 TV에서 보고 감동받았어.
④ 둥지를 잃은 수리부엉이 새끼들이 어미 새를 찾으며 울고 있는 모습이 안타까웠어.
⑤ 언제나 새끼를 주머니에 넣고 젖을 먹여 키우는 캥거루의 모성애가 대단하다고 생각했어.

03회 지문 익힘 어휘

1 낱말에 알맞은 뜻을 찾아 선으로 이으세요.

어휘
의미

(1) 댕기 ●	● ㉮ 머리의 맨 위의 가운데.
(2) 보얗다 ●	● ㉯ 빛깔이 보기 좋게 하얗다.
(3) 간간하다 ●	● ㉰ 입맛이 당길 정도로 약간 짜다.
(4) 머리꼭지 ●	● ㉱ 길게 땋은 머리 끝에 드리는 장식용 헝겊이나 끈.
(5) 알락달락 ●	● ㉲ 여러 가지 밝은 빛깔의 점이나 줄 무늬가 고르지 아니하게 촘촘한 모양.

2 빈칸에 들어갈 알맞은 낱말을 [보기]에서 찾아 쓰세요.

어휘
활용

[보기]	댕기	간간	머리꼭지	알락달락

(1) 엄마가 나물을 (   )하게 무치셨다.

(2) 집 앞에 (   ) 칠을 한 아이의 자전거가 있었다.

(3) 나는 이번 설날에 한복을 입고 (   )을/를 달았다.

(4) 오리의 (   )을/를 자세히 보니, 작은 솜털이 매우 많았다.

3 [보기]처럼 둘로 나눌 수 <u>없는</u> 낱말은 무엇인가요? (   )

어휘
확장

[보기]	• 산새 → 산 + 새	• 물새 → 물 + 새

① 돌다리   ② 밤나무   ③ 산나물
④ 손바닥   ⑤ 도시락

문득, 곰이는 오푼돌이 아저씨의 가슴을 보았습니다. 피가 흘러내리고 있었습니다.

곰이는 제 귀 뒷머리에 손을 댔습니다. 축축한* 핏덩어리가 엉켜 있었습니다.

삼십 년 전 피난길에서 폭격*을 맞고 쓰러지던 그때가 밀물처럼 다가오자 곰이는 무서워서 눈을 가렸습니다. (중략)

"아저씬 누구랑 전쟁을 하셨어요?" / 곰이가 물었습니다.

"국군하고 싸웠지." / "국군은 어떤 사람들이었어요?"

"나라를 지키는 사람이야." / "어느 나라를 지키는 사람인데요?"

"이름만 다르지 나하고 똑같은 사람이야." / "똑같다니요?"

"㉠다 같은 단군* 할아버지의 자손들이니까……." / "……"

"다만 나는 북쪽에서 살았고, 그들은 남쪽에 살았다는 것밖에 다른 게 없었어."

아저씨는 말을 하고 나서 가슴을 내려다보았습니다. 축축한 피가 그냥 흘러 내리고 있었습니다.

"그럼, 남쪽에 살고 있었다는 그 국군이 아저씨 가슴에 총을 쏜 거예요?"

"그래애……." / "왜 그랬어요? 왜 총을 쏘아 죽였어요?"

곰이는 숙이고 있는 아저씨 얼굴을 쳐다보았습니다.

"그건 나도 마찬가지야. 나도 국군을 쏘아 죽이러 여기까지 내려왔으니까……."

"아저씬 국군을 죽이러 왔다가 오히려 죽게 된 거군요?"

"그렇지, 전쟁은 어느 쪽이든 하나는 죽어야 하니까." / "국군도 죽었어요?"

"그래 많이 죽었어. 우리 인민군*이 죽인 거지. 그들의 주검*도 저쪽 북쪽에 남아서 영원히 고향으로 못 돌아갔을 거야." / "왜 그랬어요? 왜 서로 죽였어요?"

오푼돌이 아저씨는 대답 대신 고개를 저었습니다. / "소쩍, 소쩍, 소쩍다……."

아저씨는 성큼 일어섰습니다. 입을 크게 벌려 소리를 지르려다가 그만두었습니다. 몇 걸음 사이에 서 있는 소나무 가까이로 성큼성큼 걸어가 나무둥치*를 힘껏 껴안았습니다.

아저씨 숨소리가 몹시 사나워진* 듯했습니다.

"아저씨이!" / 곰이는 소나무 둥치의 반대쪽에 가서 아저씨를 마주 쳐다보았습니다.

아저씨는 씨근대던* 숨을 가라앉히고 거친 소나무 둥치에 얼굴을 기대었습니다. 울고 있었습니다.

"인민을 위해 싸운 건데, 죽은 건 모두가 가엾은 인민들뿐이었어."

"……." / 곰이는 그냥 눈만 크게 떠 줄곧 아저씨를 쳐다보았습니다.

"마찬가지로 나라를 위해 싸운 국군도 제 나라만 쑥밭*으로 만들었고……."

– 권정생, 『곰이와 오푼돌이 아저씨』

낱말풀이

＊축축한 물기가 있어 젖은 듯한. ＊폭격 비행기에서 폭탄을 떨어뜨려 적의 군대나 시설물 등을 파괴하는 일. ＊단군 우리 민족의 시조로 받드는 태초의 임금. ＊인민군 북한의 군대. ＊주검 죽은 사람의 몸을 이르는 말. ＊나무둥치 큰 나무의 밑동. ＊사나워진 성질이나 행동이 모질고 억세게 된. ＊씨근대던 거칠고 가쁘게 숨 쉬는 소리가 자꾸 나던. ＊쑥밭 매우 어지럽거나 못 쓰게 된 모양.

1주 04회
정답 및 풀이
8~9쪽

1 이와 같은 글을 읽는 방법으로 알맞은 것은 무엇인가요? (　　　)

구조
알기

① 주장과 근거를 파악하며 읽는다.

② 등장인물의 심리를 파악하며 읽는다.

③ 글쓴이의 경험과 생각에 공감하여 읽는다.

④ 운율과 같은 표현 방법을 음미하며 읽는다.

⑤ 객관적인 사실에 근거하고 있는지 판단하며 읽는다.

2 이 글의 내용으로 알맞은 것은 무엇인가요? (　　　)

세부
내용

① 오푼돌이 아저씨가 다친 곰이를 도와주었다.

② 곰이와 오푼돌이 아저씨가 서로 총을 겨누었다.

③ 오푼돌이 아저씨의 가슴에서는 피가 흘러내렸다.

④ 곰이와 오푼돌이 아저씨가 병원에서 치료를 받았다.

⑤ 곰이가 부상당한 오푼돌이 아저씨를 치료해 주었다.

3 '오푼돌이 아저씨'에 대한 설명으로 알맞지 않은 것은 무엇인가요? (　　　)

세부
내용

① 북한 인민군이었다.

② 고향이 북쪽에 있다.

③ 남한 국군의 총에 가슴을 맞았다.

④ 삼십 년 전 전쟁 때 전쟁터에서 싸웠다.

⑤ 전쟁이 끝나고 고향으로 돌아와 곰이를 만났다.

4 ㉠의 뜻으로 알맞은 것은 무엇인가요? (　　　)

어휘
어법

① 모두 평화를 사랑하는 민족이니까.

② 같은 핏줄을 이어받은 한 민족이니까.

③ 다 같이 전쟁의 책임이 있는 사람들이니까.

④ 모두 단군 할아버지를 좋아하는 사람들이니까.

⑤ 실제로 단군 할아버지를 만나 본 적이 있으니까.

5 이 글의 주제로 알맞은 것은 무엇인가요? (   )

주제
찾기

① 전쟁 속에서 꽃핀 사랑과 우정
② 전쟁이 끝난 뒤 희망을 되찾은 조국
③ 전쟁으로 죽어간 사람들의 깊은 한과 슬픔
④ 전쟁 때문에 발생한 이산가족 문제의 심각성
⑤ 전쟁 중에 소중한 문화재가 파괴된 현실에 대한 분노

6 이 글과 [보기]에서 '오푼돌이 아저씨'가 깨달은 것으로 알맞은 것은 무엇인가요? (   )

추론
하기

> [보기]　곰이는 아저씨의 손을 양손에 잡았습니다.
> 　　"우리 할머니가 옛날 얘기를 들려주셨어요. 호랑이가 가난한 엄마를 잡아먹고, 그 엄마 옷을 입고 어린 오누이를 속이려 했어요."
> 　　"……." / 오푼돌이 아저씨는 가만히 듣고 있었습니다.
> 　　"하지만 오누이는 속지 않았어요. 둘이 함께 도망을 쳤어요. 꼭 붙어서 떨어지지 않았어요."
> 　　"그래, 그랬어야 해."

① 국군이 쏜 총을 피했어야 했다.
② 남한과 북한이 서로 싸우지 말았어야 했다.
③ 남한의 국군이 좀 더 열심히 싸웠어야 했다.
④ 북한의 인민군이 되어 전쟁에 나와 싸우지 말았어야 했다.
⑤ 남한과 북한이 전쟁할 때 남의 나라의 도움을 받지 말았어야 했다.

7 [보기]를 참고해 이 글을 알맞게 감상하지 <u>못한</u> 친구는 누구인가요? (   )

감상
하기

> [보기]　『곰이와 오푼돌이 아저씨』는 아홉 살 곰이와 북한 인민군이었던 오푼돌이 아저씨가 전쟁에서 죽은 다음에 만나 나누는 이야기이다. 촌스럽고 소박한 두 사람의 이름에는 깊은 뜻이 담겨 있다. 오푼돌이는 둘로 나뉘어 반쪽이 된 상황을 뜻하고, 곰이는 이런 상황을 극복하려면 곰처럼 우직하고 순박한 심성이 필요하다는 것을 뜻한다.

① 민서: 같은 민족끼리 싸운 6·25 전쟁은 비극적인 우리 역사야.
② 온유: 많은 사람들이 죽고 다치는 전쟁은 절대로 일어나선 안 될 것 같아.
③ 종민: 이 글을 읽고 나니까, 6·25 전쟁을 다룬 다른 책도 읽어 보고 싶어졌어.
④ 재민: 이 글에는 곰이와 오푼돌이 아저씨가 처한 비극적인 슬픔이 잘 표현되어 있어.
⑤ 서윤: 곰이가 오푼돌이 아저씨에게 하는 질문을 보니 전쟁에 대해 호기심이 많나 봐.

04회 지문 익힘 어휘

1
어휘
의미

뜻에 알맞은 낱말을 낱말 카드로 만들어 쓰세요.

| 주 | 씨 | 나 | 축 | 무 | 치 | 검 | 근 | 둥 | 축 |

(1) 큰 나무의 밑동. → ☐ ☐ ☐ ☐

(2) 죽은 사람의 몸을 이르는 말. → ☐ ☐

(3) 물기가 있어 젖은 듯하다. → ☐ ☐ 하다

(4) 거칠고 가쁘게 숨 쉬는 소리가 자꾸 나다. → ☐ ☐ 대다

2
어휘
활용

빈칸에 들어갈 알맞은 낱말을 [보기]에서 찾아 쓰세요.

| [보기] | 주검 | 축축 | 씨근 | 나무둥치 |

(1) ( )한 벽에 곰팡이가 피어 있었다.

(2) 화를 삭이지 못해 ( )대면서 겨우 숨을 가라앉혔다.

(3) 실종된 그 남자는 결국 싸늘한 ( )(으)로 발견되었다.

(4) 작은 다람쥐가 ( )에 뚫린 구멍으로 밖을 내다보고 있다.

3
어휘
확장

[보기]의 빈칸에 공통으로 들어갈 알맞은 한자 성어는 무엇인가요? ( )

[보기] ㉠ 6·25 전쟁은 ☐☐☐☐의 비극이었다.

㉡ 다시는 6·25 전쟁과 같은 ☐☐☐☐이 일어나서는 안 된다.

㉢ 이 영화는 부모 형제가 총부리를 겨누어야 했던 ☐☐☐☐의 비극을 보여 주고 있다.

① 동족상잔(同族相殘): 같은 겨레끼리 서로 싸우고 죽임.

② 결초보은(結草報恩): 죽은 뒤에라도 은혜를 잊지 않고 갚음.

③ 온고지신(溫故知新): 옛것을 익히고 그것을 통해서 새로운 것을 앎.

④ 난형난제(難兄難弟): 두 사람 혹은 두 사물이 비슷하여 낫고 못함을 정하기 어려움.

⑤ 사면초가(四面楚歌): 아무에게도 도움을 받지 못하는 외롭고 곤란한 지경에 빠진 형편.

다이달로스는 그리스에서 가장 뛰어난 장인*이었는데, 조카를 죽인 죄로 고향인 아테네에서 추방되었다*.

오래전부터 천재 기술자를 찾고 있던 크레타 섬의 미노스 왕은 이 기회를 놓치지 않고 다이달로스를 자기 나라로 데려왔다. 다이달로스는 크레타 섬에서 결혼도 하고 아들도 낳았는데, 그 아들이 바로 이카로스이다.

하지만 세월이 흘러 다이달로스는 미노스 왕의 총애*를 잃었고, 결국 아들과 함께 높은 탑 속에 갇히는 신세가 되었다. ㉠그는 감옥에서 도망칠 궁리*를 했지만, 사방이 바다로 둘러싸여 있어 쉽사리 탈출할 수가 없었다. 하지만 다이달로스에게 포기*란 없었다. 그는 감옥 안을 서성거리다가 멋진 생각을 떠올렸다.

'그래, 바로 그거야! 미노스 왕이 육지와 바다는 지배할 수 있지만, 하늘까지 지배할 수는 없잖아.'

그 다음 날부터 다이달로스는 여러 가지 크기의 새 깃털을 모은 다음, 실과 아교풀*을 사용하여 커다란 날개를 만들었다. 여러 달 고생한 끝에 다이달로스는 두 개의 날개를 완성하였다. 그는 자기와 아들 몸에 날개를 단단히 붙이고는 아들에게 날개를 퍼덕이는 시범*까지 보이면서 나는 법을 가르쳐 주었다. 드디어 감옥을 탈출하는 날, 다이달로스는 아들에게 단단히 주의*를 주었다.

"이카로스야. ＿＿＿＿＿＿＿㉡＿＿＿＿＿＿＿ 너무 낮게 날면 바닷물의 습기가 날개를 무겁게 만들 것이고, 너무 높이 날면 태양이 너의 날개를 녹여 버릴 것이다. 부디 한눈팔지 말고, 나만 따라오너라."

두 사람은 힘차게 날갯짓을 하며 하늘로 날아올랐다. 다이달로스는 연신* 뒤를 돌아보며 아들을 살폈지만, 이카로스는 하늘을 나는 기쁨으로 흥분되어 아버지를 볼 겨를*이 없었다.

"아버지, 보세요. 사람도 새처럼 날 수 있어요. 저는 저 태양까지 날아오르고 싶어요."

이카로스는 더 높이 날고 싶은 욕망*을 품고 태양을 향해 날아올랐다. 그때였다. 뜨거운 태양이 아교풀을 녹여 이카로스의 날개가 떨어져 나갔다. 결국 이카로스는 바다로 추락하고* 말았다.

－「그리스·로마 신화」 '다이달로스와 이카로스의 날개'

낱말풀이

＊**장인** 손으로 물건을 만드는 일을 직업으로 하는 사람. ＊**추방되었다** 일정한 지역이나 조직 밖으로 쫓겨났다. ＊**총애** 남달리 귀여워하고 사랑함. ＊**궁리** 마음속으로 이리저리 따져 깊이 생각함. ＊**포기** 하려던 일을 도중에 그만두어 버림. ＊**아교풀** 짐승의 가죽, 힘줄, 뼈 따위를 진하게 고아서 굳힌 끈끈한 것. ＊**시범** 모범을 보임. ＊**주의** 경고나 충고의 뜻으로 알림. ＊**연신** 잇따라 자꾸. ＊**겨를** 어떤 일을 할 만한 잠시 동안의 시간. ＊**욕망** 무엇을 가지려 하거나 원하는 마음. ＊**추락하고** 높은 곳에서 떨어지고.

1
....
세부
내용

이 글의 내용과 일치하지 <u>않는</u> 것은 무엇인가요? (   )

① 다이달로스는 감옥을 탈출하는 데 성공했다.

② 다이달로스는 그리스에서 가장 뛰어난 장인이었다.

③ 미노스 왕은 다이달로스를 크레타 섬으로 데려왔다.

④ 다이달로스는 그리스에서 가족을 데리고 크레타 섬으로 왔다.

⑤ 미노스 왕은 다이달로스와 그의 아들을 높은 탑 속에 가두었다.

2
....
구조
알기

이 글에서 가장 <u>먼저</u> 일어난 일은 무엇인가요? (   )

① 이카로스가 바다로 추락했다.

② 다이달로스와 이카로스가 감옥에 갇혔다.

③ 다이달로스와 이카로스가 감옥을 탈출했다.

④ 다이달로스가 그리스 아테네에서 추방되었다.

⑤ 다이달로스가 새의 깃털을 모아 날개를 만들었다.

3
....
어휘
어법

㉠의 상황에 어울리는 속담은 무엇인가요? (   )

① 빛 좋은 개살구

② 닭 쫓던 개 지붕 쳐다본다

③ 바늘 도둑이 소 도둑 된다

④ 똥 묻은 개가 겨 묻은 개 나무란다

⑤ 하늘이 무너져도 솟아날 구멍이 있다

4
....
세부
내용

'다이달로스'가 감옥을 탈출한 방법은 무엇인가요? (   )

① 미노스 왕에게 잘못을 빌었다.

② 날개를 만들어 하늘로 날아올랐다.

③ 감옥을 지키는 병사들과 싸워 이겼다.

④ 망치를 만들어 감옥의 벽을 부수었다.

⑤ 감옥 창문을 뜯어 내고 바다로 뛰어들었다.

5 ⓒ에 들어갈 내용으로 알맞은 것은 무엇인가요? (   )

추론
하기

① 빠른 속도로 날아야 한다.

② 적당한 높이를 유지해야 한다.

③ 바다 가까이 가지 말아야 한다.

④ 할 수 있는 한 땅 가까이 날아야 한다.

⑤ 될 수 있으면 하늘 높이 날아올라야 한다.

6 이 글과 [보기]에서 공통적으로 말하려고 하는 생각은 무엇인가요? (   )

추론
하기

> [보기] 어느 날, 욕심 많은 개 한 마리가 큰 고깃덩어리를 입에 문 채 강가에 놓인 다리를
> 건너고 있었다. 중간쯤 건넜을 때 아래를 내려다본 욕심 많은 개는 깜짝 놀랐다. 강물
> 속에 또 다른 개가 커다란 고깃덩어리를 입에 문 채 자신을 노려보고 있었기 때문이
> 다. 욕심 많은 개는 겁을 주어 강물 속 개의 고깃덩어리까지 빼앗기로 결심했다.
> "멍멍멍!"
> 욕심 많은 개가 큰소리로 짖었다. 그때였다. 강물 속으로 욕심 많은 개의 고깃덩어
> 리가 '퐁당' 빠져버리고 말았다.

① 지나친 욕심을 부려서는 안 된다.

② 맛있는 음식은 이웃과 나누어 먹어야 더 맛있다.

③ 나쁘게 살면 벌을 받고, 착하게 살면 복을 받는다.

④ 위험한 상황에서 친구를 버리고 도망가면 안 된다.

⑤ 서두르지 않고 천천히 하면 더 큰 성과를 얻을 수 있다.

7 이 글에 대한 감상으로 알맞지 <u>않은</u> 것은 무엇인가요? (   )

감상
하기

① 태양까지 날아 오르려고 한 걸 보면, 이카루스는 호기심이 많았던 것 같아.

② 이카루스가 죽은 건 아버지의 말을 귀담아 듣지 않고 무모하게 행동했기 때문이야.

③ 눈앞에서 아들의 죽음을 본 다이달로스의 안타까움과 슬픔이 느껴져 가슴이 아팠어.

④ 아들을 살리고 대신 죽기로 결심한 다이달로스의 모습이 애처로우면서도 위대해 보였어.

⑤ 감옥에 갇혀서도 날개를 만들어 탈출할 생각을 한 걸 보면, 다이달로스는 포기를 모르는 사람
이야.

05회 지문 익힘 어휘

1
어휘
의미

낱말과 그 뜻이 알맞게 짝 지어지지 <u>않은</u> 것은 무엇인가요? (　　　　)

① 연신: 잇따라 자꾸.

② 시범: 남달리 귀여워하고 사랑함.

③ 궁리: 마음속으로 이리저리 따져 깊이 생각함.

④ 추방되다: 일정한 지역이나 조직 밖으로 쫓겨나다.

⑤ 장인: 손으로 물건을 만드는 일을 직업으로 하는 사람.

2
어휘
활용

빈칸에 들어갈 알맞은 낱말을 [보기]에서 찾아 쓰세요.

[보기]	추방	연신	시범	장인	궁리

(1) 원래 기술 좋은 (　　　　　　　　　)은/는 연장을 탓하지 않는 법이다.

(2) 국가 대표의 태권도 (　　　　　　　　　)을/를 보고 우리는 모두 감탄했다.

(3) 엄마는 슬픈 영화를 보면서 (　　　　　　　　　) 손수건으로 눈물을 닦아 냈다.

(4) 인간의 존엄성을 파괴하는 고문은 이 땅에서 완전히 (　　　　　　　　　)되어야 한다.

(5) 토끼는 용궁에서 어떻게 빠져나갈지 (　　　　　　　　　)하다가 좋은 생각을 떠올렸다.

3
어휘
확장

밑줄 친 낱말의 뜻을 [보기]에서 찾아 기호를 쓰세요.

[보기]	• 주의(注意)	㉮ 마음에 새겨 두고 조심함.
		㉯ 경고나 충고의 뜻으로 알림.
		㉰ 어떤 상태나 일에 관심을 집중함.

(1) 민호는 수업 시간은 물론 평소에도 <u>주의</u>가 산만하다. (　　　　)

(2) 선생님께서 교실에서 떠드는 아이들에게 <u>주의</u>를 주셨다. (　　　　)

(3) 비가 오는 날에 운전을 할 때에는 매우 <u>주의</u>가 필요하다. (　　　　)

地

땅 지

'지(地)' 자는 뱀 모양처럼 꾸불꾸불 이어지는 땅을 본떠서 만든 글자예요. '땅', '대지', '장소'라는 뜻을 나타내요.

● 다음 획순에 따라 한자를 따라 쓰세요.

地	一	十	土	圵	坊	地			
地	地	地							

육지 陸地
(뭍 륙(육), 땅 지)

지구에서 물로 된 부분이 아닌 흙이나 돌로 된 부분.
예 우리 배는 육지와 가까운 바다에 있었다.
비슷한말 땅

지형 地形
(땅 지, 모양 형)

땅의 생긴 모양.
예 훌륭한 장수는 지형을 활용할 줄 안다.
비슷한말 지세(地勢)

지역 地域
(땅 지, 지경 역)

어떤 특징이나 일정한 기준에 따라 범위를 나눈 땅.
예 태풍이 남부 지역을 지나고 있다.

Q 다음 낱말과 비슷한 뜻을 가진 낱말은 무엇인가요? (   )

지형

① 땅   ② 지역   ③ 육지   ④ 지세   ⑤ 지구

2주

"응……. 실은* 엄마는 아빠랑 결혼하기 전에 한 번 결혼을 했었어. 그때 딸이 하나 있었어." / "결혼요?" / "그래. 현경이 너도 이제 많이 컸으니까 무슨 말인지 알지?"

나는 그제야 아빠 말이 무슨 뜻이었는지 알게 되었다. / 아빠는 거기까지 말하고 나서 한숨을 내쉬었다. 그러고는 그 다음부터는 막힘없이* 이야기를 하기 시작했다. 그때까지 고개만 숙이고 있던 엄마가 갑자기 일어나 방으로 들어갔다. 난 엄마가 울고 있다는 것을 알았다.

"이제 아빠 말 다 알아들었지? 그 언니는 아빠가 갑자기 돌아가셔서 혼자 살게 됐어. 가까운 친척도 없고. 다행히 엄마한테 연락이 와서 엄마가 어제 그 언니한테 다녀온 거란다. 그래서 엄마 아빠 생각에는 [㉠   ] 너희들 의견도 물어보고 정하면 좋겠지만, 그 애 혼자 오래 놔둘 수도 없고 해서 말이야. 엄마가 버젓이* 살아 있는데 가깝지도 않은 친척 집에 가서 살게 할 수는 없지. 당연히 엄마랑 같이 살아야지. 안 그래? 그래서 이번 주 토요일에 데려오기로 했단다."

아빠는 잠시 말을 멈추고 우리를 보았다.

현규는 멀뚱멀뚱 아빠 얼굴만 쳐다보았다. 나 역시 너무 갑작스러운 일이라 무슨 말을 해야 좋을지 생각이 나질 않았다. (중략)

미선 언니는 현규랑 이야기를 하며 웃고 있었다.

도대체 현규가 어느새 미선 언니랑 친해진 거지? 둘이 저렇게 죽이 잘 맞다니*!

엄마가 부엌에서 나오다 날 보았다.

"현경아, 뭐 하니?" / "아무것도 아니에요."

엄마는 열려 있는 미선 언니 방문을 흘낏* 보더니 다시 날 보았다.

"현규가 미선이랑 많이 친해진 것 같지?" / 엄마의 얼굴엔 흐뭇함*이 가득했다.

"다행이지 뭐니, 현규가 미선이를 좋아하고 잘 따르니 말이야."

엄마는 내 눈치를 보며 말했다. / 내겐 그 말이 현규처럼 싹싹하게 굴지* 않는 나를 은근히* 나무라는* 소리처럼 들렸다. 나는 방문을 소리 나게 쾅 닫고 방으로 들어와 버렸다.

(가)
　　잠시 뒤, 현규가 숙제를 한다며 내 방으로 들어왔다. 난 참지 못하고 현규를 노려보며 말했다.
　　"㉡배신자!"
　　현규는 멀뚱멀뚱 나를 바라보았다.
　　"왜 이 방에서 숙제를 하니? 저 방 가서 하지."
　　"큰누나 방에서?" / 현규가 물었다.
　　"뭐? 큰누나?" / 난 현규의 말에 더 기분이 나빠졌다.

– 남찬숙, 『가족사진』

날말
풀이

*실은 실제로는, 사실대로 말하자면. *막힘없이 일이 순조롭게 진행되어 방해받는 것이 없이. *버젓이 남에게 뒤지지 않을 정도로 번듯하게. *죽이 잘 맞다니 둘 이상의 사람이 뜻이 잘 맞다니. *흘낏 가볍게 한번 흘겨보는 모양. *흐뭇함 마음이 흡족하여 매우 만족스러움. *굴지 어떠한 방법으로 행동하지. *은근히 행동 등이 드러나지 않고 은밀하게. *나무라는 상대방의 잘못이나 부족한 점을 꼬집어 말하는.

32

1
세부
내용

이 글의 내용으로 알맞지 <u>않은</u> 것은 무엇인가요? (   )

① 미선 언니는 엄마의 친딸이다.

② 미선 언니의 아빠가 갑자기 돌아가셨다.

③ 현규는 미선 언니를 좋아하고 잘 따른다.

④ 현경은 미선 언니와 친하게 지내려고 노력한다.

⑤ 미선 언니가 현경이네 가족과 함께 살게 되었다.

2주 06회 정답 및 풀이 12~13쪽

2
추론
하기

㉠에 들어갈 아빠의 말로 알맞은 것은 무엇인가요? (   )

① 그 애를 우리 집으로 데려왔으면 싶구나.

② 그 애를 엄마 친척에게 입양 보내고 싶구나.

③ 그 애에게 엄마를 양보하는 게 좋을 것 같구나.

④ 그 애가 혼자 잘살 수 있도록 도와주고 싶구나.

⑤ 그 애가 계속 공부할 수 있도록 학비를 지원하고 싶구나.

3
어휘
어법

이 글에서 '현경이'가 처해 있는 상황과 관계있는 속담은 무엇인가요? (   )

① 좋은 약이 입에 쓰다

② 구렁이 담 넘어가듯 한다

③ 굴러온 돌이 박힌 돌 뺀다

④ 지렁이도 밟으면 꿈틀 한다

⑤ 쥐구멍에도 볕 들 날이 있다

4
세부
내용

'현경'이 ㉡과 같이 말한 까닭은 무엇인가요? (   )

① 현규가 현경의 말을 듣지 않았기 때문이다.

② 현규가 부모님 말을 잘 안 들었기 때문이다.

③ 현규가 미선 언니와 편을 먹고 현경과 싸웠기 때문이다.

④ 현규가 현경의 비밀을 부모님에게 일러바쳤기 때문이다.

⑤ 현규가 현경보다 미선 언니를 더 좋아하고 잘 따랐기 때문이다.

5

주제
찾기

[보기]를 참고할 때 이 글의 주제는 무엇인가요? (   )

[보기] 우리는 동네 사진관을 찾았다. 아빠, 엄마, 현규, 나 그리고 미선 언니! 다섯이 된
우리 가족은 다시 가족사진을 찍었다. 비록 앉아 있는 엄마 아빠에 가려 나오지 않았
지만, 난 미선 언니의 손을 꼭 잡고 있었다. / 사진을 찾아 거실에 걸던 날, 미선 언니
와 난 한참 동안 서서 그 사진을 바라보았다. 날 제일 기쁘게 한 건 사진 속에서 활짝
웃는 미선 언니 얼굴이었다. 이제 미선 언니는 다른 친구 집에 가서 그 친구네 가족사
진을 봐도 부러워하지 않을 것이다.

① 가족의 소중함   ② 형제간의 우애   ③ 친구와의 우정
④ 헤어진 가족에 대한 그리움   ⑤ 다른 사람을 배려하는 마음

6

비판
하기

[보기]를 참고해 '현경이'에게 해 줄 말로 알맞은 것은 무엇인가요? (   )

[보기] 새로운 가족이 생긴다는 것은 어린아이가 겪기에 많이 혼란스러운 일이다. 갑자기
나타난 새로운 형제를 받아들이는 것도 어렵지만, 새로운 형제에게 친부모의 애정을
빼앗기는 것에 대한 두려움도 크다.

① 부모님이 언니보다 현경이를 더 좋아할 수 있게 노력하면 좋겠어.
② 갑자기 없던 언니가 생겼는데, 그 언니와 잘 지내는 것은 불가능해.
③ 동생과 언니 둘이서 친하게 지내라고 하고, 다른 친구를 찾아보는 건 어때?
④ 동생하고만 잘 지내는 언니가 철이 없는 것 같으니, 넓은 마음으로 이해해 줘.
⑤ 동생이 언니와 먼저 친해져서 서운하겠지만 지금부터라도 셋이 함께 잘 지냈으면 좋겠어.

7

적용
창의

㉮ 부분을 희곡으로 바꾸어 쓸 때, ㉮와 ㉯에 들어갈 알맞은 말은 무엇인가요? (   )

현규가 미선이 방에서 나와 현경이 방으로 들어온다. 현경이 현규를 노려본다.
현경:(㉮) 왜 이 방에서 숙제를 하니? 미선 언니 방 가서 하지.
현규: 큰누나 방에서?
현경:(㉯) 뭐? 큰누나? 누가 큰누나라는 거야?

	㉮	㉯
①	눈을 흘기며	화가 난 표정으로
②	슬쩍 훔쳐보며	민망한 웃음을 지으며
③	멍한 표정을 지으며	고개를 끄덕이며
④	환하고 밝게 웃으며	부드러운 표정을 지으며
⑤	궁금한 표정을 지으며	생각에 잠긴 듯한 표정으로

06회 지문 익힘 어휘

1 뜻에 알맞은 낱말을 찾아 선으로 이으세요.

어휘
의미

(1) 가볍게 한 번 흘겨보는 모양. • • ㉮ 흘낏

(2) 실제로는, 사실대로 말하자면. • • ㉯ 실은

(3) 행동 등이 드러나지 않고 은밀하게. • • ㉰ 버젓이

(4) 남에게 뒤지지 않을 정도로 번듯하게. • • ㉱ 은근히

2 빈칸에 들어갈 알맞은 낱말을 [보기]에서 찾아 쓰세요.

어휘
활용

[보기]	실은	흘낏	은근히	버젓이

(1) 점원이 그 물건을 사라고 (　　　　　　) 부추겼다.

(2) 민지가 고개를 뒤로 젖혀 나를 (　　　　　　) 보았다.

(3) 나는 아파서 늦었다고 했지만 (　　　　　　) 늦잠을 잔 것이었다.

(4) 이렇게 (　　　　　　) 살아 있는데, 누가 죽었다고 헛소문을 퍼뜨렸는지 모르겠다.

3 [보기]에서 밑줄 친 관용 표현의 뜻은 무엇인가요? (　　　　)

어휘
확장

[보기]	도대체 현규가 어느새 미선 언니랑 친해진 거지? 둘이 저렇게 죽이 잘 맞다니!

① 성격이 똑같다니!
② 일을 망쳐 놓다니!
③ 마음이 잘 통하다니!
④ 죽을 맛있게 끓이다니!
⑤ 하는 일마다 잘 되다니!

저 멀리서 아주머니 두 분이 걸어오고 있었다. ⊙나를 보아 주면 싶었다. 이렇게 굴렁쇠*를 잘 굴린다는 것을 자랑하고 싶었다. 아주머니들과 아주 가까워졌을 때였다. 내가 고개를 들려는 순간 "파란 기와집 어쩌고" 하는 소리가 들려왔다. ⓒ고개를 숙이고 천천히 굴렁쇠를 몰았다. 가슴이 거세게 뛰었다.

"글쎄 말이야, 알거지*가 다 되어서 왔다데. 농사를 지을 수 있을라나."

"농사는 아무나 짓나. 잘살 때는 본 체도 안 하다가……."

"잔치는 무슨 잔치. 대단한 어른이야." / "아침 먹으러 오라고 해서 가긴 가지만……."

말들이 토막토막 잘린 채 귓속으로 파고들었다. ⓒ힘이 빠졌다. 굴렁쇠도 힘이 빠졌나 보다. "뎅그르르르" 소리를 내며 길 옆으로 쓰러졌다. ②나도 굴렁쇠 옆에 주저앉았다. ⑩갑자기 눈물이 났다. 이제야 비로소 아버지의 부도*가, 시골로 이사 온 것이 실감*이 났다. (중략)

"야, 뭐 하나. 빨리 가서 밥 먹자. 인절미*가 얼마나 맛있다고."

헉헉 숨을 쉬며 누나가 말했다. 누나의 볼이 할머니처럼 발갛게 물들어 있었다.

"누나는 뭐가 좋아서 그렇게 웃어."

나는 새살거리는* 누나가 얄미워* 퉁명스럽게 말했다.

"다 좋아. 시골도 좋구 할머니도 좋구. 그리고……"

"그리고 뭐?"

"……."

갑자기 누나가 고개를 쳐들었다. 자존심* 강한 누나는 눈물이 나오려고 할 때 고개를 쳐드는 버릇이 있다. 그렇게 고개를 쳐들었는데도 누나의 얼굴에서 눈물이 또르르 떨어져 내렸다.

"누군 좋아서 이렇게 히히거리는 줄 아니?"

누나의 말에 나는 ⑭말문이 막혔다*.

"우리가 짜증내고 울고 해봐. 어머니와 아버지가 얼마나 속상하시겠니? 할머니도 그렇고…… 힘들더라도 조금 참자. 아무렴 우리가 지금 아버지 마음만 하겠니?"

누나는 눈을 치켜 뜨고 힘겹게 웃음을 지으려 했다. 깊게 팬 보조개가 선명히 드러났다. ⊗갑자기 누나가 어른스럽게 보였다. 나보다 겨우 두 살 위인데.

◎"우리 굴렁쇠 굴리면서 힘차게 뛰어가자. 가서 밥도 많이 먹고 떡도 많이 먹고 하자."

누나의 말에 나는 그저 고개만 끄덕거렸다. / 누나와 나는 굴렁쇠를 굴리며 힘차게 뛰어갔다.

– 오경임, 「가마솥」

날말풀이

✽**굴렁쇠** 테두리에 있는 홈에 막대를 끼워 굴리면서 노는, 쇠로 만든 둥근 모양의 장난감. ✽**알거지** 가진 것이 아무것도 없는 거지. 또는 그런 형편이 되어 버린 사람. ✽**부도** 수표나 어음에 적힌 금액을 기한 안에 받지 못하는 일. ✽**실감** 실제로 체험하는 듯한 느낌. ✽**인절미** 찹쌀을 쪄서 떡메로 친 다음 네모나게 썰어 고물을 묻힌 떡. ✽**새살거리는** 샐샐 웃으면서 재미있게 자꾸 이야기하는. ✽**얄미워** 말이나 행동이 약빠르고 미워. ✽**자존심** 남에게 굽히지 않으려고 하거나의 품위를 스스로 높이려는 마음. ✽**말문이 막혔다** 말이 입 밖으로 나오지 않게 되었다.

2주 07회
정답 및 풀이
14~15쪽

1

세부
내용

이 글의 내용으로 알맞지 <u>않은</u> 것은 무엇인가요? (   )

① 아버지가 부도가 났다.

② 우리 가족이 시골에 이사 왔다.

③ 아버지가 시골에서 농사를 짓게 되었다.

④ 우리 가족은 할머니와 함께 살게 되었다.

⑤ 시골 사람들이 아버지가 시골로 온 것을 환영해 잔치를 벌였다.

2

추론
하기

㉠~㉢ 중 '나'의 슬픈 마음이 나타나지 <u>않은</u> 것은 무엇인가요? (   )

① ㉠   ② ㉡   ③ ㉢   ④ ㉣   ⑤ ㉤

3

어휘
어법

㉥과 바꾸어 쓸 수 있는 말은 무엇인가요? (   )

① 맞장구를 쳤다.

② 신중하게 말했다.

③ 말이 안 된다고 생각했다.

④ 입을 열어 말을 하기 시작했다.

⑤ 말이 입 밖으로 나오지 않았다.

4

세부
내용

'내'가 ㉮처럼 생각한 까닭은 무엇인가요? (   )

① 내 끼니를 꼬박꼬박 챙겨 주어서

② 자존심 강한 누나가 눈물을 흘려서

③ 누나가 나보다 두 살이나 더 많아서

④ 시골에서 할머니랑 사는 것을 너무 좋아해서

⑤ 부모님이 걱정하지 않게 힘든 상황에서도 밝고 씩씩하게 행동해서

5

추론
하기

◎을 통해 '나'와 누나가 앞으로 할 행동을 알맞게 짐작하지 <u>못한</u> 것은 무엇인가요? (   )

① 힘들더라도 웃으면서 살려고 노력할 것이다.

② 가족이 행복해질 수 있도록 함께 노력할 것이다.

③ 밥도 잘 먹고, 자신이 맡은 일을 열심히 할 것이다.

④ 다른 가족의 일에 참견하지 않고 자기의 할 일만 할 것이다.

⑤ 부모님과 할머니께 걱정을 끼쳐 드리지 않도록 노력할 것이다.

6

주제
찾기

이 글의 주제로 알맞은 것은 무엇인가요? (   )

① 잘못을 뉘우치고 고백하는 용기

② 사회적 약자에 대한 배려와 존중

③ 끊임없는 노력을 통해 얻은 자아 성취

④ 고난과 어려움을 극복하려는 가족 간의 사랑

⑤ 다른 사람의 잘못을 용서하는 관용과 너그러움

7

감상
하기

[보기]의 할머니 말을 참고해 이 글을 감상한 것으로 알맞지 <u>않은</u> 것은 무엇인가요? (   )

> [보기] "이렇게 큰 가마솥은 말이다. 늘상 쓰는 냄비나 양은솥과는 다르단다. 큰일이 있을
> 때 쓰는 솥이란다. 세상일이 어떻게 될지는 아무도 모르거든. 굴렁쇠처럼 잘 굴러가
> 기만 한다면 아무런 문제가 없지. 다음 큰일을 위해서 이렇게 기름칠을 해두는 거란
> 다. 녹슬지 말라고 말이다. 가마솥이 없어 봐라. 큰일 치를 때 어떻게 될지. 양은솥,
> 냄비, 어휴, 어림도 없다."

① 가족끼리 힘을 합쳐 어려움을 극복하는 모습이 감동적이야.

② 큰 가마솥에 따뜻한 밥을 지어 든든히 먹고 힘내자는 뜻도 담겨 있는 것 같아.

③ 형편이 어려워지니까 옛날에 쓰던 물건인 가마솥을 다시 쓰는 모습이 안타까워.

④ 이 글에 등장하는 가마솥은 가족들이 함께 힘을 모으는 계기로 사용되고 있는 것 같아.

⑤ 다음 큰일을 위해 가마솥에 기름칠을 해두는 것처럼, 가족들도 어려움을 극복하고 다시 일어
서기 위해 모두 함께 노력할 것 같아.

07회 지문 익힘 어휘

1

어휘
의미

낱말과 그 뜻이 알맞게 짝 지어지지 <u>않은</u> 것은 무엇인가요? (   )

① 실감: 실제로 체험하는 느낌.

② 얄밉다: 말이나 행동이 약빠르고 밉다.

③ 알거지: 가진 것이 아무것도 없는 거지.

④ 자존심: 남에게 굽히지 않으려고 하거나 스스로 높이려는 마음.

⑤ 새살거리다: 남이 알아듣지 못하도록 낮은 목소리로 자꾸 이야기하다.

2

어휘
활용

빈칸에 들어갈 알맞은 낱말을 [보기]에서 찾아 쓰세요.

[보기]	실감	알거지	얄밉다	새살거리는

⑴ 난 내 잘못을 엄마에게 잘 일러바치는 동생이 (   ).

⑵ 종달새같이 (   ) 아이들의 소리에 절로 웃음이 나온다.

⑶ 삼촌이 사업에 실패해 하루아침에 (   )이/가 되었다고 한다.

⑷ 나는 아직도 할아버지가 돌아가셨다는 것이 (   ) 나지 않는다.

3

어휘
확장

[보기]에서 밑줄 친 부분과 관계있는 속담은 무엇인가요? (   )

> [보기]   옆으로 엉금엉금 걷는 모습이 우스웠는지 누나가 "까르르" 웃음을 터뜨렸다. 누나의 웃음이 전염이 된 듯 할머니도 아버지도 어머니도 "허허" "하하" "호호" 웃음을 터뜨렸다. 나도 괜히 누구보다 큰 소리로 웃었다. 큰 입을 벌린 가마솥도 함께 웃는 것 같았다. <u>온 식구가 같이 가마솥을 들어선지 검고 우직한 가마솥은 하나도 무겁지 않았다.</u>

① 가재는 게 편

② 백지장도 맞들면 낫다

③ 소 잃고 외양간 고친다

④ 지렁이도 밟으면 꿈틀 한다

⑤ 호랑이에게 잡혀가도 정신만 차리면 산다

송두리째 다 내놓았어

이성자

㉠수박 넝쿨*이
뙤약볕*과 싸우며 키워 낸
달콤한 속살*.

우리에게
송두리째* 다 내놓았어.

㉡수박 씨앗이
콕콕 웃으며
쳐다보고 있는 거야.

한 조각씩 나눠 먹으며
오순도순* 살라는 거지.

수박처럼 ㉢둥그런 마음
나누며 살라는 부탁*이겠지.

넝쿨 길게 뻗어 나가면서 다른 물건을 감기도 하고 땅바닥에 퍼지기도 하는 식물의 줄기. **뙤약볕** 여름날에 강하게 내리쬐는 몹시 뜨거운 볕. **속살** 겉으로 드러나지 아니하는 부분의 살. **송두리째** 있는 전부를 모조리. **오순도순** 정답게 이야기하거나 의좋게 지내는 모양. **부탁** 어떤 일을 해 달라고 청하거나 맡김.

1
세부
내용

이 시에 대한 설명으로 알맞은 것은 무엇인가요? (　　　)

① 시의 배경이 되는 계절이 겨울이다.

② 수박이 자라는 과정이 주요 내용이다.

③ 같은 말을 반복하여 리듬을 형성하고 있다.

④ 빨강과 초록의 색채 대비가 주제를 드러내고 있다.

⑤ 수박을 통해 하고 싶은 말을 독자에게 전달하고 있다.

2
세부
내용

㉠이 뜻하는 것으로 알맞은 것은 무엇인가요? (　　　)

① 수박이 뜨거운 태양처럼 빨갛게 익었다.

② 수박 넝쿨이 뜨거운 햇볕에 새까맣게 탔다.

③ 수박이 뜨거운 햇볕을 받아 무럭무럭 자랐다.

④ 수박 넝쿨이 뙤약볕과 싸움에 져서 시들었다.

⑤ 수박과 수박 넝쿨이 서로 햇볕을 많이 쐬려고 싸웠다.

3
어휘
어법

㉡에 쓰인 표현 방법이 쓰이지 않은 것은 무엇인가요? (　　　)

① 쟁반같이 둥근 달이 떴다.

② 해님이 돌담과 인사를 나눈다.

③ 빨래들이 바람 따라 춤을 춘다.

④ 나팔꽃이 나를 보고 방긋 웃는다.

⑤ 나무가 울긋불긋하게 옷을 갈아 입었다.

4
추론
하기

이 시의 분위기로 알맞은 것은 무엇인가요? (　　　)

① 차갑고 어둡다.

② 정답고 따뜻하다.

③ 쓸쓸하고 외롭다.

④ 괴롭고 우울하다.

⑤ 시끄럽고 복잡하다.

41

5

추론
하기

ⓒ의 의미와 가장 거리가 <u>먼</u> 것은 무엇인가요? (   )

① 다른 사람을 배려하는 마음

② 친구끼리 믿고 사랑하는 마음

③ 형편이 어려운 사람을 돕는 마음

④ 힘든 일을 당한 친구를 위로하는 마음

⑤ 자기 자신을 그 누구보다 사랑하는 마음

6

감상
하기

이 시를 감상한 것으로 알맞지 <u>않은</u> 것은 무엇인가요? (   )

① 수박씨 뱉기와 같은 재미있는 전통 놀이가 없어진 것이 아쉬워.

② 사람들이 동그란 수박을 다정하게 나눠 먹고 있는 모습이 떠올라.

③ 달콤한 속살을 우리에게 송두리째 내놓는 수박이 새삼 고맙게 느껴졌어.

④ 수박 씨앗이 콕콕 박혀 있는 모습을 '콕콕 웃는다'라고 표현한 것이 재미있어.

⑤ 수박을 한 조각씩 나눠 먹듯이 우리도 오순도순 살아야겠다는 생각이 들었어.

7

적용
창의

이 시와 [보기]를 참고해 발표 주제를 정할 때 알맞은 것은 무엇인가요? (   )

[보기] 힘든 일을 서로 거들어 주면서 품을 지고 갚고 하는 일을 '품앗이'라고 한다. 품앗이
는 우리 민족의 오랜 전통 중 하나이다. 한 가족의 부족한 노동력을 해결하기 위해 다
른 가족들의 노동력을 빌려 쓰고 나중에 갚는 형태인데, 주로 모내기, 김매기, 추수할
때 품앗이가 이루어졌다.

① 꿈을 크게 갖자.

② 언제나 최선을 다하자.

③ 지나친 욕심을 버리자.

④ 서로 돕고 나누며 살자.

⑤ 나와 남을 비교하지 말자.

08회 지문 익힘 어휘

1
어휘
의미

뜻에 알맞은 낱말을 찾아 선으로 이으세요.

(1) 있는 전부를 모조리. •   • ㉮ 부탁

(2) 어떤 일을 해 달라고 청하거나 맡김. •   • ㉯ 속살

(3) 겉으로 드러나지 아니하는 부분의 살. •   • ㉰ 뙤약볕

(4) 여름날에 강하게 내리쬐는 몹시 뜨거운 볕. •   • ㉱ 송두리째

2
어휘
활용

빈칸에 들어갈 알맞은 낱말을 [보기]에서 찾아 쓰세요.

[보기]	속살	부탁	뙤약볕	송두리째

(1) 큰불이 나서 집이 (   ) 타 버렸다.

(2) 톱질을 계속하자, 곧 나무의 (   )이/가 드러났다.

(3) 한여름에 (   ) 아래에서 일을 했더니 얼굴이 까맣게 탔다.

(4) 친구가 어려운 (   )을/를 했는데, 들어 주어야 할지 망설여졌다.

3
어휘
확장

[보기]에서 밑줄 친 낱말과 바꾸어 쓸 수 있는 말은 무엇인가요? (   )

[보기]	오랜만에 한자리에 모인 가족들이 오순도순 이야기꽃을 피웠다.

① 다정하고 정답게
② 차갑고 냉정하게
③ 명랑하고 활기차게
④ 고요하고 평화롭게
⑤ 조용하고 차분하게

옛날 옛날에 불라국이란 나라의 오구 대왕이 점쟁이를 불러 자신의 혼례식* 날짜를 물었다.

"올해 혼례를 올리면 공주 일곱을 보실 것이고, 내년에 혼례를 올리면 왕자 셋을 보실 겁니다. 그러니 나라의 앞날을 위해 서두르지 않으심이……."

"허허, 나는 하루빨리 혼인을 하고 싶으니, 속히 혼례식을 준비하라."

오구 대왕은 코웃음을 치며* 점쟁이의 말을 무시하고 그 해에 혼례를 올렸다.

1년 뒤, 왕비가 첫딸을 낳았을 때 오구 대왕은 크게 기뻐했다.

㉠"공주를 낳았으니, 세자*도 낳지 않겠느냐."

왕비는 자꾸자꾸 아기를 낳았다. 둘째 공주, 셋째 공주, 넷째 공주, 다섯째 공주, 여섯째 공주…….

그러더니 일곱째 낳은 아기도 딸이었다. 그 소식을 듣고 오구 대왕은 머리 끝까지 화가 났다.

"아이를 당장 강물에 던져 버려라! 버렸으니 이름은 바리데기로 하라."

왕비는 눈물을 흘리며 아기와 함께 이름과 생년월일을 적은 종이를 바구니에 넣었다.

신하들이 바구니를 강에 버리려고 할 때였다. 갑자기 세찬 소용돌이*가 일더니, 금빛 거북이 나타나 바구니를 짊어지고* 사라졌다. 금빛 거북은 강 건너 아득히 먼 곳에 사는 어느 노부부에게 바구니를 갖다 주었다. 노부부는 바리데기를 정성껏 키웠다.

바리데기는 무럭무럭 성장하여 어느새 열다섯 살 소녀가 되었다.

그때 궁궐에서 변고*가 생겼다. ㉡왕과 왕비가 갑자기 큰 병이 걸려 시름시름 앓게 된 것이다.

어느 날 오구 대왕이 설핏* 잠들었는데, 난데없이* 푸른 옷을 입은 아이가 나타나 말했다.

"대왕 내외*께선 옥황상제가 점지한* 일곱 번째 공주를 버린 죄로, 한날한시*에 죽을 것입니다. 만약 살기를 원하신다면 공주님 중 한 분을 서천 서역국에 보내 약수*를 얻어 오게 하소서."

그리고는 꿈 속으로 사라졌다. 깜짝 놀란 오구 대왕이 공주들을 모두 불러 물었다.

"누가 서천 서역국에 가겠느냐?"

여섯 공주는 모두 핑계를 대며 갈 수 없다고 말했다. 오구 대왕은 너무 슬퍼 눈물을 흘렸다.

까치가 부지런히 날아서 바리데기에게 이 소식을 전했다. 바리데기는 곧바로 궁궐로 달려갔다.

"제가 서천 서역국에 가서 약수를 구해 오겠습니다."

오구 대왕 내외는 아무 말도 못하고 바리데기를 안고 하염없이* 눈물만 흘렸다.

– 『바리데기』

날말
풀이

＊혼례식 부부 관계를 맺는 서약을 하는 의식. ＊코웃음을 치며 남을 깔보고 비웃으며. ＊세자 임금의 자리를 이을 임금의 아들. ＊소용돌이 바닥이 팬 자리에서 물이 빙빙 돌면서 흐르는 현상. ＊짊어지고 짐을 뭉뚱그려서 등이나 어깨 등에 지고. ＊변고 갑작스러운 재앙이나 사고. ＊설핏 얕은 잠에 빠져든 모양. ＊난데없이 갑자기 불쑥 나타나 어디서 왔는지 알 수 없게. ＊내외 남편과 아내. ＊점지한 신이 사람에게 자식을 갖게 해 준. ＊한날한시 같은 날 같은 시각. ＊약수 먹거나 몸을 담그거나 하면 약효가 있는 샘물. ＊하염없이 어떤 행동이나 감정 등이 그치지 않고 계속되는 상태로.

1

세부
내용

이 글의 내용과 일치하는 것은 무엇인가요? (   )

① 오구 대왕은 일곱 공주를 귀하게 키웠다.

② 오구 대왕은 혼인하여 일곱 공주를 낳았다.

③ 일곱 공주 모두가 서천 서역국에 가겠다고 나섰다.

④ 오구 대왕은 점쟁이가 정해 준 날에 혼례식을 하였다.

⑤ 오구 대왕이 갑자기 큰 병에 걸리자 왕비가 크게 슬퍼하였다.

2

구조
알기

이 글에서 일이 일어난 차례대로 ㉠~㉤의 기호를 쓰세요.

㉠ 어느 노부부가 바리데기를 정성껏 키웠다.

㉡ 왕비가 딸을 계속 낳아, 일곱 공주를 낳았다.

㉢ 오구 대왕과 왕비가 큰 병이 걸려 죽게 되었다.

㉣ 오구 대왕이 화가 나 일곱째 공주를 버리라고 명령했다.

㉤ 바리데기가 궁궐로 달려와 부모를 살릴 약을 구해 오겠다고 말했다.

(   ) → (   ) → (   ) → (   ) → (   )

3

추론
하기

㉠에 나타난 '오구 대왕'의 마음으로 알맞은 것은 무엇인가요? (   )

① 첫 아이를 만난 기쁨이 크다.

② 공주가 어여쁘게 생겨서 기분이 좋다.

③ 큰딸을 귀하게 길러야겠다고 생각한다.

④ 다음은 아들을 낳을 것이란 기대가 크다.

⑤ 부인과 아기가 모두 건강하여 안심이 된다.

4

세부
내용

㉡의 까닭으로 알맞은 것은 무엇인가요? (   )

① 오구 대왕이 부인과 딸들을 구박했기 때문이다.

② 왕비가 일곱 번째 공주를 몰래 키웠기 때문이다.

③ 오구 대왕이 나라를 잘 다스리지 못했기 때문이다.

④ 오구 대왕이 딸들에게 왕위를 물려주지 않았기 때문이다.

⑤ 오구 대왕이 옥황상제가 점지한 일곱 번째 공주를 버렸기 때문이다.

5

추론
하기

'바리데기'와 [보기]에 나오는 '오이디푸스'의 공통점은 무엇인가요? (   )

> [보기]　　오이디푸스는 테베 왕의 아들이다. 오이디푸스는 왕의 아들로 태어났지만, 아버지
> 를 죽이고 어머니와 결혼하게 된다는 예언 때문에 세상에 태어나자마자 산속에 버려
> 진다. 하지만 목동에게 발견되어 살아남았고, 이웃 나라의 왕자로 성장하여 결국 예
> 언대로 아버지를 죽이고 테베의 왕위에 올라 자신의 어머니와 결혼한다.

① 가장 낮은 신분으로 태어났다.
② 부모를 찾아가 용서하고 화해한다.
③ 어려서 부모로부터 버림을 받았다.
④ 자신을 버린 부모를 용서하지 못한다.
⑤ 부모를 살리기 위해 위험한 모험을 선택한다.

6

감상
하기

이 글에 대한 감상으로 가장 알맞은 것은 무엇인가요? (   )

① 공주의 신분을 되찾고 싶어하는 것을 보니 바리데기는 욕심이 많아.
② 바리데기가 자신의 비범한 능력을 너무 믿고 무모한 일을 하려는 것 같아.
③ 자신들이 버린 자식에게 약수를 구해 오게 시키는 오구 대왕이 너무 뻔뻔한 것 같아.
④ 부모를 살릴 약수를 구하러 가는 것을 거절한 여섯 공주는 벌을 받아야 한다고 생각해.
⑤ 자신을 버린 부모를 살리기 위해 위험한 길을 떠나는 바리데기의 희생이 아름답게 느껴져.

7

비판
하기

[보기]처럼 오구 대왕을 비판할 때 빈칸에 들어갈 알맞은 말은 무엇인가요? (   )

> [보기]　　오구 대왕이 [   ] 잘못된 행동이야. 왜
> 냐하면 왕비가 딸만 낳았다고 화를 내며 일곱째 딸을 버렸기 때문이야.

① 아들과 딸을 차별한 것은
② 딸들에게 지나치게 의지하는 것은
③ 가족들을 사랑으로 대하지 못하는 것은
④ 점쟁이의 말을 무시하고 혼례식을 올린 것은
⑤ 딸들을 서천 서역국에 강제로 보내려고 한 것은

09회 지문 익힘 어휘

1

어휘
의미

뜻에 알맞은 낱말을 [보기]에서 찾아 쓰세요.

[보기]	변고	하염없이	난데없이	짊어지다

(1) ( ): 갑작스러운 재앙이나 사고.

(2) ( ): 짐을 뭉뚱그려서 등이나 어깨 등에 지다.

(3) ( ): 갑자기 불쑥 나타나 어디서 왔는지 알 수 없게.

(4) ( ): 어떤 행동이나 감정 등이 그치지 않고 계속되는 상태로.

2

어휘
활용

빈칸에 들어갈 알맞은 낱말을 찾아 선으로 이으세요.

(1) 그가 [　　　] 불쑥 나타나 싸움을 걸었다. ●
(2) 민수는 엄마를 기다리며 [　　　] 창밖만 바라보았다. ●
(3) 그에게 무슨 [　　　]라도 생긴 것은 아닌지 걱정된다. ●
(4) 산 정상에 오르자마자 등에 [　　　] 가방을 내려놓았다. ●

● ㉮ 변고
● ㉯ 짊어진
● ㉰ 하염없이
● ㉱ 난데없이

3

어휘
확장

[보기]에서 밑줄 친 관용 표현의 뜻은 무엇인가요? (　　　)

> [보기]　이번 주 토요일 오후에 우리는 다른 학교 축구팀과 경기를 하였다. 키도 작고 비쩍 마른 우리 팀을 보고 상대 팀 친구들이 코웃음을 쳤다. 하지만 막상 축구 경기가 시작되자, 빠른 속도로 운동장을 누비며 경기를 압도하는 우리 팀을 보고 당황했다.

① 크게 웃었다.
② 화들짝 놀랐다.
③ 본체만체하였다.
④ 잔뜩 긴장하였다.
⑤ 깔보며 비웃었다.

토요일 아침 일찍, 폴리 이모가 톰을 깨웠다. 톰은 눈을 비비며 간신히* 침대에서 일어났다.

"톰, 어서 빨리 일어나라! 오늘 울타리 페인트칠을 모두 끝내야 해."

"이모, 그게 무슨 말이에요? 오늘 친구들이랑 수영하러 가기로 했다고요."

"어제 학교에 가지 않고 수영을 하고 거짓말까지 한 벌이야. 게으름 피우면 가만 안 둘 거야."

톰이 아무리 애원해도* 폴리 이모는 꿈쩍도 하지 않았다.

톰은 하는 수 없이 흰색 페인트 통과 긴 손잡이가 달린 붓을 들고 울타리*로 갔다.

울타리는 높이가 3미터에 폭이 30미터나 되었다.

"저걸 언제 다 칠하지? 조금 있으면 친구들이 지나갈 텐데. 내가 울타리를 칠하는 걸 보면 모두들 비웃을* 거야."

톰은 한숨을 내쉬었다. 그때 톰의 머릿속에 ㉠기발한* 생각이 떠올랐다.

톰은 갑자기 휘파람*을 불며 페인트칠을 했다. 잠시 뒤 벤이 사과를 입에 물고 나타났다.

"톰, 이모한테 붙잡혀서 일하고 있구나! 난 지금 수영하러 가는데."

"일이라고? 이게 수영보다 훨씬 재미있는데?"

"흥, 페인트칠이 뭐가 재미있다는 거야?"

"당연히 재미있지. 나 같은 어린애가 페인트칠을 할 수 있는 기회는 많지 않거든."

(가)
벤은 사과를 베어 물다 말고 멈칫했다*. 그러고는 톰이 페인트칠을 하는 모습을 가만히 지켜보았다. 톰은 화가라도 된 듯 자못* 진지한 표정으로 페인트칠을 하다가 뒤로 한발 물러서서 자신의 작품을 바라보곤 했다. ㉡그런 모습을 보자, 벤도 페인트칠이 하고 싶어졌다.

"톰, 나도 한 번 칠해 보자."

"안 돼. 이모가 특별히 나한테만 맡긴 일이니까."

"부탁이야! 대신 이 사과 너 줄게."

벤이 먹던 사과를 내밀며 톰에게 애원했다. 톰은 못 이기는 척*하고 벤에게 붓을 건넸다.

벤은 햇볕 아래서 땀을 뻘뻘 흘리며 페인트칠을 했다. 그러는 동안 톰은 [㉢] 벤이 페인트칠하는 것을 보자, 다른 아이들도 몰려와 톰에게 페인트칠을 하게 해 달라고 졸랐다. 톰은 아이들에게 물건을 받고서야 페인트칠을 할 수 있게 해 주었다.

몇 시간 뒤, 친구들에게 울타리 페인트칠을 다 시키고 톰은 갖가지 물건을 손에 넣었다. 게다가 페인트가 세 번이나 칠해져 울타리는 아주 깔끔해졌다.

– 마크 트웨인, 『톰 소여의 모험』

날말 풀이

＊간신히 힘들게 겨우. ＊애원해도 소원이나 요구 등을 들어 달라고 애처롭게 사정하여 간절히 바라도. ＊울타리 풀이나 나무 등을 얽거나 엮어서 담 대신에 경계를 지어 막는 물건. ＊비웃을 어떤 사람, 또는 그의 행동을 터무니없거나 어처구니없다고 여겨 얕잡거나 업신여길. ＊기발한 유달리 재치가 뛰어난. ＊휘파람 입술을 좁게 오므리고 혀끝으로 입김을 불어서 맑게 내는 소리. ＊멈칫했다 하던 일이나 동작을 갑자기 멈췄다. ＊자못 생각보다 매우. ＊못 이기는 척 마지못한 듯이.

1

세부
내용

이 글의 내용과 일치하지 <u>않는</u> 것은 무엇인가요? (   )

① 톰은 하얀색 페인트로 울타리를 칠했다.

② 톰은 학교에 가지 않고 수영을 하고 거짓말까지 했다.

③ 폴리 이모가 톰에게 울타리 페인트칠 하는 일을 시켰다.

④ 톰의 친구들은 톰을 도와주고 싶어서 페인트칠을 함께 했다.

⑤ 톰은 페인트칠하는 것을 보고 친구들이 놀릴까 봐 걱정이 되었다.

2

구조
알기

이 글에서 일이 일어난 차례대로 ㉮~㉺의 기호를 쓰세요.

㉮ 톰은 휘파람을 불며 페인트칠을 했다.

㉯ 벤이 페인트칠을 하고 있는 톰을 놀렸다.

㉰ 벤과 친구들이 페인트칠을 하게 해 달라고 톰을 졸랐다.

㉱ 친구들에 의해 페인트가 세 번 칠해져 울타리가 깔끔해졌다.

㉲ 톰은 높이가 3미터에 폭이 30미터나 되는 울타리에 페인트칠을 하게 되었다.

(   ) → (   ) → (   ) → (   ) → (   )

3

세부
내용

㉠의 뜻으로 알맞은 것은 무엇인가요? (   )

① 친구들과 함께 페인트칠을 할 수 있는 방법

② 혼자서 재빨리 페인트칠을 할 수 있는 방법

③ 페인트칠을 좀 더 재미있게 할 수 있는 방법

④ 폴리 이모와 함께 페인트칠을 할 수 있는 방법

⑤ 페인트칠을 친구들에게 맡겨 빨리 끝낼 수 있는 방법

4

어휘
어법

㉡의 상황과 어울리는 속담은 무엇인가요? (   )

① 내 코가 석자다

② 가는 날이 장날이다

③ 남의 떡이 더 커 보인다

④ 닭 잡아먹고 오리발 내민다

⑤ 가지 많은 나무에 바람 잘 날 없다

5 ⓒ에 들어갈 내용으로 알맞은 것은 무엇인가요? (　　　)

추론
하기

① 친구들과 함께 수영하러 갔다.
② 페인트 통에 페인트를 갖다 부었다.
③ 벤 옆에서 신나게 페인트칠을 했다.
④ 벤에게 물을 갖다 주고, 땀을 닦아 주었다.
⑤ 나무 그늘 아래 앉아 벤이 준 사과를 먹었다.

6 이 글과 [보기]에서 알 수 있는 톰의 성격으로 알맞은 것은 무엇인가요? (　　　)

추론
하기

> [보기]　톰과 아이들은 자신들의 계획이 실행되기를 바라며 가슴을 졸이고 있었다.
> 　　그때 도빈슨 선생님 머리 위 바로 천장에 뚫린 창에서 허리에 끈이 묶인 고양이가
> 내려왔다. / 고양이는 칠판에 미국 지도를 그리고 있는 도빈슨 선생님 머리 위로 내
> 려가더니, 마침내 도빈슨 선생님의 가발을 꽉 움켜쥐었다. 그 순간 고양이가 다락방
> 으로 끌어 올려졌고, 도빈슨 선생님의 대머리가 반짝반짝 빛을 발했다. 갑자기 교실
> 안에서 '와' 웃음이 터졌다. 이것으로 학예회는 끝났다.

① 부끄러움을 많이 탄다.　　　　　② 친절하고, 이해심이 많다.
③ 꾀가 많고, 장난이 심하다.　　　④ 변덕스럽고, 참을성이 없다.
⑤ 불평 불만이 많고, 화를 잘 낸다.

7 ㉮ 부분을 희곡으로 바꾸어 쓸 때, ㉮와 ㉯에 들어갈 알맞은 말은 무엇인가요? (　　　)

적용
창의

> 벤이 사과를 베어 물다 말고 톰이 페인트칠하는 모습을 물끄러미 바라본다. 톰은 벤을 힐끔힐끔 보면
> 서 휘파람을 불며 페인트칠을 한다.
> 벤: (　　㉮　　) 톰, 나도 한 번 칠해 보자.
> 톰: (　　㉯　　) 안 돼. 이모가 특별히 나한테만 맡긴 일이니까.

	㉮	㉯
①	명령하듯이	웃음을 참으면서
②	고개를 푹 숙이고	장난스러운 표정으로
③	매우 화를 내면서	땀을 뻘뻘 흘리면서
④	간절하게 사정하며	곤란한 표정을 지으며
⑤	고양이처럼 살금살금	불만스러운 표정으로

10회 지문 익힘 어휘

1 낱말에 알맞은 뜻을 찾아 선으로 이으세요.

어휘
의미

(1) 자못 •　　　• ㉮ 생각보다 매우.

(2) 멈칫하다 •　　　• ㉯ 유달리 재치가 뛰어나다.

(3) 기발하다 •　　　• ㉰ 하던 일이나 동작을 갑자기 멈추다.

(4) 애원하다 •　　　• ㉱ 소원이나 요구 등을 들어 달라고 애처롭게 사정하여 간절히 바라다.

2 빈칸에 들어갈 알맞은 낱말을 [보기]에서 찾아 쓰세요.

어휘
활용

[보기]　　　애원　　　자못　　　멈칫　　　기발

(1) ☐☐ 한 생각을 떠올린 톰은 벤이 다가오는 것을 보자 휘파람까지 불며 페인트칠을 했다. 벤이 사과 먹기를 (2) ☐☐ 하자 톰은 (3) ☐☐ 진지하게 자신의 작품을 바라보았다. 그러자 벤이 사과를 내밀며 톰에게 (4) ☐☐ 했다.

3 [보기]에서 밑줄 친 관용 표현의 뜻은 무엇인가요? (　　　)

어휘
확장

[보기]　할아버지가 껄껄 웃으시면서 용돈을 꺼내 내 손에 쥐어 주셨다. 엄마는 눈을 찡긋하며 받지 말라는 신호를 보냈지만, 나는 못 이기는 척하고 할아버지가 주신 용돈을 받아 바지 호주머니에 넣었다.

① 못 본 척하며　　　　　　② 마지못한 듯이
③ 때와 장소를 가리지 않고　　④ 한 곳을 뚫어지게 바라보며
⑤ 너무 뜻밖이어서 기가 막혀 하며

긴 장

'장(長)' 자는 머리카락이 긴 노인의 모습을 본떠서 만든 글자예요. 백발 노인의 모습을 표현한 데서 '길다', '어른'을 뜻하게 되었어요. 이 '어른'의 의미에서 '우두머리'라는 뜻도 생겨났어요.

● 다음 획순에 따라 한자를 따라 쓰세요.

| 長 | 丨 | 厂 | 厂 | 巨 | 토 | 투 | 長 | 長 |

| 長 | 長 | 長 | | | | | | |

연장 延長
(늘일 연, 긴 장)

길이나 시간, 거리 등을 본래보다 길게 늘림.
예 의학의 발달로 인간의 평균 수명이 연장되었다.

반대말 단축(短縮): 시간, 거리 등을 줄임.

성장 成長
(이룰 성, 긴 장)

사람이나 동물 등이 자라서 점점 커짐.
예 우리 형은 일찍 성장이 멈춰서 나랑 키가 비슷하다.

비슷한말 발육(發育)

교장 校長
(학교 교, 긴 장)

초, 중, 고등학교에서 각 학교의 교육과 행정을 책임지고 학교를 대표하는 직위.
예 언니는 백일장에서 장원이 되어 교장 선생님께 직접 상장을 받았다.

비슷한말 학교장(學校長)

Q 빈칸에 공통으로 들어갈 한자는 무엇인가요? (   )

| 연☐ | 성☐ | 교☐ | 학교☐ |

① 長   ② 小   ③ 千   ④ 木   ⑤ 手

3주

한자 安 (편안 안) 자

어느 날 민영이는 어린이날 선물로 받은 꽃무늬가 있는 원피스를 입고 민재를 따라 학교에 왔다. ㉠민영이는 공부 시간 내내 치마를 폈다 말았다 하면서 시간을 보냈다. 민재는 그런 민영이가 신경 쓰여 자꾸 흘깃거렸다.

쉬는 시간에 화장실에 다녀오던 민재는 건우가 민영이의 치마를 들추는* 것을 보았다. 민재는 그대로 내달아* 건우의 얼굴을 주먹으로 쳐 버렸다. '욱' 하며 건우가 코를 막고 물러섰다. 건우의 손 사이로 피가 흘러나왔다.

"코피다!" / 시원이가 외쳤다. 피를 본 건우가 울음을 터뜨렸다. 후다닥 달려온 선생님이 건우를 보건실로 데려갔다. 일방적*인 싸움은 그렇게 싱겁게* 끝나 버렸다.

조금 시간이 지나서 선생님은 건우를 데리고 교실로 돌아왔다.

"코피만 좀 나고 다른 데는 다친 데가 없어서 다행이다. 도대체 무슨 일이야?"

"건우가 우리 누나한테 '아이스께끼' 하잖아요."

민재는 아직도 분이 풀리지 않은 듯 씩씩거리며 볼멘소리*를 했다.

"여러분은 아직 어려서 성희롱*이 무엇인지 모르겠지만, '아이스께끼'도 성희롱이에요. 친구에게 수치심*을 느끼게 하는 일은 평생* 해서는 안 되는 일이랍니다. 다시는 그러지 않겠다고 건우는 민영이에게 사과하고, 민재는 때려서 미안하다고 건우에게 사과하세요."

선생님의 중재*로 민재와 건우는 화해의 악수를 했다. 그 후부터 민영이를 놀리는 아이는 거의 없었다. 건우의 코피 사건이 제법* 효과가 컸던 것이다. 또 민영이를 놀리면 민재가 어김없이 거칠게 몰아붙이거나 때려서 울리고 말았기 때문이었다. (중략)

'휴~!'

생각에서 깨어난 민재는 가늘게 한숨을 쉬었다. ㉡조금 전까지만 해도 만날 아이들에게 괴롭힘을 당한다고 생각했는데, 생각해 보니 자신이 아이들을 괴롭히는 일이 많았다는 것을 깨닫게 되었다.

"너 때문에 민영이만 외롭겠네."

태영이가 답답하다는 듯 던지던 말이 생각났다. 민재는 고개를 들어 태영이를 바라보았다. 태영이는 진지한 얼굴로 편지를 쓰고 있었다.

(가) '설마 저 녀석, 나한테 섭섭했던* 걸 쓰는 건 아니겠지. 다른 애들은?'

생각이 여기까지 미치자*, 민재는 얼른 반 아이들을 둘러보며 눈치를 살폈다. 아이들이 자신에게 편지를 쓰고 있는 것 같아 괜히 얼굴이 붉어졌다.

— 김희숙, 「애플 데이」

낱말 풀이

*들추는 속이 드러나도록 들어 올리는. *내달아 밖이나 앞으로 갑자기 힘차게 뛰어나가. *일방적 어느 한쪽이나 한 편으로 치우친 것. *싱겁게 떤 행동이나 말, 글 등이 흥미를 끌지 못하고 흐지부지하게. *볼멘소리 언짢거나 화가 나서 통명스럽게 하는 말투. *성희롱 상대방에게 성적으로 불쾌감을 주는 말이나 행동을 하는 일. *수치심 매우 창피하고 부끄러운 마음. *평생 세상에 태어나서 죽을 때까지의 동안. *중재 다투는 사람들 사이에 끼어들어 당사자들을 화해시킴. *제법 상당한 수준으로. *섭섭했던 서운하고 아쉬웠던. *미치자 어떤 기준이나 수준 등에 닿거나 이르자.

1
구조
알기

이 글에서 가장 <u>먼저</u> 일어난 일은 무엇인가요? (   )

① 건우가 민영이의 치마를 들추었다.

② 선생님의 중재로 민재와 건우는 화해를 하였다.

③ 민재가 건우의 얼굴을 때려 건우가 코피를 흘렸다.

④ 민재는 자신이 아이들을 괴롭히는 일이 많았다는 것을 깨달았다.

⑤ 민영이가 꽃무늬가 있는 원피스를 입고 민재를 따라 학교에 왔다.

2
추론
하기

㉠을 통해 짐작할 수 있는 것은 무엇인가요? (   )

① 민영이는 수업에 흥미가 없다.

② 민영이는 치마를 좋아하지 않는다.

③ 민영이는 수업을 열심히 듣고 있다.

④ 민영이는 한자리에 앉아 있지 못한다.

⑤ 민영이는 손을 쓰지 못하는 장애를 가지고 있다.

3
세부
내용

'민재'가 건우를 때린 까닭은 무엇인가요? (   )

① 건우가 민재를 놀려서

② 건우가 민영이를 때려서

③ 건우가 민영이를 넘어뜨려서

④ 건우가 민재에게 거짓말을 하여서

⑤ 건우가 민영이의 치마를 들추어서

4
세부
내용

'건우'의 코피 사건 때문에 일어난 일은 무엇인가요? (   )

① 민영이에게 친구들이 많이 생겼다.

② 민영이가 학교에 나오지 않게 되었다.

③ 민영이를 놀리는 아이들이 줄어들었다.

④ 건우가 다른 학교로 전학을 가게 되었다.

⑤ 친구들 사이에서 민재의 인기가 많아졌다.

5

추론
하기

ⓛ에 나타난 '민재'의 마음으로 알맞은 것은 무엇인가요? (　　　)

① 고맙고 기쁜 마음

② 어이없고 황당한 마음

③ 섭섭하고 억울한 마음

④ 미안하고 부끄러운 마음

⑤ 안쓰럽고 안타까운 마음

6

어휘
의미

㉮ 부분에서 '민재'의 상황에 어울리는 속담은 무엇인가요? (　　　)

① 도둑이 제 발 저리다

② 비 온 뒤에 땅이 굳어진다

③ 낫 놓고 기역 자도 모른다

④ 고래 싸움에 새우 등 터진다

⑤ 가까운 남이 먼 일가보다 낫다

7

어휘
의미

[보기]의 글쓴이가 '민재'에게 했을 말로 알맞은 것은 무엇인가요? (　　　)

> [보기]　　친구는 크게 이로운 친구와 해로운 친구로 나뉜다. 마음이 올바르고 넓으며, 배운 것이 많은 친구는 이롭다. 생각이 한쪽으로 치우치고 나약하며 아첨하는 친구는 해롭다. 친구에게는 착하고 바르게 살 것을 요구하고, 믿음과 간절한 마음으로 충고하여 친구를 바른 길로 이끌어야 한다. 그저 장난을 치고 실없이 놀리는 것으로 친구를 사귄다면 친구 사이가 오래 갈 수 없다.
>
> － 박세무, 『동몽선습』

① 민영이에게 수치심을 준 건우를 때린 건 잘한 일이야.

② 친구가 너를 괴롭히면 너도 두 배로 친구를 괴롭히면 돼.

③ 너에게 잘 보이려고 네 비위를 맞추는 친구가 좋은 친구야.

④ 친구를 사귀려면 장난을 잘 치고 재미있는 친구를 사귀어야 해.

⑤ 건우가 올바르지 않은 행동을 했을 때 그런 행동을 하면 안 된다고 충고해 주었어야 해.

11회 지문 익힘 어휘

1
어휘
의미

뜻에 알맞은 낱말을 찾아 선으로 이으세요.

(1) 속이 드러나도록 들어 올리다. •

(2) 어느 한쪽이나 한편으로 치우친 것. •

(3) 언짢거나 화가 나서 퉁명스럽게 하는 말투. •

(4) 다투는 사람들 사이에 끼어들어 당사 자들을 화해시킴. •

• ㉮ 중재

• ㉯ 일방적

• ㉰ 들추다

• ㉱ 볼멘소리

2
어휘
활용

빈칸에 들어갈 알맞은 낱말을 [보기]에서 찾아 쓰세요.

[보기]	중재	일방적	들추자	볼멘소리

(1) 이불을 ( ) 고양이가 숨어 있었다.

(2) 아파트 층간 소음 문제는 ( )하기가 어렵다.

(3) 동생은 자기 용돈이 가장 적다며 ( )을/를 하였다.

(4) 이번 테니스 대회는 우승이 예상되었던 선수의 ( )인 승리로 끝났다.

3
어휘
확장

밑줄 친 낱말과 바꾸어 쓸 수 있는 낱말의 기호를 쓰세요.

(1) 건우가 코를 막고 물러섰다. ··· ( )
㉮ 나아갔다   ㉯ 뒷걸음쳤다   ㉰ 아우성쳤다

(2) 할머니께서는 평생 처음으로 해외여행을 가셨다. ······················ ( )
㉮ 기간   ㉯ 세월   ㉰ 생애

(3) 가족들이 나만 빼고 비밀 이야기를 해서 섭섭했다. ··················· ( )
㉮ 놀라웠다   ㉯ 서운했다   ㉰ 간지러웠다

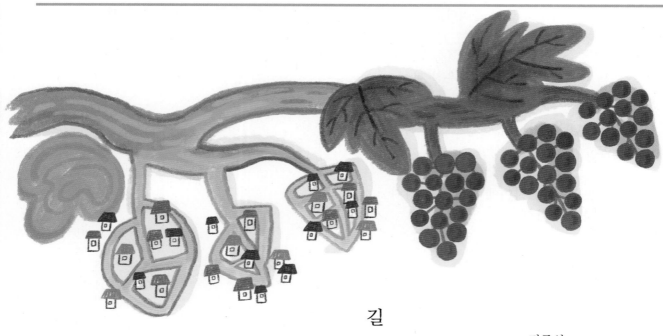

길

김종상

길은
㉠포도 덩굴*.

몇백 년을 자라서
땅덩이*를 다 덮었다*.

이 덩굴
가지*마다

㉡포도송이 같은
마을이 있고

㉢포도알 같은
집들이 달렸다*.

포도알이 늘* 때마다
포도송이는 자꾸* 커 가고

갈봄* 없이
자라기만 하는
이 덩굴을 통하여

사람과 사람이 도와 가고
마을과 마을이 이어져서

세계가
한 덩이로 되었다.

낱말풀이

＊**덩굴** 길게 뻗어 나가면서 다른 물건을 감아 오르거나 바닥에 퍼져 나가는 식물의 줄기. ＊**땅덩이** 대륙과 국토와 같이 경계가 있는 한 부분의 땅. ＊**덮었다** 무엇이 드러나거나 보이지 않도록 다른 것을 얹어서 씌웠다. ＊**가지** 나무나 풀의 큰 줄기에서 갈라져 나간 작은 줄기. ＊**달렸다** 열매가 맺혔다. ＊**늘** 수나 양 등이 원래보다 많아질. ＊**자꾸** 여러 번 반복하거나 끊임없이 계속하여. ＊**갈봄** '가을봄'의 준말.

1 이 시에 대한 설명으로 알맞지 <u>않은</u> 것은 무엇인가요? (   )

세부
내용

① 9연 19행으로 구성되었다.

② 말하는 이는 여러 갈래로 이어진 길을 보고 있다.

③ 말하는 이는 집들이 늘 때마다 마을이 커진다고 생각한다.

④ 포도의 맛과 향을 직접 맛보고 냄새 맡는 것처럼 표현하였다.

⑤ 길, 집, 마을의 모습을 포도나무의 여러 부분에 비유하여 표현하였다.

2 이 시를 두 부분으로 알맞게 나눈 것은 무엇인가요? (   )

구조
알기

중심 내용	길의 여러 갈래마다 마을이 있고, 마을에는 집들이 있다.	사람과 사람, 마을과 마을이 길로 이어져서 세계가 한 덩이로 되었다.
①	1~2연	3~9연
②	1~3연	4~9연
③	1~4연	5~9연
④	1~5연	6~9연
⑤	1~6연	7~8연

3 ㉠~㉢이 비유한 대상을 알맞게 짝 지은 것은 무엇인가요? (   )

추론
하기

	㉠	㉡	㉢
①	사람	마을	집
②	길	집	마을
③	길	마을	집
④	땅덩이	사람	마을
⑤	땅덩이	길	집

4 다음처럼 두 낱말로 나눌 수 있는 낱말은 무엇인가요? (   )

어휘
어법

• 포도송이 → 포도 + 송이	• 포도알 → 포도 + 알

① 나무   ② 아기   ③ 비옷   ④ 무지개   ⑤ 아버지

5

[보기]와 같은 표현 방법이 쓰인 문장은 무엇인가요? (   )

> [보기] '포도알 같은 / 집'은 '집'을 '포도알'에 비유하여 표현하였다. 이처럼 '~같이', '~ 같은', '~처럼' 등을 사용하여 어떤 모습이나 사물을 비슷한 다른 것에 비유하여 표현하는 것을 '직유법'이라고 한다.

① 돌멩이가 나를 부른다

② 구름처럼 폭신한 베개

③ 내 마음은 차디찬 겨울

④ 바다가 소리 내어 운다

⑤ 어머니 손은 메마른 나뭇가지이다

6

이 시의 주제로 알맞은 것은 무엇인가요? (   )

① 시간을 헛되이 보내지 말자.

② 보잘것없는 식물도 소중한 생명이다.

③ 과거에 얽매이지 말고 미래를 향해 나아가자.

④ 외적인 아름다움보다 내적인 아름다움을 키우자.

⑤ 세계로 뻗어 있는 길을 통하여 세계가 하나가 되자.

7

이 시와 [보기]를 참고해 표어를 만들 때 가장 알맞은 것은 무엇인가요? (   )

> [보기] 세계화란 국제 사회가 점점 더 가까워지면서 상호 의존성이 높아지고, 서로 많은 영향을 주고받는 것을 말한다. 교통과 통신의 발달로 세계는 종교, 국가, 인종을 넘어 경제, 정치, 사회, 문화 전반에 걸쳐 긴밀한 영향을 주고받는다.

① 설마 하는 마음이 큰 사고를 만든다.

② 역사를 바로 알아야 나라가 바로 선다.

③ 내가 지킨 전통 문화, 대대손손 빛난다.

④ 내 나라에서 난 농산물이 내 몸을 살린다.

⑤ 서로 돕고 의지하는 하나의 지구촌, 하나 된 세계.

12회 지문 익힘 어휘

1
어휘
의미

뜻에 알맞은 낱말을 [보기]에서 찾아 쓰세요.

[보기]	가지	자꾸	늘다	달리다

(1) ( ): 열매가 맺히다.

(2) ( ): 수나 양 등이 원래보다 많아지다.

(3) ( ): 여러 번 반복하거나 끊임없이 계속하여.

(4) ( ): 나무나 풀의 큰 줄기에서 갈라져 나간 작은 줄기.

2
어휘
활용

빈칸에 들어갈 알맞은 낱말을 찾아 선으로 이으세요.

(1) 나무에 복숭아가 많이 [　　　].　　•

(2) 슬픈 생각을 하니 [　　　] 눈물이 나왔다.　　•

(3) 바람이 불어 나무의 [　　　]이/가 흔들렸다.　　•

(4) 도시의 인구가 [　　　] 여러 문제가 발생했다.　　•

• ㉮ 자꾸

• ㉯ 가지

• ㉰ 늘어서

• ㉱ 달렸다

3
어휘
확장

빈칸에 들어갈 알맞은 낱말을 [보기]에서 찾아 기호를 쓰세요.

[보기]	㉮ 덥다: 몸으로 느끼기에 기온이 높다.
	㉯ 덮다: 무엇이 드러나거나 보이지 않도록 다른 것을 얹어서 씌우다.

(1) 난방을 심하게 했더니 방 안이 몹시 [　　　]. (　　　)

(2) 초가을이 되었는데도 날씨가 여름처럼 [　　　]. (　　　)

(3) 음식에 먼지가 들어가지 않도록 비닐로 [　　　]. (　　　)

'어떤 위험이 닥친다 해도 반드시 저 하늘을 날아 볼 테야.'

그날부터 구구는 부지런히 사육장 안을 날아다녔습니다. 날갯죽지에 힘을 길러 둘 속셈*이었습니다. 다음 날 해질 무렵*이었습니다.

관리인 아저씨가 사육장으로 다가오고 있었습니다. 구구는 가슴을 졸이며* 기회를 엿보았습니다. 아저씨가 철망 문의 고리를 벗기자마자 구구는 날쌔게 사육장을 빠져나왔습니다.

하늘 높이 날아오른 구구는 뱅글뱅글 맴*을 돌다가 솟구쳐 올랐다가 좋아서 어쩔 줄을 몰랐습니다.

구구는 저녁놀에 물든 산허리*를 향해 날아올랐습니다. 날갯죽지가 뻐근해지도록 날아갔지만 해는 곧 모습을 감추어 버렸습니다.

이번에는 바람을 따라 날아갔습니다. 숨이 턱에 차도록 지쳐 버린 구구는 가로수에 내려앉았습니다.

그러나 쉬이 잠을 이룰 수가 없었습니다. 별처럼 많은 전깃불이 밤을 밝히는 데다 밤새 어지러이 돌아다니는 자동차 때문에도 얼*이 빠진 것 같았습니다.

아침이 되어도 정신이 없기는 마찬가지였습니다. 정신이 없는 중에도 구구는 배가 고팠고 스스로 먹이를 찾아 나서지 않으면 안 되었습니다.

먹을 것을 찾아 거리를 쏘다녔지만 그 일이 쉽지 않았습니다. 거리엔 수많은 위험이 도사리고* 있었기 때문입니다.

구구는 배고픔을 면할* 만큼만 먹기로 했습니다. 위험을 무릅쓰고 먹이를 구하느니 안전한 것이 낫다고 생각했기 때문입니다.

사육장 생활에 비하면 말할 수 없이 고생스러웠지만 자유를 누릴 수 있는 대가*라고 생각하면 참고 견딜 만했습니다. / 바람이 몹시 사나운 날이었습니다. 거리엔 사람들의 발길도 뜸했습니다*.

구구는 별 어려움 없이 먹이를 구할 수 있었습니다. 사육장을 떠나 온 뒤로 식사다운 식사를 하는 셈이었습니다.

느긋하게 음식 맛을 즐기고 있는데 커다란 그림자가 온몸을 덮쳐 왔습니다. 구구는 잽싸게 날아올랐습니다. 하마터면 개구쟁이 손에 잡힐 뻔한 것입니다.

가로수에 올라앉았던 구구가 다시 먹이를 찾아 내려앉으려다 곤두박질*을 쳤습니다. 연실이 두 발을 얽어 놓고 살 속으로 파고들었기 때문입니다.

구구는 발버둥*을 쳤습니다. 그러나 발버둥을 치면 칠수록 실은 살 속으로 파고들어 더욱 옥죄어* 들었습니다. 온종일 발버둥을 친 탓에 발가락 하나가 잘려 나갔습니다.

— 김향이, 「비둘기 구구」

낱말풀이

*속셈 마음속으로 세우는 계획. *무렵 어떤 시기와 대략 일치하는 때. *졸이며 속을 태우다시피 초조해하며. *맴 어떤 장소를 빙글빙글 도는 것. *산허리 산 둘레의 중간. *얼 정신의 바탕이나 본질. *도사리고 앞으로 어떤 일이 일어날 것을 알리는 신호가 깔려 있거나 숨어 있고. *면할 어떤 어려운 상태나 처지에서 벗어날. *대가 어떤 일에 들인 노력이나 그 결과. *뜸했습니다 자주 오가거나 많이 있던 것이 한동안 드물거나 별로 없었습니다. *곤두박질 갑자기 거꾸로 떨어지거나 아래로 내리박힘. *발버둥 갖은 힘이나 방법을 다하여 매우 애를 쓰는 것. *옥죄어 어떤 물건이나 몸을 안쪽으로 오그라지게 바싹 조여.

1
구조
알기

이 글을 읽는 방법으로 알맞은 것은 무엇인가요? (   )

① 사실과 의견을 구분하며 읽는다.

② 인물, 사건, 배경을 파악하며 읽는다.

③ 인물의 업적과 본받을 점을 생각하며 읽는다.

④ 반복되는 말이나 흉내 내는 말을 찾으며 읽는다.

⑤ 근거가 주장을 잘 뒷받침하는지 판단하며 읽는다.

2
구조
알기

이 글에서 일이 일어난 차례대로 ㉮~㉺의 기호를 쓰세요.

㉮ 구구가 사육장을 빠져나왔다.

㉯ 구구가 개구쟁이에게 잡힐 뻔하였다.

㉰ 구구가 먹을 것을 구하기 위해 거리를 쏘다녔다.

㉱ 연실이 구구의 발에 얽혀 구구의 발가락 하나가 잘려 나갔다.

㉲ 구구는 날갯죽지에 힘을 기르기 위해 사육장 안을 날아다녔다.

(   ) → (   ) → (   ) → (   ) → (   )

3
어휘
어법

이 글에서 시간을 알 수 있는 말이 아닌 것은 무엇인가요? (   )

① 해질 무렵

② 아침이 되어도

③ 저녁놀에 물든 산허리

④ 먹을 것을 찾아 거리를 쏘다녔지만

⑤ 별처럼 많은 전깃불이 밤을 밝히는 데다

4
세부
내용

'구구'가 배고픔을 면할 만큼만 먹기로 한 까닭은 무엇인가요? (   )

① 살이 찌는 것을 막기 위해서

② 언제든지 먹을 것을 구할 수 있어서

③ 스스로 먹이를 찾아 나서는 것이 귀찮아서

④ 몸이 무거우면 하늘을 날지 못할 것이라고 생각해서

⑤ 위험을 무릅쓰고 먹이를 구하느니 안전한 것이 낫다고 생각해서

5

추론
하기

'구구'의 마음이 어떻게 바뀌었는지 알맞게 정리한 것은 무엇인가요? (　　　)

	사육장을 빠져나올 때	먹이를 찾아 헤맬 때	연실에 걸렸을 때
①	기쁨	속상함	행복함
②	안타까움	즐거움	설렘
③	두려움	자랑스러움	즐거움
④	기쁨	고생스럽지만 행복함	두려움
⑤	속상함	고생스럽지만 행복함	설렘

6

주제
찾기

'구구'가 추구하는 삶으로 알맞은 것은 무엇인가요? (　　　)

① 도전적이고 자유로운 삶
② 다른 이에게 존경받는 삶
③ 자신을 희생하며 남을 돕는 삶
④ 다른 이를 지배하고 다스리는 삶
⑤ 현실에 만족하며 편안하게 사는 삶

7

적용
창의

[보기]를 참고해 이 글을 영화로 만들 때 고려할 점이 <u>아닌</u> 것은 무엇인가요? (　　　)

> [보기]　영화에서 조명과 음악은 분위기를 연출하는 데 중요한 역할을 한다. 즐겁거나 희망
> 찬 분위기에서는 밝은 조명을, 슬프거나 공포스러운 분위기에서는 어두운 조명을 사
> 용하여 분위기를 강조한다. 공포 영화의 경우 인물의 뒤에서 빛을 세게 비추면 섬뜩
> 한 분위기가 연출되기도 한다. 음악도 감정을 고조시키거나 분위기를 강조할 때 중요
> 한 역할을 한다. 대사 없이 음악 하나만으로 감정과 상황을 전달하기도 한다.

① 구구가 사육장을 빠져나올 때 빠르고 경쾌한 음악을 사용해야겠어.
② 구구가 산허리를 향해 날아가는 장면에서는 붉은 조명을 어둡게 해야겠어.
③ 구구가 잠을 이루지 못하는 장면에는 느리고 어두운 음악을 사용해야겠어.
④ 구구가 연실에 걸려 발버둥을 치는 장면에는 차분하고 조용한 음악을 사용해야겠어.
⑤ 구구를 잡으려는 개구쟁이 뒤에서 빛을 세게 비춰서 공포스러운 분위기를 만들어야겠어.

13회 지문 익힘 어휘

1

어휘
의미

낱말과 그 뜻이 알맞게 짝 지어진 것은 무엇인가요? (   )

① 얼: 마음속으로 세우는 계획.

② 속셈: 정신의 바탕이나 본질.

③ 옥죄다: 어떤 어려운 상태나 처지에서 벗어나다.

④ 면하다: 어떤 물건이나 몸을 안쪽으로 오그라지게 바싹 조이다.

⑤ 뜸하다: 자주 오가거나 많이 있던 것이 한동안 드물거나 별로 없다.

2

어휘
활용

빈칸에 들어갈 알맞은 낱말을 [보기]에서 찾아 쓰세요.

[보기]	얼	속셈	면하기	옥죄는	뜸하니

(1) 문화재에는 조상의 (   )와/과 지혜가 담겨 있다.

(2) 나는 형에게 잘 보여 게임기를 빌릴 (   )이었다.

(3) 무더위 때문에 거리에 사람이 (   ) 시장도 조용하다.

(4) 현우는 달리기에서 꼴찌를 (   ) 위해 있는 힘껏 달렸다.

(5) 수영복이 너무 작아져서, 입으니까 몸을 (   ) 느낌이 든다.

3

어휘
확장

빈칸에 들어갈 알맞은 낱말을 [보기]에서 찾아 기호를 쓰세요.

[보기]	㉮ 대가(代價): 어떤 일에 들인 노력이나 그 결과.
	㉯ 대가(大家): 전문 분야에서 능력이 뛰어나 권위를 인정받는 사람.

(1) 그는 열심히 노력하여 서예의 [   ]이/가 되었다. (   )

(2) 그 소설가는 표절에 대한 [   ]을/를 치러야 한다. (   )

(3) 이 도시가 바로 음악의 [   ]인 모차르트가 태어난 곳이다. (   )

(4) 원하는 결과를 얻기 위해서는 그만큼의 [   ]이/가 필요하다. (   )

하루는 박씨가 대감에게 말했다.

"내일 종로에 하인을 보내 돈 삼백 냥*을 주고 유난히* 작고 야윈* 말 한 마리를 사 오라고 하십시오."

대감은 당황했지만 며느리의 비범함*을 알기에 더 이상 따져 묻지 않았다. 다음 날, 하인이 말을 사 오자, 박씨가 말했다.

"아버님, 앞으로 삼 년 동안만 한 끼에 보리 석 되와 콩 석 되로 죽을 쑤어* 말에게 먹이라고 하십시오."

며칠 뒤, 박씨는 뒤뜰의 초가집에 '피화당'이라고 써 붙였다. 그리고 주위에 갖가지 나무를 심고, 오색 흙을 쌓았다. 나무는 하루가 다르게 자라더니 신기한 일이 일어났다. 뜰에는 오색구름이 자욱했고*, 나무에는 용과 호랑이가 서린* 것 같았다. 신비한 모습에 감탄한 대감이 박씨에게 물었다.

"저 나무들을 심은 까닭이 무엇이냐?"

"세상에는 길흉이 있는데 나쁜 일이 생기면 나무로 막을 수 있습니다. 나중에 저절로 아시게 될 것입니다."

대감이 한탄하며 말했다. / "너처럼 비범한 아이가 내 며느리라니……. 내 아들이 어리석어* 너희 부부가 화목하게 지내지 못하니 안타깝기 그지없구나."

㉠"제 얼굴이 너무 못나서 멀리하는 것이니 이는 저의 죄입니다."

대감은 박씨의 불쌍한 처지가 안타까워 ㉡마음이 아팠다.

세월이 흘러, 말을 사 온 지 삼 년이 지났다. 그사이에 말은 몰라볼 정도로 훌륭해졌다.

"아버님, 며칠 뒤에 명나라 사신*이 올 것입니다. 이 말을 사신이 오는 길목*에 매어 두면, 사신이 말을 사려고 할 것입니다. 값은 딱 삼만 냥만 받으라고 하십시오."

대감은 삼만 냥이 터무니없다고 생각했지만 하인에게 그대로 분부했다*. 하인이 돌아와 삼만 냥을 내놓자 대감이 깜짝 놀라 박씨에게 달려갔다.

"명나라 사신이 매우 기뻐하며 삼만 냥을 주고 말을 샀다니 믿을 수가 없구나."

"아버님, 그 말은 하루에 천 리를 달리는 명마*입니다. 조선은 땅이 작아 그런 말이 필요 없지만 중국은 땅이 넓어 쓸 일이 많습니다. 그래서 명나라 사신이 명마를 알아보고 기꺼이 삼만 냥을 준 것입니다." / 대감이 크게 감탄하며 말했다.

"네 덕분에 집안 살림이 넉넉해졌구나. 너는 앞날을 내다보는 눈이 있으니, 남자였다면 나라를 구하는 관리가 되었을 텐데……."

— 『박씨전』

낱말 풀이

*냥 예전에, 엽전을 세던 단위. *유난히 상태나 성격, 행동 등이 보통과 아주 다르게. *야윈 살이 빠져 몸이 마르고 얼굴에 핏기가 없게 된. *비범함 수준이 보통을 넘어 아주 뛰어남. *쑤어 곡식의 알이나 가루를 물에 끓여 익혀서 죽이나 메주 따위를 만들어. *자욱했고 연기나 안개 등이 잔뜩 끼어 흐릿했고. *서린 어떤 기운이 스미어 나타난. *어리석어 생각이나 행동이 똑똑하거나 지혜롭지 못하여. *사신 임금이나 나라의 명령을 받고 다른 나라에 파견되는 신하. *길목 길에서 거쳐 지나가는 중요한 통로. *분부했다 윗사람이 아랫사람에게 명령이나 지시를 내렸다. *명마 매우 우수한 말.

분 ▬▬ 맞은 개수

1

세부
내용

'대감'에 대한 설명으로 알맞은 것은 무엇인가요? (　　　)

① 박씨가 하는 일마다 간섭을 하였다.

② 박씨의 비범함을 달갑지 않게 여겼다.

③ 뒤뜰의 초가집 이름을 피화당이라고 짓게 하였다.

④ 박씨 때문에 집안 살림이 기울었다고 생각하였다.

⑤ 박씨의 못난 얼굴 때문에 박씨를 멀리하는 아들을 어리석다고 생각하였다.

2

구조
알기

이 글에서 일이 일어난 차례대로 ㉮~㉰의 기호를 쓰세요.

> ㉮ 박씨의 말대로 명나라 사신이 삼만 냥을 주고 말을 샀다.
>
> ㉯ 박씨가 삼백 냥에 작고 야윈 말 한 마리를 사 오게 하였다.
>
> ㉰ 박씨가 뒤뜰의 초가집 주위에 갖가지 나무를 심고 오색 흙을 쌓았다.
>
> ㉱ 박씨가 삼 년 동안 보리 석 되와 콩 석 되로 죽을 쑤어 말에게 먹이라고 하였다.

(　　　) → (　　　) → (　　　) → (　　　)

3

세부
내용

'박씨'가 초가집 주위에 갖가지 나무를 심은 까닭은 무엇인가요? (　　　)

① 나무로 초가집을 가리기 위해서

② 나쁜 일이 생기면 나무로 막기 위해서

③ 나무를 기르며 외로움을 달래기 위해서

④ 나무로 뒤뜰을 아름답게 꾸미기 위해서

⑤ 나무를 팔아 집안 살림에 보태기 위해서

4

추론
하기

㉠에 나타난 '박씨'의 마음으로 알맞은 것은 무엇인가요? (　　　)

① 설레고 즐거운 마음

② 벅차고 감동적인 마음

③ 초조하고 다급한 마음

④ 슬프고 죄송스러운 마음

⑤ 어이없고 기가 막히는 마음

3주 14일

정답 및 풀이
28~29쪽

5

ⓛ과 바꾸어 쓸 수 있는 관용 표현은 무엇인가요? (   )

① 귀가 가려웠다.

② 코가 납작해졌다.

③ 가슴이 미어졌다.

④ 눈도 깜짝 안 했다.

⑤ 간이 콩알만 해졌다.

6

이 글에 나타난 시대적 상황으로 알맞은 것은 무엇인가요? (   )

① 명나라와 교류를 하였다.

② 여자도 능력이 있으면 관리가 될 수 있었다.

③ 나라의 허락을 받아야 말을 사고팔 수 있었다.

④ 결혼을 하면 신랑은 신부의 집에서 살아야 했다.

⑤ 며느리는 시아버지에게 자신의 생각을 말할 수 없었다.

7

[보기]는 이 글 뒷부분의 줄거리입니다. [보기]를 참고할 때 이 글의 주제는 무엇인가요? (   )

> [보기]   박씨는 혼인한 지 3년이 되자 허물을 벗고 절세미인이 된다. 남편 이시백은 박씨에게 그동안의 일을 사과하고, 박씨의 도움으로 벼슬에 오른다. 그 뒤 청나라 가달이 용골대 형제에게 삼만의 군사를 거느리고 조선을 침략하게 한다. 나라가 위태로워지자 왕은 남한산성으로 도망치고 많은 사람이 죽었으나 박씨의 피화당에 모인 부녀자들만은 무사했다. 박씨는 뛰어난 능력으로 용골대를 물리쳐 나라를 구하고 이시백과 행복한 여생을 보낸다.

① 힘없는 백성들을 괴롭히는 양반 비판

② 태어날 때부터 신분이 정해지는 신분 제도 비판

③ 주체성 없이 청나라를 받들어 섬기는 사대주의 비판

④ 남자를 여자보다 귀하게 여기는 남성 중심 사회 비판

⑤ 물건값이 오를 것을 예상하여 한꺼번에 샀다가 파는 행위 비판

14회 지문 익힘 어휘

1 뜻에 알맞은 낱말을 찾아 선으로 이으세요.

어휘
의미

(1) 연기나 안개 등이 잔뜩 끼어 흐릿
하다. ●

(2) 상태나 성격, 행동 등이 보통과 아
주 다르게. ●

(3) 윗사람이 아랫사람에게 명령이나
지시를 내리다. ●

(4) 살이 빠져 몸이 마르고 얼굴에 핏
기가 없게 되다. ●

● ㉮ 유난히

● ㉯ 야위다

● ㉰ 자욱하다

● ㉱ 분부하다

2 빈칸에 들어갈 알맞은 낱말을 [보기]에서 찾아 쓰세요.

어휘
활용

[보기]	분부	자욱	야위어	유난히

(1) 오늘따라 별이 (　　　　　) 밝다.

(2) 안개가 (　　　　　)하여 앞이 보이지 않는다.

(3) 그 말은 몸이 (　　　　　) 기운이 없어 보인다.

(4) 장군은 임금이 (　　　　　)한 대로 병사를 훈련시켰다.

3 밑줄 친 낱말과 반대되는 뜻을 가진 낱말의 기호를 쓰세요.

어휘
확장

(1) 친구는 미술과 관련된 재능이 <u>비범했다</u>. ······················(　)
　㉮ 평범했다　　　　㉯ 위험했다　　　　㉰ 뛰어났다

(2) 나는 달리기 전에 운동화 끈을 고쳐 <u>매었다</u>. ··················(　)
　㉮ 갈았다　　　　㉯ 풀었다　　　　㉰ 메웠다

(3) 작은 것을 탐하다가 큰 것을 잃다니 정말 <u>어리석다</u>. ··········(　)
　㉮ 순진하다　　　　㉯ 미련하다　　　　㉰ 현명하다

그날 아침, 학교로 뛰어가는데 면사무소 게시판에 사람들이 모여 있었다. 지난 2년 동안 게시판에는 징병*, 패전* 등 온갖 나쁜 소식이 ㉠붙어 있었는데 오늘은 무슨 일일까?

나는 헐레벌떡 학교 마당으로 들어갔다. 수업이 시작되는 소란한* 틈을 타 슬쩍* 내 자리에 앉을 생각이었다. 그런데 오늘따라 일요일 아침처럼 조용했다. 창문 너머로 아멜 선생님과 자리에 앉아 있는 친구들이 보였다.

나는 슬그머니* 교실 문을 열고 들어갔는데 뜻밖에도 아멜 선생님이 부드러운 목소리로 말했다.

"프란츠, 어서 앉아라. 너를 빼고 수업을 시작할 뻔했구나."

교실 분위기가 평소와 다르게 엄숙했다*. 그리고 늘 비어 있던 교실 뒤쪽 의자에 마을 사람들이 슬픈 표정으로 앉아 있었다.

아멜 선생님이 교단으로 올라가 엄숙한 목소리로 말했다.

"오늘이 여러분과의 마지막 수업입니다. 알자스와 로렌 지방의 학교에서는 독일어만 가르치라는 명령이 내려와서 내일은 새로운 선생님이 오십니다. 그러니 열심히 수업을 들어주시기 바랍니다."

게시판에 붙어 있던 내용이 이것이었구나!

㉡나는 아직 제대로 쓸 줄도 모르는데, 이제 더는 배울 수가 없다니! 수업을 빼먹고* 새집을 찾아다니거나 강가에서 놀면서 시간을 보낸 일이 떠올랐다.

한참 이런 생각을 하고 있을 때 선생님이 내 이름을 불렀다. 내가 분사의 규칙을 외울 차례가 된 것이었다. 하지만 나는 첫마디부터 막혀 버려서 고개도 들지 못한 채 서 있었다.

"프란츠, 선생님은 너를 야단치지 않겠다. 넌 지금 뉘우치고 있을 테니까. 우리는 이렇게 생각하지. '시간은 많아. 내일 배우면 돼.' 그 결과 이 지경*이 된 거란다. 교육을 내일로 미루어 온 것이 우리 알자스의 크나큰 불행이었어. 하지만 네 잘못만은 아니란다. 부모님들도 교육에 대한 열의*가 없었지. 한 푼이라도 더 벌기 위해 너희를 밭이나 공장으로 보냈으니까. 나도 반성해야 한단다. 수업 대신 정원에 물을 주게 하고, 너희들이 낚시를 하고 싶다고 하면 수업을 안 했으니까……."

아멜 선생님은 우리가 프랑스어를 절대로 잊어서는 안 된다고 하셨다. 그리고 어떤 민족*의 노예가 되더라도 자신들의 언어를 잘 간직하고* 있으면 감옥의 열쇠를 쥐고 있는 것이라고 강조하셨다.

– 알퐁스 도데, 「마지막 수업」

낱말풀이

＊**징병** 나라에서 병역 의무가 있는 사람을 강제로 불러 모아 일정 기간 동안 군인으로 복무하게 함. ＊**패전** 싸움에서 짐. ＊**소란한** 시끄럽고 정신없게 복잡한. ＊**슬쩍** 다른 사람이 보지 못하게 재빠르게. ＊**슬그머니** 남이 잘 알아차리지 못하게 몰래. ＊**엄숙했다** 의식이나 분위기 등이 무겁고 조용했다. ＊**빼먹고** 해야 할 일을 하지 않고. ＊**지경** 경우, 형편, 정도 등의 뜻을 나타내는 말. ＊**열의** 어떤 일을 이루어 내려는 강한 의지. ＊**민족** 오랫동안 일정한 지역에서 함께 생활하면서 고유한 언어, 문화, 역사를 이룬 사람들의 집단. ＊**간직하고** 기억이나 추억 등을 마음속 깊이 지니고.

1

세부
내용

이 글의 내용으로 알맞은 것은 무엇인가요? (   )

① 교실 분위기는 소란하고 분주하다.

② '내'가 사는 곳은 프랑스 알자스 지방이다.

③ 부모님들은 평소에 교육에 대한 열의가 높았다.

④ '나'는 분사의 규칙을 하나도 틀리지 않고 외웠다.

⑤ '나'는 학교에 지각하여 아멜 선생님께 꾸중을 들었다.

2

어휘
어법

밑줄 친 낱말이 ㉠과 같은 뜻으로 쓰인 것은 무엇인가요? (   )

① 벽에 포스터가 붙어 있다.

② 바지가 다리에 딱 붙어 불편하다.

③ 작은 불씨가 나뭇잎에 붙어 산불이 났다.

④ 요즘에는 편의점이 붙어 있는 주유소가 많다.

⑤ 나와 연수는 어릴 때부터 붙어 다니는 단짝이다.

3

세부
내용

'그날 아침' 게시판에 붙어 있던 내용은 무엇인가요? (   )

① 학교가 문을 닫는다는 것

② 프랑스가 전쟁에서 이겼다는 것

③ 프랑스어를 절대 잊어서는 안 된다는 것

④ 아멜 선생님이 다른 학교로 가신다는 것

⑤ 알자스와 로렌 지방의 학교에서는 독일어만 가르치라는 것

4

추론
하기

㉡에 나타난 '나'의 마음으로 알맞은 것은 무엇인가요? (   )

① 새롭고 신기하다.

② 부럽고 샘이 난다.

③ 시시하고 지루하다.

④ 슬프고 후회스럽다.

⑤ 뿌듯하고 자랑스럽다.

5 이 글에 나타난 시대 상황으로 알맞지 <u>않은</u> 것은 무엇인가요? (　　　)

추론
하기

① 프랑스가 전쟁을 치르고 있었다.

② 일요일에도 학교에서 수업을 하였다.

③ 사람을 강제로 군대에 보내기도 하였다.

④ 면사무소 게시판으로 소식을 전하기도 하였다.

⑤ 학교에 가지 않고 공장에서 일하는 아이들도 있었다.

6 이 글의 주제로 가장 알맞은 것은 무엇인가요? (　　　)

주제
찾기

① 조국에 대한 그리움

② 가난한 서민들이 꿈꾸는 새로운 세상

③ 자연과 함께 하는 소박하고 검소한 삶

④ 자기 나라의 말을 빼앗긴 고통과 슬픔

⑤ 물질적인 것만 추구하는 사람들에 대한 비판

7 [보기]를 참고해 이 글을 감상한 것으로 알맞지 <u>않은</u> 것은 무엇인가요? (　　　)

감상
하기

> [보기]　　우리가 사용하는 말 속에 그 사람의 생각이나 정신이 깃들어 있듯이, 한 민족이 사용하는 말과 글에는 그 민족의 얼과 사상이 담겨 있다.
>
> 　　이런 이유로 1930년대 일제는 우리의 민족의식을 말살하여 조선을 자신들의 확실한 식민지로 만들기 위해 한글 사용을 금지하였다. 일제는 한글 교육을 폐지하고, 학교에서 한글을 사용하면 벌을 주거나 학교를 폐쇄하였다. 또 한글로 발간되던 신문과 잡지를 전부 없앴으며, 한글을 연구하고 지켜 왔던 조선어 학회 간부들을 잡아들였다.

① 마을 사람들은 독일어로 대화하는 것을 자랑스러워할 거야.

② 프란츠가 학교에서 프랑스어를 사용하면 벌을 받을 수도 있겠어.

③ 프란츠가 사는 마을에서 프랑스어로 된 책을 찾아보기 어렵겠구나.

④ 독일이 프랑스를 완전히 점령하기 위해 프랑스어를 사용하지 못하게 했구나.

⑤ 아멜 선생님 말처럼 프랑스어를 절대 잊지 않으면 자신들의 얼과 사상은 지킬 수 있어.

15회 지문 익힘 어휘

1 뜻에 알맞은 낱말을 골라 ○표 하세요.

(1) 빼먹다: 해야 할 일을 (하다 / 하지 않다).

(2) 소란하다: (조용하고 / 시끄럽고) 정신없게 복잡하다.

(3) 열의: 어떤 일을 이루어 내려는 (강한 / 소극적인) 의지.

(4) 간직하다: 기억이나 추억 등을 마음속에 (얕게 / 깊이) 지니다.

(5) 민족: (오랫동안 / 짧은 시간 동안) 일정한 지역에서 함께 생활하면서 고유한 언어, 문화, 역사를 이룬 사람들의 집단.

2 빈칸에 들어갈 알맞은 낱말을 [보기]에서 찾아 쓰세요.

[보기]   열의   간직   소란   빼먹고

나는 오늘 피아노 학원을 (1)◻◻◻ 친구들과 농구 연습을 했다. 학교 운동장은 아이들이 웃고 떠드는 소리로 (2)◻◻ 했지만, 농구를 잘하고 싶은 나의 (3)◻◻을/를 방해하지는 못했다. 나는 승리의 염원을 (4)◻◻한 채 힘껏 뛰었다.

3 밑줄 친 낱말과 바꾸어 쓸 수 있는 낱말의 기호를 쓰세요.

(1) 나는 동생의 과자를 슬쩍 집어 먹었다. ……………… (   )
㉮ 몰래   ㉯ 헐레벌떡   ㉰ 야금야금

(2) 광복절 기념 의식이 엄숙하게 진행되었다. ……………… (   )
㉮ 활기차게   ㉯ 경건하게   ㉰ 복잡하게

(3) 해야 할 일을 자꾸 미룬 결과 이 지경이 되었다. ……………… (   )
㉮ 까닭   ㉯ 정도   ㉰ 공간

安
편안 안

'안(安)' 자는 집 면(宀) 자와 여자 녀(여)(女) 자가 합쳐진 글자예요. 여자가 집안을 잘 돌봐 주는 것을 글자로 만들어 '편안하다', '편안하게 하다'라는 뜻을 표현했어요.

● 다음 획순에 따라 한자를 따라 쓰세요.

安	﹂	﹁ ﹂	宀	女	安	安				
安	安	安								

안**전** 安全
(편안 안, 온전 전)

위험이 생기거나 사고가 날 염려가 없음.
예 학교 앞 교통사고를 막으려면 어린이들에게 안전 교육을 해야 한다.
반대말 위험(危險): 해를 입거나 다칠 가능성이 있어 안전하지 못함.

안**부** 安否
(편안 안, 아닐 부)

어떤 사람이 편안하게 잘 지내는지에 대한 소식.
예 누나, 선율이한테 안부 좀 전해 줘.

안**심** 安心
(편안 안, 마음 심)

걱정 없이 마음을 편히 가짐.
예 무대에 올라 엄마의 얼굴을 보니 안심이 되었다.
비슷한말 안도(安堵)

Q 밑줄 친 한자의 뜻으로 알맞은 것은 무엇인가요? (   )

| 안부 | 안도 | 안심 | 안전 |

① 아니다   ② 나오다   ③ 들어가다   ④ 치료하다   ⑤ 편안하다

4주

한자 來 (올 래) 자

(가)
학교 운동장에도 낙엽이 하나둘 뒹굴기 시작하였습니다. 내 가지에 붙어 있는 예쁜 잎과도 이별*을 할 때가 온 것입니다.

"안녕!"

나는 떨어지는 단풍잎한테 손을 흔들어 주었습니다. 잎이 떨어져 나갈 때마다 나는 슬픔을 느꼈습니다. 이런 아픔을 겪으면서 키가 커지고 몸이 굵어지는 나야말로 아프면서 크는 나무인가 봅니다.

"너무나 슬픈 모습이에요."

속으로 슬픔을 달래고* 있는데, 누군가 내 가지에 앉으며 속삭이듯 말하였습니다.

"아니, 넌 꿈쟁이가 아니니? 이런 날씨에 용케도* 살아 있었구나."

"다른 고추잠자리들은 거의 다 죽었어요." / "너는 지금 어떠니?"

"힘이 없어요. 여기에서 마지막 생각을 해야겠어요." / "아직도 흔적*을 남길 생각을 하는 거니?"

꿈쟁이는 말없이 웃었습니다. 순간, 나는 숨을 멈추었습니다. 꿈쟁이의 웃음이 마치 흔적을 남긴 데에서 오는 듯한 여유* 있는 웃음이었기 때문입니다.

"너, 무엇인가 흔적을 남긴 모양이구나!" / 나는 　　ⓘ　　 목소리로 물었습니다.

"이 세상에 있는 모든 것들이 다 흔적을 남긴다고 생각해 보세요. 예를 들어, 고추잠자리인 내가 달나라에 간다거나 글자를 알아서 생각을 기록한다면 이 세상은 복잡해져서 견딜 수 없을 거예요. 내가 살았던 흔적을 말끔히* 지우고 사라지는 것, 이것이 바로 내가 세상을 위하는 일이라는 생각이 들어요."

꿈쟁이는 서늘한 바람 때문에 아주 힘들어하며 말하였습니다. 가끔 바람이 휙 불어올 때마다 몸의 균형*을 잡기 위하여 날개를 기우뚱거리는 모습이 안쓰러웠습니다. 그러나 얼굴은 행복해 보였습니다. / "결국 흔적을 남기겠다는 건 제 욕심이었어요."

꿈쟁이가 이 말을 막 끝냈을 때였습니다. 강남으로 가기 위하여 먹이를 많이 먹어 두려고 분주하게* 날아다니던 제비 한 마리가 휙 지나갔습니다. 정말 눈 깜짝할 순간의 일이었습니다.

이제는 어디에도 고추잠자리 꿈쟁이의 흔적은 없었습니다. 그런데 놀랍게도 나는, 꿈쟁이의 흔적이 내 마음속에 있음을 뒤늦게야 알게 되었습니다. 그것은 생각을 하는 꿈쟁이에 대한 그리움이었습니다. 더 놀라운 사실은 이듬해 봄에 꿈쟁이가 앉았던 내 가지에서 꿈쟁이와 너무나도 닮은* 빨간 단풍잎이 돋았다는 것입니다. 어쩌면 이 잎도 돌연변이*인지 모르겠습니다.

고추잠자리 꿈쟁이처럼……

– 박성배, 「고추잠자리 꿈쟁이의 흔적」

 낱말 풀이

＊이별 오랫동안 만나지 못하게 떨어져 있거나 헤어짐. ＊달래고 힘든 감정이나 신체적 고통을 가라앉게 하고. ＊용케도 매우 기특하고 장하게도. ＊흔적 사물이나 현상이 없어지거나 지나간 뒤에 남겨진 것. ＊여유 느긋하고 너그러운 마음의 상태. ＊말끔히 먼지나 흠이 없이 환하고 깨끗하게. ＊균형 어느 한쪽으로 기울거나 치우치지 않은 상태. ＊분주하게 정신이 없을 정도로 매우 바쁘게. ＊닮은 둘 이상의 사람 또는 사물이 서로 비슷한 생김새나 성질을 지닌. ＊돌연변이 유전자의 이상으로 이전에는 없었던 독특한 모습이나 특성이 나타나는 현상.

1 일이 일어난 장소가 어디인지 글에서 찾아 쓰세요.

세부
내용

(   )

2 '꿈쟁이'에 대한 설명으로 알맞은 것을 <u>두 가지</u> 고르세요. (,   )

세부
내용

① '나'와 알던 사이이다.

② 달나라에 가고 싶어 한다.

③ 글자를 알아서 생각을 기록한다.

④ 제비와 함께 강남으로 날아간다.

⑤ 자신의 흔적을 남기지 않으려 한다.

3 다른 고추잠자리가 다 죽은 까닭은 무엇인가요? (   )

추론
하기

① 공기가 오염되어서

② 날씨가 서늘해져서

③ 천적에게 잡아먹혀서

④ 사람들이 약을 뿌려서

⑤ 먹을 것을 구하지 못해서

4 ㉠에 들어갈 '나'의 마음으로 알맞은 것은 무엇인가요? (   )

추론
하기

① 두려운   ② 흥분된   ③ 화가 난

④ 심술궂은   ⑤ 안타까운

5 이 글에 대한 감상을 알맞게 말한 친구는 누구인가요? (   )

감상
하기

① 나희: 고추잠자리와 단풍나무를 사람처럼 표현한 것이 재미있어.

② 동유: 고추잠자리의 생김새를 눈에 보이듯이 자세히 표현해서 실감 나.

③ 하늘: 글쓴이는 그리움은 시간이 가면 쉽게 잊힌다는 것을 말하고 있어.

④ 다정: 단풍나무가 꿈쟁이의 흔적을 어디에서도 찾을 수 없어서 안타까워.

⑤ 누리: 꿈쟁이가 단풍나무와의 갈등을 끝까지 풀지 못하고 떠난 것이 아쉬워.

6 ㈎ 부분을 희곡으로 바꾸어 쓸 때 빈칸에 들어갈 알맞은 말은 무엇인가요? (   )

적용
창의

> 나: (   ) 안녕!
> 꿈쟁이: (가지에 앉으며 속삭이듯이) 너무나 슬픈 모습이에요.

① 슬픈 목소리로 단풍잎에게 손을 흔들며

② 지루한 눈빛으로 단풍잎에게 손을 흔들며

③ 즐거운 목소리로 단풍잎에게 손을 흔들며

④ 귀찮은 표정으로 단풍잎에게 손을 흔들며

⑤ 의심스러운 눈빛으로 단풍잎에게 손을 흔들며

7 이 글의 독자가 [보기]처럼 답했다면 빈칸에 들어갈 알맞은 속담은 무엇인가요? (   )

어휘
어법

> [보기] 사회자: 이 글에 나타난 꿈쟁이와 관점이 같으신가요?
> 독자: 저는 반대입니다. "   "라는 속담처럼 저는 역사에
> 빛날 훌륭한 일을 하여 후손들에게 오래오래 기억되고 싶습니다.

① 달면 삼키고 쓰면 뱉는다

② 빈대 잡으려고 초가삼간 태운다

③ 사공이 많으면 배가 산으로 간다

④ 가루는 칠수록 고와지고 말은 할수록 거칠어진다

⑤ 사람은 죽으면 이름을 남기고 범은 죽으면 가죽을 남긴다

16회 지문 익힘 어휘

1 낱말에 알맞은 뜻을 찾아 선으로 이으세요.

어휘
의미

| (1) 균형 | ● | | ● | ㉮ 느긋하고 너그러운 마음의 상태. |

| (2) 이별 | ● | | ● | ㉯ 어느 한쪽으로 기울거나 치우치지 않은 상태. |

| (3) 여유 | ● | | ● | ㉰ 힘든 감정이나 신체적 고통을 가라앉게 하다. |

| (4) 흔적 | ● | | ● | ㉱ 오랫동안 만나지 못하게 떨어져 있거나 헤어짐. |

| (5) 달래다 | ● | | ● | ㉲ 사물이나 현상이 없어지거나 지나간 뒤에 남겨진 것. |

2 밑줄 친 낱말의 쓰임이 알맞은 것을 <u>두 가지</u> 고르세요. (　 ,　)

어휘
활용

① 비에 젖은 옷에 빗물의 <u>여유</u>가 남아 있다.
② 나는 울적한 마음을 <u>달래려고</u> 음악을 들었다.
③ 시험 날짜가 점점 다가오자 마음의 <u>흔적</u>이 생겼다.
④ 부채를 든 광대가 <u>균형</u>을 잡으며 줄 위를 걸어갔다.
⑤ 길에서 우연히 친한 친구와 <u>이별</u>을 하게 되어 반가웠다.

3 빈칸에 들어갈 알맞은 낱말을 [보기]에서 찾아 기호를 쓰세요.

어휘
확장

> [보기]　㉮ 담다: 어떤 물건을 그릇 등에 넣다.
> 　　　㉯ 닮다: 둘 이상의 사람 또는 사물이 서로 비슷한 생김새나 성질을 지니다.

(1) 아기의 눈이 아버지를 [　　　]. (　　　)

(2) 꽃을 심으려고 화분에 흙을 [　　　]. (　　　)

(3) 정성껏 만든 음식을 접시에 가지런히 [　　　]. (　　　)

"혁아, 너는 무슨 생선 준비할 거야?"

나는 난데없는 '생선'이라는 말에 어안이 벙벙해졌다*. 그래서 미처 대답을 하지 못하고, 우물쭈물했다. / "생선 말이야, 생선."

미선이는 알듯 모를 듯 묘한* 미소를 담으며 말했다.

"생일잔치하는데 물고기 필요하나?" / 그러자 미선이가 까르르 웃음을 터뜨렸다.

"생일잔치? 헐, 대박."

미선이는 혀를 앞으로 쑥 내밀고 머리를 절레절레 흔들었다. 동시에 어이가 없다는 듯이 양 손바닥을 펴 올리며 어깨를 으쓱 추어올리기까지 했다. 나는 내가 무슨 큰 잘못이라도 저지른 줄 알고, 금세 주눅*이 들었다.

"참 나, 어쨌든 생파에 생선을 준비하라구."

알쏭달쏭한 미선이의 말에 나는 점점 더 혼란스러워졌다. 그러나 꼬치꼬치 물어보지 못했다. 더 물어보았다간 창피*만 톡톡히 당할 것 같았다. 그러잖아도 남조선 아이들의 말을 알아듣지 못해 반벙어리 신세*로 지내고 있던 차였다. (중략) / "자, 그럼 이번에는 선물 증정식이 있겠습니다."

선생님의 말에 아이들이 우르르 앞으로 나아갔다. 미선이도 앞으로 나가서 친구에게 조그맣게 포장한 선물을 주었다. 나는 언제쯤 선생님이 생선을 내놓으라고 할지 조마조마한* 마음으로 기다렸다.

"생선 준비했어?"

자리로 돌아온 미선이가 작은 소리로 물었다. 나는 자신 있게 고개를 끄덕였다.

"선생님, 혁이도 생선 준비했대요." / 미선이가 큰 소리로 선생님에게 말했다.

"아, 그래요? 그럼 림혁이, 앞으로 가지고 나오세요."

나는 왠지 쑥스러워 가만히 앉아 있었다. 그러자 미선이가 자꾸 옆구리를 쿡쿡 찌르며 나가라고 했다. 할 수 없이 나는 쭈뼛거리며* 은박지에 싼 고등어자반 구이를 들고 앞으로 나갔다.

"이게 뭐예요?" / 선생님이 고개를 갸우뚱하며 물었다.

"고…… 고등어자반임다. 생선이란 말임다." / "고등어자반?"

(가) ┌ 순간 선생님의 얼굴이 묘하게 일그러졌다. / "우하하, 고등어자반이래. 고등어자반."

│ 아이들이 와글와글 떠드는 바람에 금세 교실 안은 아수라장*이 되어 버렸다. 선생님도 웃음을 참느
└ 라 안간힘*을 쓰고 있었다. 그제야 나는 일이 크게 잘못되었음을 깨달았다.

"박미선! 네가 그랬지?" / 곧 선생님이 엄한 얼굴로 미선이를 꾸짖었다.

- 원유순, 『떠돌이별』

낱말 풀이

＊**어안이 벙벙해졌다** 뜻밖에 놀랍거나 기막힌 일을 당해 어리둥절해졌다. ＊**묘한** 어떤 일이나 감정 등이 표현하기 어려울 만큼 기이한. ＊**주눅** 기를 펴지 못하고 움츠러드는 태도. ＊**창피** 체면이 깎이는 어떤 일이나 사실 때문에 몹시 부끄러움. ＊**신세** 불행한 일과 관련된 한 사람의 상황이나 형편. ＊**조마조마한** 앞으로 닥칠 일이 걱정되어 마음이 초조하고 불안한. ＊**쭈뼛거리며** 쑥스럽거나 부끄러워서 자꾸 머뭇거리거나 주저하며. ＊**아수라장** 싸움 등의 이유로 많은 사람들이 몰려들어 혼잡한 곳. ＊**안간힘** 고통이나 울분 등을 참으려고 몹시 애쓰는 힘.

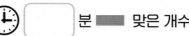

분 ■■ 맞은 개수

1
추론
하기

'나'에 대해 바르게 짐작한 친구는 누구인가요? (   )

① 민국: 남한에서 태어나고 자란 것 같아.
② 은우: 남한 생활에 쉽게 적응한 것 같아.
③ 기영: 생일잔치가 무엇인지 모르는 것 같아.
④ 보라: 북한을 탈출하여 우리나라에 온 것 같아.
⑤ 진주: 생일 때마다 물고기를 먹는 습관이 있었던 것 같아.

4주 17회

정답 및 풀이
34~35쪽

2
구조
알기

이 글에서 일이 일어난 차례대로 ㉮~㉰의 기호를 쓰세요.

> ㉮ 나는 고등어자반 구이를 들고 앞으로 나갔다.
> ㉯ 친구들이 앞으로 나아가 생일 선물을 주었다.
> ㉱ 미선이가 나에게 생선을 준비하라고 알려 주었다.
> ㉲ 미선이가 나에게 무슨 생선을 준비할 것인지 물었다.
> ㉳ 나는 아수라장이 된 교실을 보고 일이 잘못되었음을 깨달았다.

(   ) → (   ) → (   ) → (   ) → (   )

3
세부
내용

'내'가 고등어자반 구이를 가져온 까닭은 무엇인가요? (   )

① 고등어자반을 좋아하여서
② 생일 선물을 살 돈이 없어서
③ 아이들을 골탕 먹이고 싶어서
④ 미선이가 말한 생선을 물고기라고 생각하여서
⑤ 아이들에게 맛있는 고등어자반을 먹이고 싶어서

4
추론
하기

이 글에 나타난 '미선이'의 성격으로 알맞은 것은 무엇인가요? (   )

① 겁이 많고 소심하다.
② 짓궂고 장난을 잘 친다.
③ 속이 깊고 인정이 많다.
④ 다정다감하고 친절하다.
⑤ 차분하고 참을성이 많다.

81

5

어휘
어법

㉮ 부분에서 '나'의 상황에 쓸 수 있는 한자 성어는 무엇인가요? (   )

① 살신성인(殺身成仁): 자기 자신을 희생하여 어진 행동을 함.

② 각골난망(刻骨難忘): 뼈에 새길 만큼 큰 은혜를 입어 잊지 못함.

③ 온고지신(溫故知新): 옛것을 익히고 그것을 통해서 새로운 것을 앎.

④ 사면초가(四面楚歌): 아무에게도 도움을 받지 못하는 어려운 상황이나 형편.

⑤ 격세지감(隔世之感): 짧은 시간 동안 많은 변화를 겪어 다른 세상이 된 것 같은 느낌.

6

추론
하기

이 글에서 '나'의 성격이 다음과 같이 바뀔 때, 일어날 일로 알맞은 것은 무엇입니까? (   )

> 밝고 당찬 성격

① 생일잔치 때 학교를 결석했을 것이다.

② 부모님께 전학을 가자고 졸랐을 것이다.

③ 미선이를 멀리하며 날마다 울면서 지냈을 것이다.

④ 생선이 무엇인지 몰라서 혼자 끙끙거리며 고민하였을 것이다.

⑤ 미선이에게 생선이 무엇인지 확실하게 묻고 알맞은 선물을 준비했을 것이다.

7

창의
적용

이 글과 [보기]의 공통적인 토의 주제로 알맞은 것은 무엇인가요? (   )

> [보기] '북한 이탈 주민'이란 북한을 탈출하여 북한 이외의 지역에 머물고 있는 북한 주민
> 이다.
>   북한 이탈 주민의 상당수는 문화적 차이, 빈곤, 외로움 등으로 어려움을 겪고 있다.
> 이질적인 언어 사용으로 의사소통에 문제가 생기고, 편견으로 인해 취업도 어렵다.
> 또 북한에 가족을 남겨 두고 온 경우에 그리움과 외로움을 느낀다고 한다. 이로 인해
> 자신감을 잃고 점점 사회로부터 멀어지는 경우가 많다.

① 북한 이탈 주민은 어떤 일을 할까

② 북한과 우리나라의 언어는 어떻게 다를까

③ 북한 이탈 주민은 어떻게 북한을 탈출했을까

④ 우리나라에 들어온 북한 이탈 주민은 몇 명일까

⑤ 북한 이탈 주민을 도울 수 있는 방법은 무엇일까

17회 지문 익힘 어휘

1

어휘
의미

뜻에 알맞은 낱말을 [보기]에서 찾아 쓰세요.

[보기]	신세	주눅	아수라장	쭈뼛거리다

(1) ( ): 기를 펴지 못하고 움츠러드는 태도.

(2) ( ): 불행한 일과 관련된 한 사람의 상황이나 형편.

(3) ( ): 쑥스럽거나 부끄러워서 자꾸 머뭇거리거나 주저하다.

(4) ( ): 싸움 등의 이유로 많은 사람들이 몰려들어 혼잡한 곳.

2

어휘
활용

빈칸에 들어갈 알맞은 낱말을 찾아 선으로 이으세요.

(1) 나는 사람들 앞에 서면 ☐ 이/가 든다. •

(2) 동희는 ☐거리며 나에게 편지를 주었다. •

(3) 그는 죄를 짓고 쫓기는 ☐ 이/가 되었다. •

(4) 거센 태풍 때문에 거리는 ☐ 이/가 되었다. •

• ㉮ 신세

• ㉯ 주눅

• ㉰ 쭈뼛

• ㉱ 아수라장

3

어휘
확장

밑줄 친 낱말과 바꾸어 쓸 수 있는 낱말의 기호를 쓰세요.

(1) 나는 <u>창피</u>를 무릅쓰고 거리에서 춤을 추었다. ·························· ( )

㉮ 자신감   ㉯ 부끄러움   ㉰ 혼란스러움

(2) 주은이는 약속 시간에 늦을까 봐 <u>조마조마했다</u>. ·························· ( )

㉮ 불안했다   ㉯ 편안했다   ㉰ 차분했다

(3) 선생님도 웃음을 참느라 <u>안간힘</u>을 쓰고 있었다. ·························· ( )

㉮ 끈기   ㉯ 용기   ㉰ 전력

행복한 일

노원호

㉠누군가를
보듬고* 있다는 것은 행복한 일이다.

나무의 뿌리를 감싸고* 있는 흙이 그렇고*
작은 풀잎을 위해 바람막이*가 되어 준 나무가 그렇고
텃밭*의 상추를 둘러싸고* 있는 울타리가 그렇다.

남을 위해
내 마음을 조금 내어 준 나도
참으로* 행복하다.

어머니는 늘
㉡이런 행복이 제일*이라고 하셨다.

낱말
풀이

*보듬고 가슴에 닿도록 꼭 안고. *감싸고 전체를 둘러서 덮고. *그렇고 상태, 모양, 성질 등이 그와 같고. *바람막이 바람을 막는 일. 또는 그런 물건 *텃밭 집터에 딸리거나 집 가까이 있는 밭. *둘러싸고 동그랗게 둘러서 막거나 가리고. *참으로 사실이나 이치에 어긋남이 없이 정말로. *제일 여럿 중에서 첫째가는 것.

4주 18회
정답 및 풀이 36~37쪽

1 이 시에서 '말하는 이'에 대한 설명으로 알맞은 것은 무엇인가요? (   )

세부내용

① 지나온 날들을 반성하고 있다.

② 어머니를 뵙지 못해 슬퍼하고 있다.

③ 다른 사람의 행복을 부러워하고 있다.

④ 아무도 없는 곳에서 혼자 있고 싶어 한다.

⑤ 남에게 자신의 마음을 내어 준 것을 행복해하고 있다.

2 이 시에서 ㉠에 해당하지 않는 것은 무엇인가요? (   )

세부내용

① 흙   ② 풀잎   ③ 나무

④ 울타리   ⑤ 말하는 이

3 다음 중 낱말의 관계가 다른 하나는 무엇인가요? (   )

어휘어법

① 나 – 남   ② 작다 – 크다

③ 조금 – 많이   ④ 감싸다 – 둘러싸다

⑤ 행복하다 – 불행하다

4 이 시의 분위기로 알맞은 것은 무엇인가요? (   )

추론하기

① 무섭고 두렵다.

② 외롭고 쓸쓸하다.

③ 다정하고 따뜻하다.

④ 지루하고 딱딱하다.

⑤ 시끄럽고 어수선하다.

5 ©이 가리키는 이 시의 주제로 알맞은 것은 무엇인가요? (   )

주제
찾기

① 널리 이름을 알리는 삶
② 남에게 도움을 주는 삶
③ 새로운 지식을 배우려는 자세
④ 불공평한 현실에 맞서는 용기
⑤ 자신을 낮추고 겸손하게 사는 삶

6 이 시의 '말하는 이'와 비슷한 경험으로 알맞은 것은 무엇인가요? (   )

적용
창의

① 부모님께 꾸중을 들었던 경험
② 노래 대회에서 일등을 한 경험
③ 냇가에서 다슬기를 잡았던 경험
④ 보름달을 보며 소원을 빌었던 경험
⑤ 다리를 다친 친구의 가방을 들어 준 경험

7 이 시와 [보기]에서 공통적으로 말하고 있는 것은 무엇인가요? (   )

추론
하기

[보기]   지난 달, ○○시에 사는 김한결 씨가 90세가 넘은 어머니와 함께 구청을 방문하였다. 김한결 씨는 자신보다 어려운 사람을 위해 써 달라며 육백만 원을 기부하였다. 이 돈은 김한결 씨가 10년 동안 폐지를 모아 저축한 돈으로, 전 재산이나 마찬가지였다. 김한결 씨는 그동안 이웃에게 받았던 따뜻한 사랑과 도움을 이렇게나마 갚게 되어 무척 행복하다고 말했다.

① 나눌수록 행복은 커진다.
② 어머니의 사랑은 위대하다.
③ 작은 돈도 모으면 큰돈이 된다.
④ 남을 돕는 일은 아무나 할 수 없다.
⑤ 어려움이 닥쳐도 포기하지 말고 이겨 내야 한다.

18회 지문 익힘 어휘

1

어휘
의미

뜻에 알맞은 낱말을 찾아 선으로 이으세요.

(1) 가슴에 닿도록 꼭 안다. ●	● ㉮ 텃밭
(2) 여럿 중에서 첫째가는 것. ●	● ㉯ 제일
(3) 동그랗게 둘러서 막거나 가리다. ●	● ㉰ 보듬다
(4) 집터에 딸리거나 집 가까이 있는 밭. ●	● ㉱ 둘러싸다

2

어휘
활용

빈칸에 들어갈 알맞은 낱말을 [보기]에서 찾아 쓰세요.

[보기]   제일   텃밭   보듬고   둘러싸고

(1) 긴 강이 마을을 (　　　　　　　) 있다.

(2) 우리는 (　　　　　　)에 고구마를 심었다.

(3) 나는 건강이 (　　　　　　) 중요하다고 생각한다.

(4) 엄마가 아기를 품 안에 (　　　　　　) 잠을 재웠다.

3

어휘
확장

밑줄 친 낱말의 뜻을 [보기]에서 찾아 기호를 쓰세요.

[보기]   • 감싸다: ㉮ 편을 들어 주다.
                 ㉯ 전체를 둘러서 싸다.
                 ㉰ 흉이나 허물을 덮어 주다.

(1) 선생님께서는 내 실수를 따뜻하게 감싸 주셨다. (　　　　)

(2) 누나는 감기에 걸릴까 봐 이불로 온몸을 감쌌다. (　　　　)

(3) 자녀가 예쁘다고 무조건 감싸기만 하면 버릇이 나빠질 수 있다. (　　　　)

15분 안에 푸세요.

어느 날, 한 농부가 오성과 한음을 찾아와 억울한 일을 해결해 달라고 간청했다*.

농부가 말한 사연*은 이러했다. 며칠 전, 농부의 아내가 길을 가다가 너무 급한 나머지 밭에 소변을 보았다. 그런데 그곳이 하필 마을의 세도가*인 황 대감네 밭이었고, 마침 황 대감이 지나가다 그 모습을 보고는 길길이* 날뛰었다.

"고약한* 것! 내 밭에 오줌을 눈 것은 나를 모욕하는* 것이렷다!"

황 대감은 농부의 집에 힘 좋은 황소가 있다는 것이 문득 생각났다.

"당장 관아로 끌려가 곤장을 맞든지, 네 집의 황소를 바치든지 둘 중 하나를 택해라!"

㉠황 대감의 노여움에 농부의 아내는 손과 다리가 후들거려 전 재산이나 마찬가지인 황소를 바치겠다고 약속했다. 농부는 그저 황 대감이 엄포*를 놓은 것이라 생각했는데, 바로 오늘 아침 황 대감네 하인들이 황소를 끌고 가 버렸다.

"저런 못된 사람이 있나?"

사연을 들은 오성과 한음은 분을 참지 못했다. 농부가 돌아간 뒤 둘은 ㉡머리를 맞대고 황소를 찾을 방법을 연구했다.

이튿날 아침, 오성과 한음은 황 대감네 밭으로 갔다. 그리고 황 대감의 가마가 지나갈 때쯤 서로 뒤엉켜* 싸우기 시작했다.

"왜 길을 막고 싸우고 있느냐?" / 황 대감이 묻자 오성이 말했다.

"제가 하도 급해서 이 밭에 오줌을 누려고 하니까 이 친구가 여기에 오줌을 누면 황소 한 마리를 빼앗기게 된다며 말리지* 않겠습니까? 이 친구가 말리는 바람에 결국 제 바지에 오줌을 싸 버려서 이렇게 싸우고 있습니다."

"저는 자기 밭에 오줌을 누었다고 황소를 빼앗은 사람이 있다고 들어서 이 친구를 말린 것입니다."

한음의 말이 끝나기도 전에 오성이 말했다.

"저 친구의 말이 사실이라면 암행어사이신 제 숙부*께 말씀드려서 벌을 받게 할 것입니다."

암행어사라는 말에 황 대감은 뜨끔했다*. ㉢황 대감은 부리나케 가마를 돌려 집으로 돌아갔다. 그리고 농부를 불러들여 황소를 돌려주며 말했다.

"젊은 아낙이 길바닥에서 소변을 보다가 큰일이라도 당하면 어떡하겠나. 내가 자네 부인의 버릇을 고쳐 주려고 황소를 빼앗은 척한 것이니 오해는 말게."

한편 오성과 한음은 황 대감에게 암행어사가 안 통하면 나라님까지 팔아먹을 작정*이었는데 일이 너무 쉽게 풀려서 싱거운 기분이 들었다.

– 「오성과 한음」

날말풀이

＊간청했다 간절히 부탁했다. ＊사연 일어난 일의 앞뒤 사정과 까닭. ＊세도가 정치적인 권력을 마구 휘두르는 사람. ＊길길이 성이 나거나 몹시 흥분하여 펄펄 뛰는 모양. ＊고약한 버릇이나 성격, 언행 등이 사납고 못된. ＊모욕하는 낮추어 보고 창피를 주고 불명예스럽게 하는. ＊엄포 실속 없이 괜한 큰소리로 남을 위협함. ＊뒤엉켜 이것저것 마구 섞여서 한 덩어리가 되어. ＊말리지 남이 어떤 행동을 하지 못하게 하지. ＊숙부 아버지의 남동생을 이르는 말. ＊뜨끔했다 마음에 찔리는 것이 있어 불편했다. ＊작정 마음속으로 어떤 일을 어떻게 하기로 결정함.

1

구조
알기

이 글에서 가장 **나중에** 일어난 일은 무엇인가요? (　　　)

① 오성과 한음이 일부러 싸움을 하였다.

② 황 대감이 농부에게 황소를 돌려주었다.

③ 황 대감네 하인들이 농부네 황소를 끌고 갔다.

④ 농부의 아내가 황 대감네 밭에 소변을 보았다.

⑤ 농부가 오성과 한음을 찾아와 억울한 사정을 말했다

4주 19회

정답 및 풀이
38~39쪽

2

추론
하기

㉠에서 짐작할 수 있는 것은 무엇인가요? (　　　)

① 농부의 아내는 몸이 아프다.

② 농부의 아내는 황소를 팔고 싶어 한다.

③ 농부의 아내는 황소가 여러 마리 있다.

④ 농부의 아내는 황 대감을 두려워하고 있다.

⑤ 농부의 아내는 황 대감에게 몹시 화가 나 있다.

3

어휘
어법

㉡의 뜻으로 알맞은 것은 무엇인가요? (　　　)

① 기분이 좋지 않거나 골이 띵하고

② 흥분되거나 긴장된 마음을 가라앉히고

③ 어떤 대상이나 사실을 단단히 기억해 두고

④ 싫고 두려운 상황에서 의욕이나 생각이 없어지고

⑤ 어떤 일을 의논하거나 결정하기 위하여 서로 마주 대하고

4

세부
내용

'한음'이 황 대감에게 오성이 밭에 오줌을 누려는 것을 말렸다고 한 까닭은 무엇입니까? (　　　)

① 양반의 체면이 깎일까 봐 걱정되어서

② 오줌을 누다가 바지가 젖을 것 같아서

③ 오줌 때문에 밭의 식물이 죽을 것 같아서

④ 밭에 오줌을 누었다고 관아에서 곤장을 맞을 것 같아서

⑤ 밭에 오줌을 누었다고 황소를 빼앗은 사람이 있다고 들어서

5 '황 대감'이 농부에게 황소를 돌려준 까닭은 무엇인가요? (   )

세부
내용

① 암행어사에게 벌을 받을까 봐 무서워서
② 농부가 황소를 돌려 달라고 간청하여서
③ 오성과 한음이 황 대감의 밭을 사겠다고 해서
④ 농부의 아내가 관아로 가서 곤장을 맞겠다고 해서
⑤ 농부의 아내가 길바닥에 소변을 보는 버릇을 고친 것 같아서

6 이 글에 나타난 '황 대감'의 성격으로 알맞은 것은 무엇인가요? (   )

추론
하기

① 정의롭고 용감하다.
② 냉정하고 합리적이다.
③ 욕심이 많고 이기적이다.
④ 소심하고 외로움을 잘 탄다.
⑤ 성격이 차분하고 참을성이 많다.

7 [보기]를 바탕으로 ⓒ을 연극의 한 장면으로 만들 때 알맞지 <u>않은</u> 것은 무엇인가요? (   )

적용
창의

> [보기] 연극은 배우가 관객에게 어떤 사건이나 인물을 말과 동작으로 보여 주는 예술이다.
> 연극에서 배우는 대사와 함께 알맞은 목소리, 말투, 표정, 몸짓 등으로 인물을 실감
> 나게 연기한다. 그리고 배경, 의상, 소품 등의 무대 장치 사용하여 장면을 효과적으로
> 나타낸다.

① 농부는 낡고 허름한 옷을 입는다.
② 황 대감은 비단옷을 입고 가죽신을 신는다.
③ 농부는 귀찮은 표정으로 황소를 건네받는다.
④ 황 대감의 집은 으리으리한 기와집으로 꾸민다.
⑤ 황 대감은 점잖은 표정으로 농부를 다독이듯이 말한다.

19회 지문 익힘 어휘

1 뜻에 알맞은 낱말을 [보기]에서 찾아 쓰세요.

어휘
의미

[보기]	사연	엄포	뒤엉키다	간청하다	고약하다

(1) (　　　　　　　): 간절히 부탁하다.

(2) (　　　　　　　): 일어난 일의 앞뒤 사정과 까닭.

(3) (　　　　　　　): 실속 없이 괜한 큰소리로 남을 위협함.

(4) (　　　　　　　): 이것저것 마구 섞여서 한 덩어리가 되다.

(5) (　　　　　　　): 버릇이나 성격, 언행 등이 사납고 못되다.

2 빈칸에 들어갈 알맞은 낱말을 [보기]에서 찾아 쓰세요.

어휘
활용

[보기]	간청	엄포	고약	사연	뒤엉켜

(1) 산에는 온갖 나무와 풀들이 (　　　　　　　) 있었다.

(2) 그는 늘 자기 말만 하는 (　　　　　　　)한 버릇이 있다.

(3) 그 선수는 심판에게 (　　　　　　　)하여 다시 한번 기회를 얻었다.

(4) 내가 이 노래를 좋아하는 데에는 특별한 (　　　　　　　)이/가 있다.

(5) 선생님은 규칙을 어기면 벌점을 주겠다고 (　　　　　　　)을/를 놓으셨다.

3 [보기]와 <u>같은</u> 뜻으로 쓰인 낱말은 무엇인가요? (　　　　　)

어휘
확장

[보기]	남이 어떤 행동을 하지 못하게 하다.

① 종이가 돌돌 <u>말려서</u> 펴기 힘들다.

② 할머니께서 마당에 고추를 <u>말리고</u> 계셨다.

③ 계속된 가뭄이 시냇물을 모두 <u>말려</u> 버렸다.

④ 살을 뺀다고 몸을 심하게 <u>말려서</u> 건강이 나빠졌다.

⑤ 나는 친구가 불량 식품을 사 먹지 못하도록 <u>말렸다</u>.

큰 바위 얼굴은 대자연의 작품으로, 깎아지른 듯한 절벽에 몇 개의 거대한 바위가 조화*를 이루어 사람 얼굴처럼 보였다. 높이가 30미터나 되는 아치형*의 이마, 우뚝한 코, 천둥 같은 소리를 낼 듯한 입술이 ㉠두루 갖추어져 있었다. 하지만 아주 가까이 다가가면 얼굴의 형체*는 사라지고 겹겹이 쌓인 거대한 바위들만 보였다. 바위에서 멀어질수록 신비함을 지닌 사람의 얼굴이 드러나다가, 구름과 안개에 휩싸이면 얼굴 모습이 더욱 뚜렷해지면서 살아 있는 것처럼 느껴졌다.

큰 바위 얼굴을 보며 자란다는 것은 이곳 아이들에게 큰 행운이었다. 큰 바위 얼굴에는 장엄함*과 기품*이 넘쳤고, 표정은 온 인류를 사랑으로 품고도 남을 것처럼 다정했다. 그래서 큰 바위 얼굴을 바라보는 것만으로도 큰 가르침이 되었다.

사람들은 이 골짜기의 땅이 기름진 것도 구름으로 몸을 꾸미고, 햇빛 속에 부드러움을 녹아들게 하는 큰 바위 얼굴 덕분이라고 믿었다.

어느 날 해질 무렵, 어머니와 어린 아들 어니스트가 문 앞에 앉아 큰 바위 얼굴에 대해 이야기를 나누었다.

"어머니, 큰 바위 얼굴이 말을 할 수 있으면 좋겠어요. 저렇게 다정해 보이니까 목소리도 매우 좋겠지요? 만일 저렇게 생긴 사람을 본다면 그 사람을 정말 좋아할 거예요."

"오래된 예언*이 실현된다면* 언젠가 저것과 얼굴이 똑같은 사람을 보게 될 거야."

"어떤 예언인데요?"

어머니는 아주 어릴 적에 들은 이야기를 들려주었다. 그것은 과거의 일이 아닌 미래에 일어날 일에 대한 이야기였다. 언젠가 이 부근*에 한 아이가 태어날 것인데, 그 아이는 위대하고* 고귀한* 인물이 될 운명이며, 어른이 되면 얼굴이 큰 바위 얼굴과 똑같아진다는 것이었다. 그러나 예언이 말하는 인물은 아직 나타나지 않았다.

어니스트는 어머니가 들려주신 예언을 가슴에 새겼다*. 어니스트에게는 선생이 따로 없었다. 선생은 오직 큰 바위 얼굴뿐이었다. 어니스트는 어머니가 하시는 모든 일을 사랑하는 마음으로 도와드렸다. 그리고 일이 끝나면 몇 시간이고 바위를 쳐다보았다. 마치 큰 바위 얼굴이 자신을 격려하고* 따뜻한 미소를 보내 주는 것 같았기 때문이다.

－ 나다니엘 호손, 「큰 바위 얼굴」

낱말 풀이

＊조화 서로 잘 어울림. ＊아치형 활과 같은 곡선으로 된 모양이나 형식. ＊형체 물체의 생긴 모양이나 그 바탕이 되는 몸체. ＊장엄함 규모가 매우 크며 점잖고 엄숙함. ＊기품 어떤 사람이나 사물에서 드러나는 격이 높고 훌륭한 분위기. ＊예언 미래의 일을 알거나 추측하여 말함. ＊실현된다면 꿈이나 계획 등이 실제로 이루어진다면. ＊부근 어떤 곳을 중심으로 그 곳에서 가까운 곳. ＊위대하고 뛰어나고 훌륭한. ＊고귀한 훌륭하고 귀중한. ＊가슴에 새겼다 잊지않게 단단히 마음에 기억하였다. ＊격려하고 용기나 의욕이 생기도록 기운을 북돋아 주고.

1
구조
알기

이 글에 대한 설명으로 알맞은 것은 무엇인가요? (   )

① 두 인물이 싸우면서 갈등이 벌어지고 있다.
② 사건이 마무리되고 이야기의 결말이 분명해지고 있다.
③ 시간의 흐름이 과거 → 현재 → 과거로 진행되고 있다.
④ 등장인물의 대화 없이 글쓴이가 직접 사건을 설명하고 있다.
⑤ 이야기의 중심 내용이 큰 바위 얼굴에서 어니스트로 바뀌고 있다.

2
세부
내용

'큰 바위 얼굴'에 대한 설명으로 알맞지 <u>않은</u> 것은 무엇인가요? (   )

① 표정이 다정해 보인다.
② 이마의 높이가 30미터나 된다.
③ 가까이 다가갈수록 얼굴의 형체가 뚜렷하게 보인다.
④ 구름과 안개에 휩싸이면 살아 있는 것처럼 느껴진다.
⑤ 거대한 바위들이 겹겹이 쌓여 사람 얼굴처럼 보인다.

3
어휘
어법

㉠과 바꾸어 쓸 수 있는 낱말은 무엇인가요? (   )

① 똑바로   ② 골고루   ③ 샅샅이
④ 함부로   ⑤ 반듯이

4
추론
하기

'큰 바위 얼굴'에 대한 마을 사람들의 생각은 무엇인가요? (   )

① 큰 바위 얼굴이 무섭다.
② 큰 바위 얼굴이 부끄럽다.
③ 큰 바위 얼굴이 성스럽다.
④ 큰 바위 얼굴이 쓸모가 없다.
⑤ 큰 바위 얼굴이 있어 답답하다.

5 어머니가 들려준 예언의 내용으로 알맞은 것은 무엇인가요? (   )

세부
내용

① 큰 바위 얼굴이 말을 하게 된다는 것
② 큰 바위 얼굴이 아이들에게 선생님이 될 것이라는 것
③ 큰 바위 얼굴이 온 인류를 사랑으로 품을 것이라는 것
④ 큰 바위 얼굴과 똑같이 생긴 아이가 태어날 것이라는 것
⑤ 큰 바위 얼굴과 얼굴이 똑같은 위대한 인물이 나타날 것이라는 것

6 '어니스트'의 성격으로 알맞은 것은 무엇인가요? (   )

추론
하기

① 순수하고 착하다.
② 겁이 많고 소심하다.
③ 신경질적이고 까다롭다.
④ 거짓말을 잘하고 뻔뻔하다.
⑤ 남에게 잘 속고 바보스럽다.

7 [보기]는 이 글 뒷부분의 줄거리입니다. [보기]를 참고할 때, 이 글의 주제로 알맞은 것은 무엇인가요? (   )

주제
찾기

> [보기]   어니스트는 어린 시절부터 노인이 되기까지 큰 바위 얼굴과 닮은 인물이 나타나기
> 를 바라는데 그 결과 네 명을 만난다. 첫 번째 만난 재력가는 돈은 많지만 자비심이
> 없었고, 두 번째 만난 장군은 힘이 강했지만 지혜가 없었다. 세 번째 만난 정치가는
> 말을 잘했지만 권력욕이 많았고, 네 번째 만난 시인은 큰 바위 얼굴과 닮지 않았다.
>   어느 날, 시인은 사람들이 모인 자리에서 어니스트가 바로 큰 바위 얼굴을 닮은 사
> 람이라고 외쳤다. 그토록 기다렸던 예언 속 인물은 바로 어떻게 살아야 큰 바위 얼굴
> 처럼 될까 생각하며 늘 진실되고 겸손한 마음으로 살았던 어니스트였던 것이다.

① 사회적인 성공
② 마을을 지키는 수호신
③ 자연이 만들어 낸 신비로움
④ 현실에 존재하지 않는 환상
⑤ 늘 자기를 반성하고 살피는 삶

20회 지문 익힘 어휘

1

어휘
의미

뜻에 알맞은 낱말을 찾아 선으로 이으세요.

(1) 서로 잘 어울림. •

(2) 뛰어나고 훌륭하다. •

(3) 꿈이나 계획 등이 실제로 이루어지다. •

(4) 물체의 생긴 모양이나 그 바탕이 되는 몸체. •

• ㉮ 형체

• ㉯ 조화

• ㉰ 위대하다

• ㉱ 실현되다

2

어휘
활용

빈칸에 들어갈 알맞은 낱말을 [보기]에서 찾아 쓰세요.

[보기]	형체	조화	실현	위대

(1) 과학 기술의 발달로 우주여행이 곧 (　　　　　)될 것이다.

(2) 세종 대왕은 한글 창제라는 (　　　　　)한 업적을 남겼다.

(3) 여러 악기가 (　　　　　)을/를 이루며 음악을 연주하였다.

(4) 지진으로 건물이 무너져 (　　　　　)을/를 알아보기 어려웠다.

3

어휘
확장

[보기]에서 밑줄 친 관용 표현의 뜻은 무엇인가요? (　　　)

[보기] 보람: 아무리 어려운 일도 강한 의지가 있으면 다 이겨 낼 수 있대.
준오: 정말 좋은 말이다. 이 말을 <u>가슴에 새기고</u> 힘든 일이 있을 때마다 떠올릴게.

① 몹시 애태우다.
② 굽힐 것 없이 당당하다.
③ 마음에 큰 충격을 받다.
④ 마음을 들뜨게 하거나 설레게 하다.
⑤ 잊지 않게 단단히 마음에 기억하다.

올 래

'래(來)' 자는 보리의 이삭 모양을 본떠서 만든 글자예요. 원래 '보리'를 가리키는 글자였지만 나중에 뜻이 바뀌었어요. 이 글자는 '오다', '돌아오다', '앞으로'라는 뜻을 나타내요.

● 다음 획순에 따라 한자를 따라 쓰세요.

來	一 ㄱ ㄲ ㄲ ㄲ 來 來 來
來 來 來	

내일 來日
(올 래(내), 날 일)

오늘의 다음 날.
예 내일부터 새로운 우리 반 친구들과 만난다.
비슷한말 명일(明日)

미래 未來
(아닐 미, 올 래)

앞으로 올 때.
예 자율 주행차는 미래의 교통수단이다.
비슷한말 앞날

본래 本來
(근본 본, 올 래)

바뀌기 전의 또는 전하여 내려온 그 처음.
예 형은 본래부터 마르고 얼굴이 하얀 편이었다.
비슷한말 본디, 본시, 원래

Q 다음 낱말과 비슷한 뜻을 가진 낱말은 무엇인가요? (   )

미래

① 본시   ② 명일   ③ 앞날   ④ 원래   ⑤ 본래

5주

한자 面 (낯 면) 자

노인은 손녀와 함께 서울의 소녀상을 찾아오게 된 내력*을 이야기하기 시작했습니다.

조선이 해방되기 3년 전, 노인의 아버지는 16살 소년이었습니다. 소년은 부모 몰래 좋아하는 소녀가 있었습니다. 동갑내기*인 조선 소녀였습니다.

"공부는 않고 조선 애랑 놀러 다녀? 일본으로 보내 버려야겠어."

어느 날 이 사실을 알게 된 소년의 아버지는 불같이 화를 냈습니다. 그 후로는 감시*가 심해서 소녀를 만날 수 없었습니다. 소년은 소녀와 손을 잡고 논두렁을 달리던 모습을 도화지에 그리며 그리움을 달랬습니다*. 논두렁을 달리다가 소녀의 검정 고무신이 자꾸 벗겨졌던 일이 마음에 걸렸습니다*. 소년은 남몰래 돈을 모아 소녀에게 줄 하얀 운동화를 샀습니다.

"우리 구역*에서 여자애들 50명을 채우려면 바싹* 서둘러야겠어."

"알겠습니다."

㉠"공장에 취직하면 돈을 많이 벌 수 있다고 그럴 듯하게 꼬드겨* 보란 말이야."

소년은 화장실을 가다가 아버지가 부하들에게 하는 말을 들었습니다. 소년의 심장이 쿵쿵쿵 뛰었습니다. 언젠가 소녀도 공장에 가서 돈을 벌고 싶다고 말했거든요.

'공장에 취직시켜 준다는 건 거짓말이야. 그럼 어디로 끌고 가려고 그러지?'

아무래도 아버지가 나쁜 짓을 하고 있는 것 같았습니다. 소년은 소녀에게 찾아가 공장에 가지 말라고 말해 줘야겠다고 생각했습니다. 그러나 아버지가 붙인 사람들이 감시를 하고 있어서 쉽게 나갈 수 없었습니다.

㉮ 나흘이 지난 오후였습니다. 이상하게도 감시하는 사람이 보이지 않았습니다. 소년은 소녀에게 줄 운동화를 허리춤*에 끼고 소녀가 사는 마을로 달려갔습니다. 산길에서 소녀의 부모를 만났습니다.

"공장에 취직시켜 준다고 해서 떠났단다." (중략)

"그 소년이 저의 아버지이십니다. 올해 92세가 되십니다. 저는 일본군이 조선 소녀들을 강제로 끌고 갔다는 이야기는 거짓말이라고 주장해 왔습니다. 저의 아버지께서는 그런 저를 믿지 못하고 올해 16살이 되는 증손녀*에게 모든 이야기를 털어놓으신* 것이지요."

소녀는 가방에서 조심스럽게 유리 상자를 꺼냈습니다. 유리 상자 안에는 하얀 운동화가 놓여 있었습니다.

"서울에 가면 소녀상이 있다는데 그 소녀상에게 이 운동화를 주고 오렴. 그리고 내 대신 '정말 미안하다'고 사과해 다오."

— 박성배, 「소녀상이 받은 하얀 운동화」

낱말풀이

＊**내력** 어떤 일이 있게 된 과정이나 까닭. ＊**동갑내기** 서로 나이가 같은 사람. ＊**감시** 단속하기 위하여 주의 깊게 살핌. ＊**달랬습니다** 힘든 감정이나 신체적 고통을 가라앉게 했습니다. ＊**걸렸습니다** 눈이나 마음 등에 만족스럽지 않고 좋지 않았습니다. ＊**구역** 어떤 기준이나 특성에 따라 여럿으로 나누어 놓은 지역 중 하나. ＊**바싹** 무슨 일을 거침없이 빨리 끝내는 모양. ＊**꼬드겨** 듣기 좋거나 믿음이 가는 말을 하여 어떤 일을 하도록 부추겨. ＊**허리춤** 바지나 치마처럼 허리가 있는 옷의 허리 안쪽. ＊**증손녀** 손자의 딸. 또는 아들의 손녀. ＊**털어놓으신** 마음속에 있는 비밀이나 생각을 숨김없이 말씀하신.

5주 21회
정답 및 풀이
42~43쪽

1 이 글에 대한 설명으로 알맞은 것은 무엇인가요? (   )

구조
알기

① 두 인물의 대화로 사건이 진행되고 있다.

② 하나의 이야기 안에 또 다른 이야기가 들어 있다.

③ 인물의 행동보다 인물의 마음을 설명하는 부분이 많다.

④ 이야기의 주인공이 자신의 이야기를 직접 들려주고 있다.

⑤ 인물의 생김새를 그림을 그리듯이 자세히 설명하고 있다.

2 이 글에서 시간을 나타내는 말은 무엇인가요? (   )

어휘
어법

① 산길

② 어느 날

③ 그 후로는

④ 소녀가 사는 마을

⑤ 조선이 해방되기 3년 전

3 '소년'에 대한 설명으로 알맞지 <u>않은</u> 것은 무엇인가요? (   )

세부
내용

① 동갑내기 조선 소녀를 좋아하였다.

② 소녀에게 하얀 운동화를 선물로 주었다.

③ 아버지의 감시 때문에 소녀를 만나지 못하게 되었다.

④ 소녀가 공장에 가서 돈을 벌고 싶어 한다는 것을 알았다.

⑤ 소녀가 그리울 때면 소녀와 논두렁을 달리던 모습을 그림으로 그렸다.

4 일본군이 조선 소녀들을 끌고 가기 위해 한 일은 무엇인가요? (   )

세부
내용

① 하얀 운동화를 살 수 있는 돈을 주었다.

② 조선 소녀들을 공장에 취직시켜 많은 돈을 벌게 해 주었다.

③ 조선 소녀들이 논두렁을 달리는 모습을 그림을 그려 주었다.

④ 조선 소녀들에게 하얀 운동화를 선물로 주며 함께 가자고 하였다.

⑤ 공장에 취직하면 돈을 많이 벌 수 있다고 조선 소녀들을 꼬드겼다.

5 ㉠을 들은 '소년'의 마음으로 알맞은 것은 무엇인가요? (   )

추론
하기

① 기쁜 마음

② 서운한 마음

③ 억울한 마음

④ 통쾌한 마음

⑤ 걱정스러운 마음

6 [보기]는 ㈎ 부분을 희곡으로 바꾸어 쓴 것입니다. 빈칸에 들어갈 알맞은 말은 무엇인가요?

적용
창의

(   )

> [보기] 소년이 주변을 두리번거리다가 운동화를 허리춤에 끼고 산길을 달려간다. 앞에 소
> 녀의 부모가 걸어온다.
>
> 소년: (인사를 하며) 안녕하세요. 소녀는 집에 있나요?
>
> 소녀의 부모: 공장에 취직시켜 준다고 해서 떠났단다.
>
> 소년: ([   ]) 안 돼.

① 털썩 주저앉아 울먹이며

② 화난 표정으로 따지듯이

③ 박수를 치며 기쁜 목소리로

④ 억울한 표정으로 주먹을 불끈 쥐며

⑤ 궁금한 표정으로 고개를 갸웃거리며

7 [보기]를 참고할 때 유리 상자 안의 하얀 운동화가 상징하는 것은 무엇인가요? (   )

주제
찾기

> [보기] 소녀상은 일제 강점기 때 일본군에게 강제로 끌려 간 소녀들을 기리고 올바른 역사
> 인식을 세우기 위하여 만든 조각상이다. 단발머리는 가족과 고향으로부터의 단절을
> 의미하며, 맨발은 광복이 된 뒤에도 고향에 정착하지 못하고 방황하는 소녀들을 의미
> 한다.

① 욕심이 없고 깨끗한 삶

② 소년과 소녀의 아름다운 추억

③ 일제 강점기 일본군의 잔인함

④ 일제 강점기 일본의 만행에 대한 사과

⑤ 증손녀에 대한 할아버지의 아낌없는 사랑

21회 지문 익힘 어휘

1
어휘
의미

밑줄 친 낱말의 뜻으로 알맞은 것을 골라 기호를 쓰세요.

(1) 그와 나는 <u>동갑내기</u> 친구이다. ·· (   )

    ㉮ 서로 나이가 같은 사람.

    ㉯ 학교나 회사 등을 같은 시기에 함께 들어간 사람.

(2) 나는 그 사건이 그렇게 된 <u>내력</u>을 모르겠다. ································· (   )

    ㉮ 어떤 일이 있게 된 과정이나 까닭.

    ㉯ 어떤 사람이나 일에 관한 흥미로운 이야기.

(3) 어머니의 <u>감시</u> 때문에 나는 꼼짝없이 공부하였다. ················ (   )

    ㉮ 단속하기 위하여 주의 깊게 살핌.

    ㉯ 윗사람이 아랫사람에게 무엇을 시킴.

(4) 친구는 나에게 어제 있었던 일을 솔직하게 <u>털어놓았다</u>. ········ (   )

    ㉮ 말이나 행동을 불분명하게 대충 하다.

    ㉯ 마음속에 있는 비밀이나 생각을 숨김없이 말하다.

2
어휘
활용

밑줄 친 낱말의 쓰임이 알맞지 않은 것은 무엇인가요? (   )

① 옆집에 <u>동갑내기</u> 친구가 이사를 왔다.

② 범인이 <u>감시</u>가 소홀한 틈을 타 도망갔다.

③ 시장에서 상인이 물건을 팔기 위해 <u>감시</u>하고 있다.

④ 마음속에 품었던 불만을 모두 <u>털어놓으니</u> 속이 시원했다.

⑤ 아버지께서는 이 도자기가 우리 집 보물이 된 <u>내력</u>을 들려주셨다.

3
어휘
확장

[보기]의 밑줄 친 낱말과 같은 뜻으로 쓰인 것은 무엇인가요? (   )

> [보기]   소녀의 검정 고무신이 자꾸 벗겨졌던 일이 마음에 <u>걸렸습니다</u>.

① 물고기가 그물에 <u>걸렸다</u>.

② 유명한 그림이 벽에 <u>걸려</u> 있었다.

③ 나는 감기에 <u>걸려서</u> 병원에 들렀다.

④ 오늘 숙제를 하는데 두 시간이나 <u>걸렸다</u>.

⑤ 동생을 혼자 두고 놀러 나온 것이 마음에 <u>걸렸다</u>.

"아이고! 내 아들들이 왜 죽었는지 이 원통함*을 풀어* 주시오."

오늘도 과양각시는 김치 고을 원님을 찾아가 고래고래 악*을 쓰며 울었다. 과양각시의 세 아들이 같은 날 같은 시간에 과거 시험에 합격하고, 같은 날 같은 시간에 부모님께 절을 올리다 방바닥에 엎드린 채 죽었으니 원통할 수밖에.

㉠원님이 며칠째 몸을 뒤척이며 잠을 이루지 못하자 부인이 말했다.

"염라대왕이라면 ㉡그 까닭을 알겠지요. 이리하면 어떨까요? 일곱 날 동안 비상소집* 명령을 내리면 늦는 차사*가 하나는 나오지 않겠습니까? 그 차사를 저승으로 보내 염라대왕을 잡아 오게 하세요."

며칠 뒤, 원님 부인 말대로 차사 하나가 비상소집에 늦었다.

"강림 네 이놈! 목숨을 내놓든지 염라대왕을 잡아 오든지 둘 중 하나를 택해라."

강림은 일단 살고 보자는 마음에 염라대왕을 잡아 오겠다고 했다. 이 소식을 들은 강림 부인은 그날부터 날마다 떡을 만들어 기도를 드렸다.

"비나이다. 비나이다. 제 남편이 저승에 무사히 다녀올 수 있도록 도와주십시오."

어느 날, 강림 부인의 꿈에 조왕신*이 나타나 말했다.

"어서 강림을 저승에 보내라. 서쪽으로 가다 보면 길이 열릴 게야."

강림 부인은 서둘러 강림을 깨워 새 옷을 입힌 뒤 서쪽으로 가라고 일러* 주었다. 강림이 서쪽으로 한참을 가자 웬 할머니가 나타나 말했다.

"나는 너희 집 부엌을 지키는 조왕신이다. 네 아내의 정성이 갸륵해서* 저승 가는 길을 알려 주러 왔다."

조왕신이 알려 준 대로 사흘 밤낮을 걷자 강림 앞에 일흔 여덟 갈림길*과 웬 할아버지가 나타났다.

"나는 너희 집 대문을 지키는 문신이다. 네 아내의 정성을 봐서 저승 가는 방법을 알려 주러 왔다."

강림은 문신의 도움으로 가시덤불이 덮인 길을 지나 저승 문 앞에 도착했다.

㈎ 다음 날 새벽, 저승 문에서 검은 옷을 입은 사람들과 가마들이 줄지어* 나왔다. 강림은 다섯 번째 가마를 향해 몸을 날려 눈 깜짝할 사이에 염라대왕을 밧줄로 꽁꽁 묶었다.

"나는 염라대왕을 잡으러 온 강림이오!"

"하하, 감히 나를 잡으러 오다니 네 용기가 대단하구나. 내일 이승으로 갈 것이니 먼저 가 있어라."

"그럼 증표*를 주십시오."

염라대왕은 강림의 옷에 내일 틀림없이 김치 고을로 간다는 내용의 글을 써 주었다.

– 「저승사자가 된 강림도령」

날말풀이

＊**원통함** 분하고 억울함. ＊**풀어** 마음속에 맺힌 것을 해결하여 없애거나 마음속에 품고 있는 것을 이루어. ＊**악** 있는 힘을 다하여 마구 쓰는 기운. ＊**비상소집** 뜻밖의 긴급한 사태가 일어났을 때에 그 일에 관계되는 사람을 급히 불러 모으는 일. ＊**차사** 고을 원이 죄인을 잡으려고 내보내던 관아의 하인. ＊**조왕신** 부엌을 맡는다는 신. 늘 부엌에 있으면서 모든 길흉을 판단한다고 함. ＊**일러** 다른 사람에게 어떤 내용을 미리 알려 주어. ＊**갸륵해서** 마음씨와 행동이 착하고 훌륭하여. ＊**갈림길** 여러 갈래로 갈라진 길. ＊**줄지어** 나란히 줄을 이루어. ＊**증표** 어떠한 사실이나 사건을 증명하거나 증거가 되는 표.

1 이 글의 내용으로 알맞지 <u>않은</u> 것은 무엇인가요? (   )

세부
내용

① 강림은 저승에 가는 것을 자랑스러워했다.

② 염라대왕은 다섯 번째 가마에 타고 있었다.

③ 강림은 일흔 여덟 갈림길이 있는 곳에서 문신을 만났다.

④ 강림 부인은 저승으로 떠나는 강림에게 새 옷을 입혀 주었다.

⑤ 조왕신이 강림 부인의 꿈에 나타나 서쪽으로 가라고 알려 주었다.

2 이 글에서 가장 <u>먼저</u> 일어난 일은 무엇인가요? (   )

구조
알기

① 비상소집에 늦은 강림이 저승에 가게 되었다.

② 강림은 조왕신과 문신의 도움으로 저승에 도착했다.

③ 과양각시가 원님을 찾아가 원통함을 풀어 달라며 울었다.

④ 염라대왕이 강림에게 내일 이승으로 갈 것이라는 증표를 주었다.

⑤ 강림 부인은 강림이 저승에 무사히 다녀오도록 매일 기도를 드렸다.

3 ㉠에서 짐작할 수 있는 것은 무엇인가요? (   )

추론
하기

① 원님은 일이 많아서 몸이 불편했다.

② 원님은 평소에 별로 잠이 없는 편이었다.

③ 원님은 어렸을 때의 기억 때문에 어둠을 무서워했다.

④ 원님은 염라대왕에게 갈 방법을 찾지 못해 고민하고 있다.

⑤ 원님은 과양각시의 원통함을 풀어 줄 방법을 찾지 못해 괴로워하고 있다.

4 ㉡이 가리키는 내용은 무엇인가요? (   )

어휘
어법

① 과양각시가 원님을 찾아온 까닭

② 과양각시의 세 아들이 죽은 까닭

③ 과양각시가 고래고래 악을 쓰는 까닭

④ 과양각시의 세 아들이 절을 올린 까닭

⑤ 과양각시의 세 아들이 과거 시험에 합격한 까닭

103

5 이 글에 나타난 시대적 배경을 오늘날과 알맞게 비교한 것의 기호를 쓰세요.

추론
하기

> ㉮ 옛날에는 오늘날과 달리 윗사람의 명령을 거역해도 벌을 받지 않았어.
>
> ㉯ 옛날과 오늘날 모두 자신이 믿는 신에게 기도를 드리며 기원하기도 해.
>
> ㉰ 오늘날에는 범죄자를 잡는 경찰서가 있지만 옛날에는 그런 곳이 없었어.

(   )

6 이 글에 대한 감상으로 알맞지 <u>않은</u> 것은 무엇인가요? (   )

감상
하기

① 원님의 명령대로 염라대왕을 잡으러 간 강림은 책임감이 강해.
② 이야기 속에 실제 인물들이 등장해서 생생한 느낌을 주고 있어.
③ 과양각시가 원님을 찾아온 일이 시작이 되어 다른 일들이 벌어지고 있어.
④ 자신을 잡으러 온 강림을 용감하다고 칭찬한 염라대왕은 배포가 큰 사람이야.
⑤ 염라대왕을 잡기 위해 비상소집을 하라고 한 원님의 부인은 꾀가 많은 사람이야.

수능┼연계

7 ㉮ 부분을 [보기]의 조건에 따라 알맞게 고쳐 쓴 것은 무엇인가요? (   )

적용
창의

> [보기] • 염라대왕의 시점으로 다시 쓸 것
>
> • 염라대왕의 마음이 잘 나타날 것

① 가마들이 저승 문을 나서는 것이 보였다. 나는 재빨리 달려들어 염라대왕을 꽁꽁 묶었다.
② 다음 날 새벽, 나는 가마를 타고 저승 문을 나섰다. 그때 강림이 몸을 날려 나를 밧줄로 꽁꽁 묶었다.
③ 나는 가마에 달려들어 순식간에 염라대왕을 밧줄로 묶었다. 내가 염라대왕을 잡다니 믿어지지 않았다.
④ 새벽이 되자 검은 옷을 입은 사람들과 가마들이 저승 문에서 나왔다. 강림은 순식간에 염라대왕을 밧줄로 묶었다.
⑤ 가마를 타고 저승 문을 나서는데 강림이 달려들어 나를 밧줄로 꽁꽁 묶었다. 나를 잡으러 저승에 오다니 강림의 용기에 감탄했다.

22회 지문 익힘 어휘

1

어휘
의미

뜻에 알맞은 낱말을 찾아 선으로 이으세요.

(1) 분하고 억울하다. •

(2) 나란히 줄을 이루다. •

(3) 있는 힘을 다하여 마구 쓰는 기운. •

(4) 마음씨와 행동이 착하고 훌륭하다. •

(5) 어떠한 사실이나 사건을 증명하거나 증거가 되는 표. •

• ㉮ 악

• ㉯ 증표

• ㉰ 줄짓다

• ㉱ 원통하다

• ㉲ 갸륵하다

2

어휘
활용

빈칸에 들어갈 알맞은 낱말을 [보기]에서 찾아 쓰세요.

[보기]	악	증표	원통	갸륵	줄지어

(1) 기러기들이 (   ) 날아갔다.

(2) 심청은 효성이 (   )하여 복을 받았다.

(3) 동생은 장난감을 사 달라고 (   )을/를 쓰며 울었다.

(4) 나는 작은 실수로 상을 받지 못해 (   )한 마음이 들었다.

(5) 그곳을 통과하려면 신분을 확인할 수 있는 (   )을/를 제시해야 한다.

3

어휘
확장

[보기]의 밑줄 친 낱말과 같은 뜻으로 쓰인 것은 무엇인가요? (   )

[보기]	진짜 범인이 잡혀서 그는 억울함을 풀었다.

① 동생과 함께 수수께끼를 풀었다.
② 콧물이 계속 나와서 코를 풀었다.
③ 그림을 그리려고 물감을 물에 풀었다.
④ 차가 목적지에 도착하자 안전벨트를 풀었다.
⑤ 우리는 서로 악수하며 그동안의 갈등을 풀었다.

별처럼 빛난 손

김종영

㉠주머니에서
내 마음이 꼼지락거린다*.

선생님께서 질문*을 했을 때
손을 들까 말까 망설이고*,
여자 친구 앞에서 콩닥콩닥*
얼굴만 붉히고*

며칠 전도
마음 주머니에서 꼼지락거렸다.

바구니 앞에 놓고 푹 고개 숙인
할머니 곁*을 지나면서,
산더미* 박스를 끌고 언덕 오르는
할아버지 손수레*를 보고도

오늘은 그 부끄러운 마음을
자선냄비* 속에 집어넣는다.
내 손이 반짝 별처럼 빛난다.

낱말
풀이

＊꼼지락거린다 몸을 천천히 작게 계속 움직인다. **＊질문** 모르는 것이나 알고 싶은 것을 물음. **＊망설이고** 마음이나 태도를 정하지 못하고 머뭇거리고. **＊콩닥콩닥** 마음에 충격을 받아 가슴이 자꾸 세게 뛰는 모양. **＊붉히고** 부끄럽거나 화가 나서 얼굴을 붉게 하고. **＊곁** 어떤 대상의 바로 옆. 또는 아주 가까운 곳. **＊산더미** 많이 쌓여 있는 물건. **＊손수레** 사람이 손으로 직접 끄는 수레. **＊자선냄비** 연말에 구세군에서 불쌍한 사람을 돕기 위하여 길가에 걸어 두고 돈을 걷는 그릇.

1
구조
알기

이 시에 대한 설명으로 알맞은 것은 무엇인가요? (   )

① 연의 구분이 없다.

② 묻고 대답하는 형식으로 이루어졌다.

③ 장소의 변화에 따라 일어난 일을 자세히 썼다.

④ 행마다 같은 말이 반복되어 노래하는 느낌을 준다.

⑤ 5연에서는 손을 별에 빗댄 비유적 표현이 사용되었다.

2
세부
내용

이 시에서 '말하는 이'가 한 일은 무엇인가요? (   )

① 자선냄비 속에 돈을 집어넣었다.

② 할아버지의 손수레를 밀어 드렸다.

③ 선생님의 질문에 손을 들고 대답하였다.

④ 여자 친구에게 자신의 마음을 고백하였다.

⑤ 할머니의 바구니에 먹을 것을 넣어 드렸다.

3
세부
내용

㉠은 어떤 모습을 표현한 것인가요? (   )

① 말하는 이가 주머니를 만드는 모습

② 말하는 이가 할까 말까 망설이는 모습

③ 말하는 이가 주머니에 물건을 넣는 모습

④ 말하는 이가 주머니에 손을 넣고 추위에 떠는 모습

⑤ 말하는 이가 손가락을 꼼지락거리며 장난을 치는 모습

4
어휘
어법

다음처럼 둘로 나눌 수 있는 낱말은 무엇인가요? (   )

자선냄비 → 자선 + 냄비

① 마음   ② 얼굴   ③ 주머니

④ 손수레   ⑤ 할머니

5 이 시의 전체 분위기로 알맞은 것은 무엇인가요? (   )

추론
하기

① 슬프고 안타깝다.

② 차갑고 쓸쓸하다.

③ 겁이 나고 두렵다.

④ 따뜻하고 사랑스럽다.

⑤ 시끄럽고 정신이 없다.

6 '말하는 이'의 마음이 어떻게 바뀌었는지 알맞게 정리한 것은 무엇인가요? (   )

추론
하기

① 지루한 마음 → 즐거운 마음

② 귀찮은 마음 → 억울한 마음

③ 부끄러운 마음 → 뿌듯한 마음

④ 자랑스러운 마음 → 슬픈 마음

⑤ 설레는 마음 → 부끄러운 마음

7 [보기]의 ㉮와 같은 방법으로 이 시를 감상한 것은 무엇인가요? (   )

감상
하기

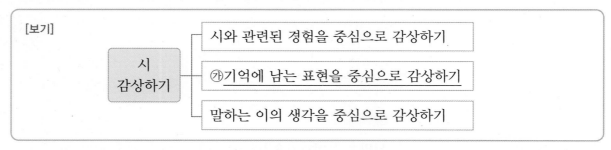

[보기]

시 감상하기 ─ 시와 관련된 경험을 중심으로 감상하기

㉮기억에 남는 표현을 중심으로 감상하기

말하는 이의 생각을 중심으로 감상하기

① 나도 일 년 동안 모은 용돈을 자선냄비에 넣은 적이 있어.

② 눈에 보이지 않는 마음을 꼼지락거린다고 표현한 것이 새로워.

③ 마지막 행에서 말하는 이는 마치 하늘을 날아가는 것처럼 기뻤을 거야.

④ 이 시에서 말하는 이는 용기가 필요한 일에는 망설이지 말라고 말하는 것 같아.

⑤ 나도 부끄러움을 많이 타서 수업 시간에 선생님이 질문할까 봐 긴장한 적이 많아.

23회 지문 익힘 어휘

1 뜻에 알맞은 낱말을 [보기]에서 찾아 쓰세요.

어휘
의미

> [보기]　　　질문　　　산더미　　　붉히다　　　꼼지락거리다

(1) (　　　　　): 많이 쌓여 있는 물건.

(2) (　　　　　): 몸을 천천히 작게 계속 움직이다.

(3) (　　　　　): 모르는 것이나 알고 싶은 것을 물음.

(4) (　　　　　): 부끄럽거나 화가 나서 얼굴을 붉게 하다.

2 빈칸에 들어갈 알맞은 낱말을 찾아 선으로 이으세요.

어휘
활용

(1) 거실에 이삿짐이 [　　]처럼 쌓여 있다. •　　　　• ㉮ 질문

(2) 나는 화가 나서 얼굴을 [　　] 소리를 질렀다. •　　　　• ㉯ 산더미

(3) 아나운서의 [　　]에 기자가 신속하게 답변했다. •　　　　• ㉰ 붉히며

(4) 아기가 손가락을 [　　]거리는 모습이 귀여웠다. •　　　　• ㉱ 꼼지락

3 밑줄 친 낱말과 바꾸어 쓸 수 있는 낱말의 기호를 쓰세요.

어휘
확장

(1) 준오는 나의 둘도 없는 친구이다. ……………………………………… (　　)

　㉮ 벗　　　　㉯ 스승　　　　㉰ 선배

(2) 나는 짝꿍 곁으로 바짝 다가갔다. ……………………………………… (　　)

　㉮ 옆　　　　㉯ 멀리　　　　㉰ 경계

(3) 나는 친구에게 전화를 할까 말까 망설였다. ……………………………… (　　)

　㉮ 결정했다　　　㉯ 머뭇거렸다　　　㉰ 재촉하였다

찬 바람이 부는 11월이 되자 그리니치 마을에도 폐렴*이 퍼졌다. 허약한* 존시 역시 자리에 눕고 말았다. 존시는 낡은* 침대에 누워 이웃집의 담벼락만 바라보며 지내야 했다.

어느 날, 의사가 수를 복도로 불렀다.

(가) "존시가 살아날 가망*은 열에 하나 정도요. 그것도 존시에게 살고 싶다는 의지*가 있을 때만 그렇소. 저렇게 죽을 생각만 하면 아무리 좋은 약도 효과가 없소."

의사와 면담한 뒤 수는 울고 또 울었다. 그런 다음 아무렇지도 않은 척* 존시의 방으로 들어가 그림을 그리기 시작했다. 잠시 뒤, 창밖만 바라보던 존시가 조용히 말했다.

"사흘 전에는 담쟁이덩굴의 잎이 많았는데 이제는 다섯 장 남았어. 저 잎이 다 떨어지면 나도 이 세상을 떠나겠지?"

"존시, 쓸데없는 생각 그만하고 잠 좀 자렴. 난 베어먼 씨에게 모델이 되어 달라고 부탁하러 가야겠어."

베어먼 씨는 일 층에 살고 있는 화가였다. 40년 동안이나 그림을 그렸지만 아무에게도 인정받지 못했다. ㉠그러면서 술에 취하면 누구도 흉내 낼 수 없는 걸작*을 그릴 거라고 큰소리쳤다.

수가 존시의 생각을 들려주자 베어먼 씨가 눈물을 글썽거리며 말했다.

"수, 언젠가 내가 걸작을 그리면 다 함께 좋은 곳으로 이사 가자꾸나!"

수와 베어먼 씨가 3층으로 올라가 보니 존시는 잠들어 있었다. 둘은 걱정스러운 표정으로 창밖의 담쟁이덩굴을 살펴보았다. 거센 바람에 잎이 흔들렸다. 수는 조용히 커튼을 치고 베어먼 씨와 옆방으로 갔다. 베어먼 씨는 파란색 셔츠로 갈아입고 늙은 광부*의 자세를 취했다.

다음 날 아침, 잠에게 깬 존시가 수를 불렀다.

"수……, 커튼을 걷어 줘. 잎이 모두 떨어졌겠지?"

커튼이 걷히자 수도 존시도 깜짝 놀랐다. 밤새 비바람이 휘몰아쳤는데도 마지막 잎 한 장이 용하게* 남아 있었다.

"수, 잎이 떨어지지 않았어. 내가 얼마나 바보 같았는지 저 잎이 알려 주는 것 같아. 수프 좀 갖다줄래? 먹고 힘을 내야지."

그날 이후 존시의 몸이 점점 나아졌다. 며칠 뒤, 수가 존시를 따뜻하게 안은 채 침착하게* 말했다.

"오늘 베어먼 씨가 돌아가셨어. 비바람을 너무 많이 맞아 급성 폐렴에 걸리셨대. 존시, 창밖을 봐. 바람이 불어도 잎이 흔들리지 않는 게 이상하지 않니? 저 잎은 베어먼 씨가 남겨 놓은 걸작이란다."

– 오 헨리, 「마지막 잎새」

낱말 풀이

＊**폐렴** 몸속에 들어간 병균이나 바이러스로 인해 폐에 생기는 염증. ＊**허약한** 힘이나 기운이 없고 약한. ＊**낡은** 물건이 오래되어 허름한. ＊**가망** 바라는 대로 이루어질 가능성이나 희망. ＊**의지** 어떤 일을 이루고자 하는 마음. ＊**척** 사실이 아닌 것을 사실인 것처럼 꾸미는 거짓 태도나 모양. ＊**걸작** 매우 뛰어난 예술 작품. ＊**광부** 광산에서 광물을 캐는 일을 직업으로 하는 사람. ＊**용하게** 매우 다행스럽게. ＊**침착하게** 쉽게 흥분하지 않고 행동이 조심스럽고 차분하게.

1
세부
내용

이 글의 내용으로 알맞지 <u>않은</u> 것은 무엇인가요? (   )

① 존시가 폐렴에 걸려 자리에 누웠다.

② 수와 존시, 베어먼 씨는 같은 건물에 살고 있다.

③ 수는 베어먼 씨에게 그림의 모델을 부탁하려고 했다.

④ 존시는 누가 담벼락에 잎을 그렸는지 끝내 알지 못했다.

⑤ 존시는 담쟁이덩굴의 잎과 자신의 운명이 같다고 생각했다.

5주 24일
정답 및 풀이
48~49쪽

2
세부
내용

'수'와 '베어먼 씨'가 창밖의 담쟁이덩굴을 살펴본 까닭은 무엇인가요? (   )

① 남아 있는 다섯 장의 잎을 그릴 방법을 찾아보려고

② 남아 있는 잎을 존시의 약으로 쓸 수 있을지 살펴보려고

③ 존시가 담쟁이덩굴의 잎이 남아 있는지 보고 와 달라고 말해서

④ 잎이 모두 떨어져 존시가 삶의 의지를 잃지 않을까 걱정되어서

⑤ 다섯 장의 잎이 모두 거센 바람을 견디고 남아 있다고 생각해서

3
어휘
어법

㉠의 상황에 어울리는 한자 성어는 무엇인가요? (   )

① 과유불급(過猶不及): 무엇이든 지나친 것은 좋지 않음.

② 우문현답(愚問賢答): 어리석은 질문에 대한 현명한 대답.

③ 살신성인(殺身成仁): 자기 자신을 희생하여 어진 행동을 함.

④ 외유내강(外柔內剛): 겉은 순하고 부드러워 보이지만 속은 곧고 굳셈.

⑤ 호언장담(豪言壯談): 어떤 목적을 이루겠다고 씩씩하고 자신 있게 하는 말.

4
추론
하기

'존시'의 마음은 어떻게 바뀌었는지 알맞게 정리한 것은 무엇인가요? (   )

① 슬프고 화난 마음 → 두렵고 안타까운 마음

② 기쁘고 행복한 마음 → 불쌍하고 안타까운 마음

③ 용감하고 적극적인 마음 → 슬프고 절망적인 마음

④ 불쌍하고 안타까운 마음 → 기쁘고 다행스러운 마음

⑤ 소극적이고 절망적인 마음 → 적극적이고 희망찬 마음

5 이 글에 나타난 '베어먼 씨'의 성격으로 알맞은 것은 무엇인가요? (   )

추론
하기

① 겸손하고 조심성이 많다.

② 화를 잘 내고 인정이 없다.

③ 게으르고 남의 일에 관심이 없다.

④ 허풍이 심하지만 마음이 따뜻하다.

⑤ 남을 잘 헐뜯고 남에게 지는 것을 싫어한다.

6 이 글의 주제로 알맞은 것은 무엇인가요? (   )

주제
찾기

① 어린 시절의 아름다운 추억

② 따뜻한 인간애와 희망의 중요성

③ 예술가의 고달픈 삶과 창작의 어려움

④ 환자를 돌보는 가족들의 희생과 고통

⑤ 다양한 경험으로 얻을 수 있는 삶의 지혜

7 ㈎ 부분과 [보기]에서 공통적으로 말하고자 하는 것은 무엇인가요? (   )

적용
창의

> [보기]   한 의사가 불치병을 앓고 있는 환자에게 특효약이 나왔다며 알약을 주었다. 하지만
> 이것은 아무런 효능이 없는 가짜 약이었다. 이 사실을 모르는 환자는 특효약이라는
> 믿음 하나로 꾸준히 알약을 복용하였고 실제로 불치병이 나을 수 있었다.
>   또 다른 환자에게는 '이것을 먹으면 머리가 아플 수 있습니다.'라고 말한 뒤 효능이
> 없는 가짜 약을 주었다. 놀랍게도 가짜 약을 복용한 환자는 두통을 호소하였다.

① 환자에게는 효능이 좋은 약을 주어야 한다.

② 마음가짐이나 믿음에 따라 상황이 달라질 수 있다.

③ 살고 싶다는 의지가 강할수록 약의 효능은 떨어진다.

④ 헛된 희망을 갖지 말고 현실을 똑바로 바라보아야 한다.

⑤ 삶에 대한 의지가 없는 사람에게 헛된 믿음을 주어서는 안 된다.

24회 지문 익힘 어휘

1 뜻에 알맞은 낱말을 낱말 카드로 만들어 쓰세요.

어휘
의미

| 작 | 허 | 가 | 낡 | 약 | 망 | 다 | 걸 |

(1) 매우 뛰어난 예술 작품. → ☐☐

(2) 물건이 오래되어 허름하다. → ☐☐

(3) 힘이나 기운이 없고 약하다. → ☐☐ 하다

(4) 바라는 대로 이루어질 가능성이나 희망. → ☐☐

2 빈칸에 들어갈 알맞은 낱말을 찾아 선으로 이으세요.

어휘
활용

(1) 의자가 ☐☐ 자꾸 삐걱거렸다. •   • ㉮ 걸작

(2) 그 조각가는 많은 ☐☐을/를 남겼다. •   • ㉯ 가망

(3) 친구는 몸이 ☐☐해서 오래 뛰지 못한다. •   • ㉰ 허약

(4) 열심히 노력하면 그 시험에 합격할 ☐☐이/가 있다. •   • ㉱ 낡아서

3 빈칸에 들어갈 알맞은 낱말을 [보기]에서 찾아 기호를 쓰세요.

어휘
확장

[보기] ㉮ 채: 이미 있는 상태 그대로 있음을 나타내는 말.
㉯ 척: 사실이 아닌 것을 사실인 것처럼 꾸미는 거짓 태도나 모양을 나타내는 말.

(1) 나는 신발을 신은 ☐☐ 물에 들어갔다. (   )

(2) 나는 너무 피곤해서 앉은 ☐☐ 잠이 들었다. (   )

(3) 나는 정답을 알았지만 일부러 모르는 ☐☐ 얼버무렸다. (   )

㉠얼마 전부터 제제만 씨네 집에서 이상한 일이 벌어졌다*. 매일 아침마다 현관문이 활짝 열려 있었던 것이다. 처음에는 도둑이 든 줄 알고 집 안을 샅샅이 뒤졌지만* 없어진 물건은 한 개도 없었다.

세바스티안과 요한은 무슨 일이 일어나는지 알아보기 위해 밤을 지새우기로* 했다. 밤 12시가 넘자 어디선가 불어온 바람에 촛불이 꺼지고 주위는 어둠에 휩싸였다. 그때 요한이 하얗게 질린* 얼굴로 소리쳤다.

"현관문이 열려 있어. 그리고 허연* 게 2층으로 휙 사라졌어."

날이 밝자 간밤의 일을 보고받은 로텐마이어는 제제만 씨에게 집 안에 유령이 나타났으니 빨리 돌아오라는 편지를 보냈다. 하지만 제제만 씨는 바쁜 일 때문에 갈 수 없고 유령 이야기도 터무니없다고 답장을 보내왔다.

그때까지 로텐마이어는 클라라와 하이디가 겁을 먹을까 봐 유령 이야기를 하지 않았지만 더 이상 망설일 수 없었다. 두 아이에게 모든 것을 말해 주자 클라라는 두려움에 떨었다.

㉡로텐마이어는 즉시 제제만 씨에게 유령 때문에 따님인 클라라의 건강이 염려된다고 편지를 보냈다. 이틀 뒤 제제만 씨가 요란하게* 초인종을 울려 댔다.

그날 밤, 제제만 씨는 의사인 친구와 밤을 지새우기로 했다.

"세상에 유령이 어디 있나. 밤새 이야기나 나누세."

두 사람이 이야기꽃을 피우는 사이 새벽 1시가 되었다. 순간 의사 친구가 놀라며 말했다.

"쉿, 방금 현관문이 열리는 소리가 들렸어."

두 사람이 현관문 쪽으로 다가가 보니 맨발에 하얀 잠옷을 입은 하이디가 서 있었다. 의사 친구는 하이디에게 조심스럽게 다가가 물었다.

"애야, 어디에 가려고 그러니?" / "아무 데도요. 그런데 제가 왜 여기 서 있어요?"

"혹시 꿈을 꾸었니?"

"네, 매일 밤 꿈을 꾸어요. 알프스 고원*의 할아버지 집에 와 있는 꿈이요."

하이디는 추억*이 떠오르자 꾹꾹 참아 왔던 울음이 터져 나왔다. 의사 친구는 하이디를 진정시켜 방으로 돌려보낸 뒤 제제만 씨에게 말했다.

"하이디는 몽유병*을 앓고 있어서 밤마다 자기도 모르게 돌아다니는 거라네. 또 향수병*에 시달려서 몸이 해골처럼 말랐네. 이건 약으로 치료할 수 없어. 하이디를 당장 할아버지 집으로 돌려보내야 하네."

"불쌍한 하이디……. 알겠네. 자네가 하라는 대로 하겠네."

– 요한나 슈피리, 「하이디」

날말 풀이

＊**벌어졌다** 어떤 일이 일어나거나 진행되었다. ＊**뒤졌지만** 무엇을 찾기 위해서 여기저기를 살폈지만. ＊**지새우기로** 잠을 전혀 자지 않고 밤을 지내기로. ＊**질린** 몹시 놀라거나 무서워서 얼굴빛이 변한. ＊**허연** 탁하고 흐릿하게 흰. ＊**요란하게** 어수선하고 시끄럽게. ＊**고원** 높은 데에 있는 넓은 벌판. ＊**추억** 지나간 일을 생각함. ＊**몽유병** 잠을 자는 도중에 일정 시간 동안 깨어 있는 사람처럼 행동하고 다음 날 전혀 기억하지 못하는 병. ＊**향수병** 고향을 그리워하는 마음.

1

세부
내용

이 글의 내용으로 알맞지 <u>않은</u> 것은 무엇인가요? (   )

① 하이디는 알프스 고원의 할아버지 집을 그리워한다.

② 사람들이 유령이라고 착각했던 것은 바로 하이디이다.

③ 하이디는 사람들을 놀라게 하려고 밤에 집 안을 돌아다녔다.

④ 제제만 씨의 의사 친구는 하이디를 집으로 돌려보내라고 하였다.

⑤ 세바스티안과 요한은 로텐마이어에게 집 안에 유령이 나타났다고 보고하였다.

2

어휘
어법

㉠의 상황에 어울리는 속담을 [보기]에서 골라 기호를 쓰세요.

> [보기]   ㉮ 귀신이 곡할 노릇이다
>
>   ㉯ 개구리 올챙이 적 생각 못 한다
>
>   ㉰ 서당 개 삼 년에 풍월을 읊는다

(   )

3

구조
알기

이 글에서 일이 일어난 차례대로 ㉮~㉺의 기호를 쓰세요.

> ㉮ 집으로 돌아온 제제만 씨가 의사 친구와 밤을 지새웠다.
>
> ㉯ 제제만 씨는 의사 친구의 말대로 하이디를 집으로 돌려보내기로 했다.
>
> ㉰ 로텐마이어가 제제만 씨에게 집 안에 유령이 나타났다는 편지를 보냈다.
>
> ㉱ 제제만 씨와 의사 친구는 맨발에 하얀 잠옷을 입고 서 있는 하이디를 발견했다.
>
> ㉲ 세바스티안과 요한이 왜 집 안에 이상한 일이 벌어지는지 알아보려고 밤을 지새웠다.

(   ) → (   ) → (   ) → (   ) → (   )

4

추론
하기

㉡에서 짐작할 수 있는 것은 무엇인가요? (   )

① 제제만 씨는 유령을 무서워한다.

② 제제만 씨는 바쁜 일을 모두 끝냈다.

③ 제제만 씨는 딸을 무척 아끼고 사랑한다.

④ 제제만 씨는 딸을 보고 싶어 하지 않는다.

⑤ 제제만 씨는 로텐마이어에게 화가 나 있다.

5주 25회
정답 및 풀이
50~51쪽

5

추론
하기

이 글의 전체 분위기로 가장 알맞은 것은 무엇인가요? (　　　)

① 정겹고 따뜻하다.

② 흥겹고 활기차다.

③ 조용하고 평화롭다.

④ 잔인하고 비극적이다.

⑤ 긴장되고 조마조마하다.

6

감상
하기

이 글에 대한 감상으로 알맞지 <u>않은</u> 것은 무엇인가요? (　　　)

① 유령 이야기를 해 주자 벌벌 떠는 것을 보니 클라라는 겁이 많은 아이야.

② 하이디는 몽유병에 걸려서 자신이 밤중에 돌아다니는 일을 알지 못하고 있네.

③ 유령을 직접 확인하려는 제제만 씨와 의사인 친구는 의심이 많은 사람들이야.

④ 하이디는 고향에 있는 꿈을 꾸면서 돌아다니다가 유령이라는 오해를 받았구나.

⑤ 글쓴이는 이 사건을 통해 고향을 그리워하는 하이디의 마음을 잘 보여 주고 있어.

7

적용
창의

[보기]의 ㉮와 같은 방법으로 이 글의 제목을 지을 때 가장 알맞은 것은 무엇인가요? (　　　)

> [보기]　이야기의 제목은 다음과 같이 여러 가지 방법으로 지을 수 있다.
>
> 　첫째, 특정한 배경이 이야기에서 중요한 역할을 한다면 지명을 활용하여 제목을 짓는다.
>
> 　㉮둘째, 이야기를 이끄는 중요한 사건이 있다면 이 중심 사건이 잘 나타나도록 제목을 짓는다.
>
> 　셋째, 이야기에서 중심 역할을 하는 인물이나 특이한 인물이 있다면 인물의 이름이나 별명을 중심으로 제목을 짓는다.
>
> 　넷째, 이야기의 주제를 잘 담고 있거나 새롭고 신선한 구절이 있다면 이 구절들을 활용하여 제목을 짓는다.

① 그리운 알프스 고원

② 제제만 씨네 유령 소동

③ 집에 돌아온 제제만 씨

④ 클라라와 하이디의 우정

⑤ 하이디의 마음을 알아주는 의사 선생님

25회 지문 익힘 어휘

1
어휘
의미

뜻에 알맞은 낱말을 찾아 선으로 이으세요.

(1) 지나간 일을 생각함. ●	● ㉮ 추억
(2) 탁하고 흐릿하게 희다. ●	● ㉯ 뒤지다
(3) 잠을 전혀 자지 않고 밤을 지내다. ●	● ㉰ 허옇다
(4) 무엇을 찾기 위해서 여기저기를 살피다. ●	● ㉱ 지새우다

2
어휘
활용

빈칸에 들어갈 알맞은 낱말을 [보기]에서 찾아 쓰세요.

[보기]	허연	추억	뒤지기	지새우고

(1) 주전자에서 (   ) 김이 뿜어져 나왔다.

(2) 천둥소리 때문에 뜬눈으로 밤을 (   ) 말았다.

(3) 열쇠를 찾으려고 집 안 구석구석을 (   ) 시작했다.

(4) 작년에 쓴 일기장을 보니 (   )이/가 새록새록 떠올랐다.

3
어휘
확장

밑줄 친 낱말과 바꾸어 쓸 수 있는 낱말의 기호를 쓰세요.

(1) 교실에 쥐가 나타나 소동이 벌어졌다. ┈┈┈┈┈┈┈┈┈┈┈┈┈┈┈┈ (   )
　　㉮ 일어났다　　　㉯ 사라졌다　　　㉰ 물러났다

(2) 비를 맞아서 감기에 걸릴까 봐 염려되었다. ┈┈┈┈┈┈┈┈┈┈┈┈ (   )
　　㉮ 안심되었다　　　㉯ 걱정되었다　　　㉰ 상기되었다

(3) 놀이터를 샅샅이 살펴보았지만 열쇠를 찾을 수 없었다. ┈┈┈┈┈ (   )
　　㉮ 정확히　　　㉯ 살며시　　　㉰ 모조리

'면(面)' 자는 사람의 얼굴 모습을 본떠서 '얼굴', '평면'이라는 뜻을 나타내요. 사람의 머리와 얼굴 둘레와 눈을 특징적으로 그려 '얼굴'이라는 뜻을 표현했어요.

낯 면

● 다음 획순에 따라 한자를 따라 쓰세요.

面	一	ㄥ	厂	丙	而	而	面	面
面	面	面						

안면 顔面
(낯 안, 낯 면)

눈, 코, 입이 있는 머리의 앞쪽 부분.
예 동생의 춤을 보고 안면 근육이 아플 정도로 웃었다.
[비슷한말] 얼굴

면담 面談
(낯 면, 말씀 담)

서로 만나서 이야기함.
예 우리 모둠은 소아 비만을 조사하려고 소아과 의사와 면담을 했다.

표면 表面
(겉 표, 낯 면)

사물의 가장 바깥쪽.
예 달의 표면은 울퉁불퉁하다.
[비슷한말] 겉면, 외면

Q 다음 밑줄 친 글자의 뜻은 무엇인가요? (   )

안면

① 눈   ② 코   ③ 배   ④ 머리   ⑤ 얼굴

수능 국어
실전 30분 모의고사

문학

4학년 | 2회분 수록

NE 능률

제1회 모의고사
문학

이름	

※ 모의고사 유의 사항

○ 문제지의 해당란에 이름을 쓰십시오.

○ 모의고사의 문항 수는 총 20문제이며, 시간은 총 30분입니다.

○ 표지를 넘기면 우측 상단에 있는 QR 코드를 스마트폰으로 찍으십시오.

○ 타이머 영상이 재생되면 스마트폰을 옆에 두고 남은 시간을 확인하면서 문제를 풀면 됩니다.

[1~4] 다음 글을 읽고 물음에 답하시오.

얼마 전부터 제제만 씨네 집에서 이상한 일이 벌어졌다. 매일 아침마다 현관문이 활짝 열려 있었던 것이다. 처음에는 도둑이 든 줄 알고 집 안을 샅샅이 뒤졌지만 없어진 물건은 한 개도 없었다.

세바스티안과 요한은 무슨 일이 일어나는지 알아보기 위해 밤을 지새우기로 했다. 밤 12시가 넘자 어디선가 불어온 바람에 촛불이 꺼지고 주위는 어둠에 휩싸였다. 그때 요한이 하얗게 질린 얼굴로 소리쳤다.

"현관문이 열려 있어. 그리고 허연 게 2층으로 휙 사라졌어."

날이 밝자 간밤의 일을 보고받은 로텐마이어는 제제만 씨에게 집 안에 유령이 나타났으니 빨리 돌아오라는 편지를 보냈다. 하지만 제제만 씨는 바쁜 일 때문에 갈 수 없고 유령 이야기도 터무니없다고 답장을 보내왔다.

그때까지 로텐마이어는 클라라와 하이디가 겁을 먹을까 봐 유령 이야기를 하지 않았지만 더 이상 망설일 수 없었다. 두 아이에게 모든 것을 말해 주자 클라라는 두려움에 떨었다.

㉠로텐마이어는 즉시 제제만 씨에게 유령 때문에 따님인 클라라의 건강이 염려된다고 편지를 보냈다. 이틀 뒤 제제만 씨가 요란하게 초인종을 울려 댔다.

그날 밤, 제제만 씨는 의사인 친구와 밤을 지새우기로 했다.

"세상에 유령이 어디 있나. 밤새 이야기나 나누세."

두 사람이 이야기꽃을 피우는 사이 새벽 1시가 되었다. 순간 의사 친구가 놀라며 말했다.

"쉿, 방금 현관문이 열리는 소리가 들렸어."

두 사람이 현관문 쪽으로 다가가 보니 맨발에 하얀 잠옷을 입은 하이디가 서 있었다. 의사 친구는 하이디에게 조심스럽게 다가가 물었다.

"애야, 어디에 가려고 그러니?"

"아무 데도요. 그런데 제가 왜 여기 서 있어요?"

"혹시 꿈을 꾸었니?"

"네, 매일 밤 꿈을 꾸어요. 알프스 고원의 할아버지 집에 와 있는 꿈이요."

㉡하이디는 추억이 떠오르자 꾹꾹 참아 왔던 울음이 터져 나왔다. 의사 친구는 하이디를 진정시켜 방으로 돌려보낸 뒤 제제만 씨에게 말했다.

"하이디는 몽유병을 앓고 있어서 밤마다 자기도 모르게 돌아다니는 거라네. 또 향수병에 시달려서 몸이 해골처럼 말랐네. 이건 약으로 치료할 수 없어. 하이디를 당장 할아버지 집으로 돌려보내야 하네."

"불쌍한 하이디……. 알겠네. 자네가 하라는 대로 하겠네."

- 요한나 슈피리, 「하이디」

1. 다음 중 가장 먼저 일어난 일은 무엇인가요?
( )

① 제제만 씨가 집으로 돌아왔다.
② 하이디는 할아버지 집에 돌아갔다.
③ 제제만 씨가 의사인 친구와 밤새 이야기꽃을 피웠다.
④ 매일 아침마다 제제만 씨네 현관문이 활짝 열려 있었다.
⑤ 현관문 앞에 맨발에 하얀 잠옷을 입은 하이디가 서 있었다.

2. ㉠에서 짐작할 수 있는 것은 무엇인가요?
( )

① 집 안에 도둑이 들어서
② 클라라의 건강이 위독해져서
③ 밤 12시가 되면 유령이 나타나서
④ 하이디가 할아버지 집으로 돌아가서
⑤ 제재만 씨가 집에 빨리 돌아오도록 하기 위해서

3. ㉡에 나타난 '하이디'의 마음은 어떠한가요?
( )

① 몸이 아파서 힘들어함.
② 유령 때문에 겁을 먹음.
③ 고향을 생각하며 그리워함.
④ 추억을 회상하면서 즐거워함.
⑤ 꿈속에서 할아버지를 만나서 행복해함.

4. 〈보기〉는 이 글의 뒷부분 줄거리입니다. 두 이야기를 읽고 난 후 반응으로 알맞지 않은 것은 무엇인가요? ( )

─── 〈 보 기 〉 ───
　하이디는 다시 할아버지가 있는 알프스로 돌아간다. 고향에 돌아온 하이디는 마음에 병이 사라져서 건강을 되찾게 된다. 글을 알지 못하는 친구 페터에게 독일어를 가르쳐 주는 등 행복하게 지낸다. 한편 하이디가 그리운 클라라는 할머니와 함께 하이디를 보러 알프스에 찾아간다. 클라라는 하이디와 함께 어울려 놀다 보니 걸을 수 있을 정도로 건강해진다.

① 제제만 씨는 하이디의 건강을 걱정했어.
② 고향에 간 하이디가 건강을 되찾아서 다행이야.
③ 클라라와 하이디는 서로 깊은 우정을 쌓은 것 같아.
④ 제제만 씨는 하이디를 집으로 보내고 싶지 않았던 것 같아.
⑤ 하이디는 몽유병이 걸릴 정도로 할아버지가 있는 알프스가 그리웠나 봐.

그날 아침, 학교로 뛰어가는데 면사무소 게시판 앞에 사람들이 모여 있었다. 지난 2년 동안 게시판에는 징병, 패전 등 온갖 나쁜 소식이 붙어 있었는데 오늘은 무슨 일일까?

나는 헐레벌떡 학교 마당으로 들어갔다. 수업이 시작되는 소란한 틈을 타 슬쩍 내 자리에 앉을 생각이었는데 이상하게도 일요일 아침처럼 조용했다. 창문 너머로 아멜 선생님과 자리에 앉아 있는 친구들이 보였다.

나는 슬그머니 교실 문을 열고 들어갔다. 그런데 뜻밖에도 아멜 선생님이 부드러운 목소리로 말했다.

"프란츠, 어서 앉아라. 너를 빼고 수업을 시작할 뻔했구나."

교실 분위기가 평소와 다르게 엄숙했다. ㉠놀랍게도 늘 비어 있던 교실 뒤쪽 의자에 마을 사람들이 슬픈 표정으로 앉아 있었다.

아멜 선생님이 교단으로 올라가 엄숙한 목소리로 말했다.

"오늘이 여러분과의 마지막 수업입니다. 알자스와 로렌 지방의 학교에서는 독일어로만 가르치라는 명령이 내려와서 내일은 새로운 선생님이 오십니다. 그러니 열심히 수업을 들어주시기 바랍니다."

게시판에 붙어 있던 내용이 이것이었구나!

나는 아직 제대로 쓸 줄도 모르는데, 이제 더는 배울 수가 없다니! 나는 수업을 빼먹고 새집을 찾아다니거나 강가에서 놀면서 시간을 보낸 일이 떠올랐다.

한참 이런 생각을 하고 있을 때 선생님이 내 이름을 불렀다. 내가 분사의 규칙을 외울 차례가 된 것이었다. 하지만 나는 첫마디부터 막혀 버려서 고개도 들지 못한 채 서 있었다.

"프란츠, 선생님은 너를 야단치지 않겠다. 넌

지금 뉘우치고 있을 테니까. 우리는 이렇게 생각하지. '시간은 많아. 내일 배우면 돼.' 그 결과 이 지경이 된 거란다. 교육을 내일로 미루어 온 것이 우리 알자스의 크나큰 불행이었어. 하지만 네 잘못만은 아니란다. 부모님들도 교육에 대한 열의가 없었지. 한 푼이라도 더 벌기 위해 너희를 밭이나 공장으로 보냈으니까. 나도 반성해야 한단다. 수업 대신 정원에 물을 주게 하고, 너희들이 낚시를 하고 싶다고 하면 수업을 안 했으니까……."

아멜 선생님은 우리가 프랑스어를 절대로 잊어서는 안 된다고 하셨다. ㉡그리고 어떤 민족의 노예가 되더라도 자신들의 언어를 잘 간직하고 있으면 감옥의 열쇠를 쥐고 있는 것이라고 강조하셨다.

- 알퐁스 도데, 「마지막 수업」

5. 이 글의 내용과 일치하지 <u>않은</u> 것은 무엇인가요?
(   )

① 교실의 분위기가 평소처럼 엄숙했다.
② 프란츠가 분사 규칙을 외울 차례였다.
③ 프란츠는 수업을 빼먹고 강가에서 놀면서 시간을 보낸 적이 있다.
④ 지난 2년 동안 면사무소 게시판에는 온갖 나쁜 소식이 붙어 있었다.
⑤ 알자스와 로렌 지방의 학교에서는 독일어로만 가르치라는 명령이 내려왔다.

6. ㉠에서 짐작할 수 있는 것은 무엇인가요?
(   )

① 수업 대신 정원에 물을 줘야 해서
② 부모님들이 교육에 대한 열의가 없어서
③ 시간이 많다고 생각하면서 교육을 내일로 미뤄서
④ 아멜 선생님과 학생들이 마지막 수업을 하는 날이어서
⑤ 프란츠가 수업이 시작되는 소란한 틈에 슬그머니 들어와서

7. '아멜 선생님'이 ㉡처럼 말한 이유로 알맞은 것은 무엇인가요? (   )

① 프랑스어로 수업하면 안 돼서
② 독일어를 배우는 것은 어려워서
③ 프랑스어와 독일어를 둘 다 잘하기 위해서
④ 독일에 점령되어도 프랑스어를 사용하기 위해서
⑤ 프랑스어를 잊지 않는 것은 민족을 지키는 일이라서

8. <보기>는 이 글의 일부분을 연극 대본으로 재구성한 것입니다. ⓐ와 ⓑ에 들어갈 낱말이 바르게 연결된 것은 무엇인가요? (   )

< 보 기 >

　아멜 선생님이 교단에 올라가서 말한다.

아멜 선생님: (　ⓐ　) 오늘이 여러분과의 마지막 수업입니다. 알자스와 로렌 지방의 학교에서는 독일어로만 가르치라는 명령이 내려와서 내일은 새로운 선생님이 오십니다. 그러니 열심히 수업을 들어주시기를 바랍니다.

　프란츠는 아멜 선생님을 바라본다.

프란츠: (　ⓑ　) 게시판에 붙어 있던 내용이 이것이었구나! 나는 아직 제대로 쓸 줄도 모르는데, 이제 더는 배울 수가 없다니!

	ⓐ	ⓑ
①	놀란 표정으로	슬픈 목소리로
②	슬픈 표정으로	땀을 흘리면서
③	화난 목소리로	부끄러워하는 목소리로
④	엄숙한 목소리로	생각에 잠긴 표정으로
⑤	장난스러운 표정으로	환한 미소를 지으면서

[9~12] 다음 글을 읽고 물음에 답하시오.

물새는
물새라서 바닷가 모래밭에
알을 낳는다.
보얗게 하얀 물새알.

산새는
산새라서 수풀 둥지 안에
알을 낳는다.
알락알락 얼룩진 산새알.

물새알은
간간하고 짭조름한
미역 냄새
바람 냄새.

산새알은
달콤하고 향긋한
풀꽃 냄새
이슬 냄새.

물새알은
물새알이라서
아아, ㉠날갯죽지 하얀
물새가 된다.

㉡산새알은
산새알이라서
머리꼭지에 빨간 댕기를 드린
산새가 된다.

- 박목월, 「산새알 물새알」

---

9. 이 시에 대한 설명으로 알맞지 <u>않은</u> 것은 무엇인가요? (   )

① 전체적으로 차갑고 딱딱한 분위기이다.
② 1연에서는 시각적 이미지가 사용되었다.
③ 맛을 나타내는 감각적 표현을 사용하였다.
④ ㉠은 날개가 몸에 붙어 있는 부분을 말한다.
⑤ 5연에서는 말하는 이가 감탄하듯이 말하고 있다.

10. <보기>는 이 시에 대한 설명입니다. ⓐ, ⓑ에 들어갈 낱말이 바르게 연결된 것은 무엇인가요? (   )

> ─── <보 기> ───
>
> 이 시의 1, 3, 5연에서는 (ⓐ   )에 대해 말하고 있고, 2, 4 ,6연에서는 (ⓑ   )에 대해 말하고 있습니다.

	ⓐ	ⓑ
①	산새	수풀
②	물새	바닷가
③	바닷가	수풀
④	산새알	물새알
⑤	물새알	산새알

11. 이 시를 읽고 떠오르는 장면이 <u>아닌</u> 것은 무엇인가요? (   )

① 산새가 수풀 둥지 안에 앉아있는 장면
② 날갯죽지가 하얀 산새가 날아가는 장면
③ 물새가 바닷가 모래밭에 앉아있는 장면
④ 바닷가 모래밭 위에 물새알이 놓여 있는 장면
⑤ 수풀 둥지 안에 얼룩진 산새알이 놓여 있는 장면

12. <보기>를 참고하여 ㉡과 같은 표현법을 사용한 것은 무엇인가요? (   )

> ─── <보 기> ───
>
> 사람이 아닌 동물, 식물, 사물을 사람인 것처럼 표현하는 방법을 '의인법'이라고 한다.

① 내 마음은 호수요.
② 포도알 같은 마을이 있고
③ 웃는 기와 흉내를 내 봅니다.
④ 내 손이 반짝 벽처럼 빛난다.
⑤ 누군가를 보듬고 있다는 것은 행복한 일이다.

다이달로스는 그리스에서 가장 뛰어난 장인이었는데, 조카를 죽인 죄로 고향인 아테네에서 ⓐ추방되었다.

오래 전부터 ⓑ천재 기술자를 찾고 있던 크레타 섬의 미노스 왕은 이 기회를 놓치지 않고 다이달로스를 자기 나라로 데려왔다. 다이달로스는 크레타 섬에서 결혼도 하고 아들도 낳았는데, 그 아들이 바로 이카로스이다.

하지만 세월이 흘러 다이달로스는 미노스 왕의 ⓒ총애를 잃었고, 결국 아들과 함께 높은 탑 속에 갇히는 신세가 되었다. 그는 감옥에서 도망칠 궁리를 했지만, 사방이 바다로 둘러싸여 있어 쉽사리 탈출할 수가 없었다. 하지만 다이달로스에게 포기란 없었다. 그는 감옥 안을 서성거리다가 멋진 생각을 떠올렸다.

"그래, 바로 그거야! 미노스 왕이 육지와 바다는 지배할 수 있지만, 하늘까지 지배할 수는 없잖아."

그 다음 날부터 다이달로스는 여러 가지 크기의 새 깃털을 모은 다음, 실과 아교풀을 사용하여 커다란 날개를 만들었다. 여러 달 고생한 끝에 다이달로스는 두 개의 날개를 완성하였다. 그는 자기와 아들 몸에 날개를 단단히 붙이고는 아들에게 날개를 퍼덕이는 시범까지 보이면서 나는 법을 가르쳐주었다. 드디어 감옥을 탈출하는 날, 다이달로스는 아들에게 단단히 주의를 주었다.

"이카로스야. 적당한 높이를 유지해야 한다. 너무 낮게 날면 바닷물의 습기가 날개를 무겁게 만들 것이고, 너무 높이 날면 태양이 너의 날개를 녹여 버릴 것이다. 부디 한눈 팔지 말고, 나만 따라오너라."

두 사람은 힘차게 날개짓을 하며 하늘로 날아올랐다. 다이달로스는 ⓓ연신 뒤를 돌아보며 아들을 살폈지만, 이카로스는 하늘을 나는 기쁨으로 흥분되어 아버지를 볼 ⓔ겨를이 없었다.

"아버지, 보세요. 사람도 새처럼 날 수 있어요. 저는 저 태양까지 날아오르고 싶어요."

이카로스는 더 높이 날고 싶은 욕망을 품고 태양을 향해 날아올랐다. 그때였다. 뜨거운 태양이 아교풀을 녹여 이카로스의 날개가 떨어져 나갔다. 결국 이카로스는 바다로 추락하고 말았다.

- 『그리스 · 로마 신화』
'다이달로스와 이카로스의 날개'

13. 이 글의 주제로 가장 알맞은 것은 무엇인가요?
( )

① 자연은 소중하다.
② 착한 마음을 가져야 한다.
③ 지나친 욕심은 화를 부른다.
④ 부모님 말을 잘 들어야 한다.
⑤ 내 자신을 믿고 행동해야 한다.

14. 이카로스가 바다로 추락한 원인은 무엇인가요?
( )

① 날갯짓을 제대로 못했기 때문이다.
② 다이달로스의 말을 잘 들었기 때문이다.
③ 다이달로스 뒤를 따라서 날았기 때문이다.
④ 하늘을 날자 새처럼 날고 싶은 욕망이 사라졌기 때문이다.
⑤ 뜨거운 태양이 이카로스 날개의 아교풀을 녹였기 때문이다.

15. ⓐ~ⓔ와 바꾸어 쓸 수 있는 낱말로 알맞지 <u>않은</u> 것은 무엇인가요? ( )

① ⓐ: 쫓겨났다.
② ⓑ: 뛰어난
③ ⓒ: 사랑
④ ⓓ: 어쩌다 한번
⑤ ⓔ: 틈

16. <보기>는 설화를 요약한 내용입니다. 두 이야기를 읽고 난 후 반응으로 알맞지 <u>않은</u> 것은 무엇인가요? ( )

─── < 보 기 > ───
　마을에서 멀리 떨어진 곳에 절 하나가 있었다. 절은 호랑이가 출몰하는 깊은 산 속에 있어서 마을 사람들이 잘 오지 않았다. 그로 인해 먹을 양식이 줄어들었고 스님은 절을 떠나기로 마음을 먹었다. 그런데 어느 날 밤 꿈 속에서 부처님이 나타나 하얀 바위 앞으로 가 보라고 했다. 아침에 일어나 바위가 있는 곳에 가니 구멍에서 쌀이 나왔다. 스님은 쌀이 나오는 바위에서 한꺼번에 많은 쌀을 얻으려고 구멍에 장대를 넣었다. 하지만 쌀을 나오지 않았고 결국 스님이 구멍에 빠지게 되었다.

① 스님은 많은 쌀을 갖고 싶었나 봐.
② 이카로스와 스님 모두 욕심을 너무 부렸어.
③ 스님보다 이카로스가 훨씬 겸손한 것 같아.
④ 이카로스는 아버지 다이달로스의 말을 듣고 행동해야 했어.
⑤ 둘 다 욕심을 경계하고 자신의 상황에 맞게 행동하면 좋았을걸.

[17~20] 다음 글을 읽고 물음에 답하시오.

옛날 옛날에 불라국이란 나라의 오구 대왕이 점쟁이를 불러 자신의 혼례식 날짜를 물었다.

"올해 혼례를 올리면 공주 일곱을 보실 것이고, 내년에 혼례를 올리면 왕자 셋을 보실 겁니다."

"허허, 나는 하루빨리 혼인을 하고 싶으니, 속히 혼례식을 준비하라."

오구 대왕은 코웃음을 치며 점쟁이의 말을 무시하고 그 해에 혼례를 올렸다.

1년 뒤, 왕비가 첫딸을 낳았을 때 오구 대왕은 크게 기뻐했다.

"공주를 낳았으니, 세자도 낳지 않겠느냐."

왕비는 자꾸자꾸 아기를 낳았다. 둘째 공주, 셋째 공주, 넷째 공주, 다섯째 공주, 여섯째 공주…….

그러더니 일곱째 낳은 아기도 딸이었다. 그 소식을 듣고 오구 대왕은 머리 끝까지 화가 났다.

"아이를 당장 강물에 던져 버려라! 버렸다, 버렸으니 이름은 바리데기로 하라."

왕비는 눈물을 흘리며 아기와 함께 이름과 생년월일을 적은 종이를 바구니에 넣었다.

신하들이 바구니를 강에 버리려고 할 때였다. 갑자기 세찬 소용돌이가 일더니, 금빛 거북이 나타나 바구니를 짊어지고 사라졌다. 금빛 거북은 강 건너 아득히 먼 곳에 사는 어느 노부부에게 바구니를 갖다 주었다. 노부부는 바리데기를 정성껏 키웠다.

바리데기는 무럭무럭 자라 어느새 열다섯 살 소녀가 되었다.

그때 궁궐에서 변고가 생겼다. 왕과 왕비가 갑자기 큰 병이 걸려 시름시름 앓게 된 것이다.

어느 날 오구 대왕이 언뜻 잠들었는데, 난데없이 푸른 옷을 입은 아이가 나타나 말했다.

"대왕 ㉠내외께선 옥황상제가 점지한 일곱 번째 공주를 버린 죄로, 한날한시에 죽을 것입니다. 만약 살기를 원하신다면 공주님 중 한 분을 서천 서역국에 보내 약수를 얻어 오게 하소서."

그러고는 꿈 속으로 사라졌다. 깜짝 놀란 오구 대왕이 공주들을 모두 불러 물었다.

"누가 서천 서역국에 가겠느냐?"

여섯 공주는 모두 핑계를 대며 갈 수 없다고 말했다. 오구 대왕은 너무 슬퍼 눈물을 흘렸다.

까치는 부지런히 날고 또 날아 바리데기에게 이 소식을 전했다. 바리데기는 곧바로 궁궐로 달려갔다.

"제가 서천 서역국에 가서 약수를 구해 오겠습니다."

오구 대왕 내외는 아무 말도 못하고 바리데기를 안고 하염없이 눈물만 흘렸다.

- 『바리데기』

17. 이 글의 내용과 일치하지 <u>않는</u> 것은 무엇인가요? ( )

① 막내 공주의 이름은 바리데기이다.
② 왕비는 공주를 낳고 나서 세자도 낳았다.
③ 오구 대왕은 점쟁이의 말을 무시하고 혼례를 올렸다.
④ 바리데기가 열다섯 살이 되었을 때 왕과 왕비가 병에 걸렸다.
⑤ 여섯 공주는 모두 핑계를 대며 서천 서역국에 갈 수 없다고 하였다.

18. 이 글을 통해 알 수 있는 '바리데기'의 성격으로 알맞은 것은 무엇인가요? ( )

① 친구를 존중한다.
② 노인을 공경한다.
③ 마음이 따뜻하다.
④ 부모에 대한 효심이 깊다.
⑤ 남을 배려하는 마음이 크다.

19. 밑줄 친 ㉠과 비슷한 뜻으로 사용한 말은 무엇인가요? ( )

① 삼촌네 내외는 사이가 좋다.
② 경기장 내외를 관중이 가득 메웠다.
③ 원고지에 100자 내외로 글을 쓰세요.
④ 건물의 내외 장식이 매우 아름다웠다
⑤ 열 명 내외의 사람들이 초록색 옷을 입었다.

20. <보기>는 이 글의 마지막 부분입니다. 이 글과 <보기>를 통해서 바리데기에 대해 알맞지 <u>않게</u> 말한 친구는 누구인가요? ( )

─── < 보 기 > ───

바리데기는 약수를 구하러 가는 길에 두 신선을 만났다. 신선들은 마음이 착한 바리데기에게 지옥을 통과할 수 있는 낙화, 바다를 건널 수 있는 금주령, 저승에 도착할 수 있는 은주령을 줬다. 바리데기는 온갖 고난과 역경을 겪고 나서 부모님의 병을 고칠 수 있는 약수와 사람을 살리는 꽃을 찾을 수 있었다. 그 후 궁궐로 돌아와 병이 들어 죽은 부모님을 살려낼 수 있었다.

① 약수를 구하기로 한 바리데기는 대단해.
② 왕과 왕비는 바리데기에게 고마워해야 해.
③ 바리데기는 약수를 구하기 위해 다양한 일을 겪었어.
④ 두 신선은 바리데기 마음에 감동해서 도움을 준 것 같아
⑤ 자기를 버린 부모에게 복수하기 위해서 약수를 구하러 갔구나.

끝

제2회 모의고사

문학

이름	

※ 모의고사 유의 사항

○ 문제지의 해당란에 이름을 쓰십시오.

○ 모의고사의 문항 수는 총 20문제이며, 시간은 총 30분입니다.

○ 표지를 넘기면 우측 상단에 있는 QR 코드를 스마트폰으로 찍으십시오.

○ 타이머 영상이 재생되면 스마트폰을 옆에 두고 남은 시간을 확인하면서 문제를 풀면 됩니다.

NE 능률

[1~4] 다음 글을 읽고 물음에 답하시오.

찬 바람이 부는 11월이 되자 그리니치 마을에도 폐렴이 퍼졌다. 허약한 존시 역시 자리에 눕고 말았다. 존시는 낡은 침대에 누워 이웃집의 담벼락만 바라보며 지내야 했다.

어느 날, 의사가 수를 복도로 불렀다.

"존시가 살아날 가망은 열에 하나 정도요. 그것도 존시에게 살고 싶다는 의지가 있을 때만 그렇소. 저렇게 죽을 생각만 하면 아무리 좋은 약도 효과가 없소."

의사가 돌아간 뒤 수는 울고 또 울었다. 그런 다음 아무렇지도 않은 척 존시의 방으로 들어가 그림을 그리기 시작했다. 잠시 뒤, 창밖만 바라보던 존시가 조용히 말했다.

"사흘 전에는 담쟁이덩굴의 잎이 많았는데 이제는 다섯 장 남았어. 저 잎이 다 떨어지면 나도 이 세상을 떠나겠지?"

"존시, 쓸데없는 생각 그만하고 잠 좀 자렴. 난 베어먼 씨에게 모델이 되어 달라고 부탁하러 가야겠어."

베어먼 씨는 일 층에 살고 있는 화가였다. 40년 동안이나 그림을 그렸지만 아무에게도 인정받지 못했다. 그러면서 술에 취하면 누구도 흉내 낼 수 없는 걸작을 그릴 거라고 큰소리쳤다.

수가 존시의 생각을 들려주자 베어먼 씨가 눈물을 글썽거리며 말했다.

"수, 언젠가 내가 걸작을 그리면 다 함께 좋은 곳으로 이사 가자꾸나!"

수와 베어먼 씨가 3층으로 올라가 보니 존시는 잠들어 있었다. 둘은 (㉠) 표정으로 창밖의 담쟁이덩굴을 살펴보았다. 거센 바람에 잎이 흔들렸다. 수는 조용히 커튼을 치고 베어먼 씨와 옆방으로 갔다. 베어먼 씨는 파란색 셔츠로 갈아입고 늙은 광부의 자세를 취했다.

다음 날 아침, 잠에게 깬 존시가 수를 불렀다.

"수……, 커튼을 걷어 줘. 잎이 모두 떨어졌겠지?"

커튼이 걷히자 수도 존시도 깜짝 놀랐다. ㉡밤새 비바람이 휘몰아쳤는데도 마지막 잎 한 장이 용하게 남아 있었다.

"수, 내가 얼마나 바보 같았는지 저 잎이 알려 주는 것 같아. 수프 좀 갖다줄래? 먹고 힘을 내야지."

그날 이후 존시의 몸이 점점 나아졌다. 며칠 뒤, 수가 존시를 따뜻하게 안은 채 침착하게 말했다.

"오늘 베어먼 씨가 돌아가셨어. 비바람을 너무 많이 맞아 급성 폐렴에 걸리셨대. 존시, 창밖을 봐. 바람이 불어도 잎이 흔들리지 않는 게 이상하지 않니? 저 잎은 베어먼 씨가 남겨 놓은 걸작이란다."

- 오 헨리, 「마지막 잎새」

1. 이 글에 대한 내용과 일치하는 것은 무엇인가요?
(   )

① 베이먼 씨는 그림을 취미로 그린다.
② 10월이 되자 마을에 폐렴이 번졌다.
③ 존시는 폐렴에 걸렸지만 금방 나았다.
④ 수는 존시를 위해 담쟁이덩굴 그림을 그리는
　 중이다.
⑤ 존시는 얼마 없는 담쟁이덩굴의 잎을 보며 죽
　 음을 생각했다.

2. ㉠에 들어갈 수와 베이먼 씨의 표정으로 알맞은
것은 무엇인가요? (   )

① 기쁜
② 뿌듯한
③ 화가 난
④ 걱정스러운
⑤ 한심해하는

3. ㉡에서 짐작할 수 있는 것은 무엇인가요?
(   )

① 수가 밤새 그린 그림이다.
② 존시는 꿈속에서 마지막 잎을 보았다.
③ 밤새 비바람이 많이 휘몰아치지 않았다.
④ 담쟁이덩굴 마지막 잎 한 장이 끝까지 살아남
　 았다.
⑤ 베이먼 씨가 존시를 위해 마지막 잎 한 장을
　 그렸다.

4. <보기>는 베이먼 씨가 존시에게 쓴 편지입니
다. 이 글과 <보기>를 읽은 후의 반응으로 알맞
지 <u>않은</u> 것은 누구인가요? (   )

<보　기>

　안녕! 존시, 건강은 좀 괜찮아졌니?
　나는 언젠가 꼭 걸작을 그리고 싶었는데,
너를 위해 그린 마지막 잎새가 나의 걸작 같
아.
　이 그림을 보고 기운을 내게 된다면 정말
행복할 거야.
　비록 급성 폐렴에 걸렸지만, 내 그림으로
인해 너에게 살고 싶다는 의지를 줄 수 있어
서 기뻐.
　그럼 이만 편지를 마칠게

① 살고 싶다는 의지는 정말 중요해.
② 예술가의 힘든 삶을 느낄 수 있어.
③ 베이먼 씨는 마음이 따뜻한 사람인 것 같아.
④ 존시는 마지막 잎을 보고 희망을 품었을 거
　 야.
⑤ 마지막 잎 한 장은 베이먼 씨의 걸작이라고 해
　 도 돼.

큰 바위 얼굴은 대자연의 작품으로, 깎아지른 듯한 절벽에 몇 개의 거대한 바위가 조화를 이루어 사람 얼굴처럼 보였다. 높이가 30미터나 되는 아치형의 이마, 우뚝한 코, 천둥 같은 소리를 낼 듯한 입술이 두루 갖추어져 있었다. 하지만 아주 가까이 다가가면 얼굴의 형체는 사라지고 겹겹이 쌓인 거대한 바위들만 보였다. 바위에서 멀어질수록 신비함을 지닌 사람의 얼굴이 드러나다가, 구름과 안개에 휩싸이면 얼굴 모습이 더욱 뚜렷해지면서 살아 있는 것처럼 느껴졌다.

큰 바위 얼굴을 보며 자란다는 것은 이곳 아이들에게 큰 행운이었다. 큰 바위 얼굴에는 장엄함과 기품이 넘쳤고, 표정은 온 인류를 사랑으로 품고도 남을 것처럼 다정했다. 그래서 큰 바위 얼굴을 바라보는 것만으로도 큰 가르침이 되었다.

사람들은 이 골짜기의 땅이 기름진 것도 구름으로 몸을 꾸미고, 햇빛 속에 부드러움을 녹아들게 하는 큰 바위 얼굴 덕분이라고 믿었다.

어느 날 해질 무렵, 어머니와 어린 아들 어니스트가 문 앞에 앉아 큰 바위 얼굴에 대해 이야기를 나누었다.

"어머니, 큰 바위 얼굴이 말을 할 수 있으면 좋겠어요. 저렇게 다정해 보이니까 목소리도 매우 좋겠지요? 만일 저렇게 생긴 사람을 본다면 그 사람을 정말 좋아할 거예요."

"㉠오래된 예언이 실현된다면 언젠가 저것과 얼굴이 똑같은 사람을 보게 될 거야."

"어떤 예언인데요?"

어머니는 아주 어릴 적에 들은 이야기를 들려주었다. 그것은 과거의 일이 아닌 앞으로 일어날 일에 대한 이야기였다. 언젠가 이 부근에 한 아이가 태어날 것인데, 그 아이는 위대하고 고귀한 인물이 될 운명이며, 어른이 되면 얼굴이 큰 바위 얼굴과 똑같아진다는 것이었다. 그러나 예언이 말하는 인물은 아직 나타나지 않았다.

어니스트는 어머니가 들려주신 예언을 ㉡가슴에 새겼다. 어니스트에게는 선생이 따로 없었다. 선생은 오직 큰 바위 얼굴뿐이었다. 어니스트는 어머니가 하시는 모든 일을 사랑하는 마음으로 도와드렸다. 그리고 일이 끝나면 몇 시간이고 바위를 쳐다보았다. 마치 큰 바위 얼굴이 자신을 격려하고 따뜻한 미소를 보내 주는 것 같았기 때문이다.

- 나다니엘 호손, 「큰 바위 얼굴」

5. 이 글에 대한 설명으로 알맞지 <u>않은</u> 것은 무엇인가요? (   )

① 어니스트는 일이 끝나면 바위를 쳐다보았다.

② 예언에 나타난 인물이 아직 나타나지 않았다.

③ 큰 바위 얼굴이 꿈에서 어니스트에게 격려를 했다.

④ 어머니는 큰 바위 얼굴에 대한 예언을 말해 주었다.

⑤ 큰 바위 얼굴은 바위가 조화를 이루어져서 사람 얼굴처럼 보였다.

6. ㉠이 의미하는 것은 무엇인가요? (   )

① 큰 바위 얼굴이 살아날 것이다

② 이 마을에 살면 부자가 될 것이다.

③ 어니스트가 큰 바위 얼굴을 닮게 될 것이다.

④ 큰 바위 얼굴과 똑같이 생긴 위대한 인물이 나타날 것이다.

⑤ 마을에 있는 큰 바위 얼굴 덕분에 마을 사람들에게 행운이 찾아올 것이다.

7. ㉡의 뜻으로 알맞은 것은 무엇인가요? (   )

① 몹시 애태우다.

② 마음에 큰 충격을 받다.

③ 잊지 않게 단단히 마음에 기억하다.

④ 마음이 슬픔으로 가득 차 견디기 힘들다.

⑤ 큰 기쁨이나 감격으로 마음속이 꽉 차다.

8. 〈보기〉는 이 글의 뒷부분 줄거리입니다. 이 글과 〈보기〉를 통해 볼 때 주제로 가장 알맞은 것은 무엇인가요? (   )

〈보 기〉

어니스트는 평생 큰 바위 얼굴과 닮은 네 명의 인물을 만난다. 첫 번째는 개더골드라 불리는 재력가였다. 하지만 그는 어니스트가 생각하는 인물이 아니었다. 두 번째는 올드 블러드 앤드 선더라는 장군이었다. 그에게는 의지와 힘은 있었지만 자애로움과 지혜가 없었다. 세 번째는 올드 스토니 피즈라는 정치가였다. 그는 큰 바위 얼굴처럼 당당하고 힘찬 외모를 가졌지만 권력과 명예욕에 찌들어 보였다. 네 번째는 시인이었다. 하지만 그는 큰 바위 얼굴과 달랐다. 시간이 지나 어니스트 자신이 곧 큰 바위 얼굴과 닮았다는 걸 알게 되었다. 그래도 어니스트는 자신보다 더 훌륭한 인물이 큰 바위 얼굴을 닮은 인물일 거라 겸손하게 생각하였다.
---

① 겸손하지 않아도 된다.

② 돈은 많으면 많을수록 좋다.

③ 자애로움과 지혜가 없어도 괜찮다.

④ 현실의 부, 권력, 명예 등을 가진 사람이 되어야 한다.

⑤ 사람들에게 사랑과 지혜를 주는 겸손한 인물이 되어야 한다.

어느 날, 한 농부가 오성과 한음을 찾아와 억울한 일을 해결해 달라고 ⓐ간청했다.

농부가 말한 사연은 이러했다. 며칠 전, 농부의 아내가 길을 가다가 너무 급한 나머지 밭에 소변을 보았다. 그런데 그 곳이 하필 마을의 세도가인 황 대감네 밭이었고, 마침 황 대감이 지나가다 그 모습을 보고는 길길이 날뛰었다.

"고약한 계집 같으니! 내 밭에 오줌을 눈 것은 나를 모욕하는 것이렷다!"

황 대감은 농부의 집에 힘 좋은 황소가 있다는 것이 생각났다.

"당장 관아로 끌려가 곤장을 맞든지, 네 집의 황소를 바치든지 둘 중 하나를 ⓑ택해라!"

황 대감의 노여움에 농부의 아내는 손과 다리가 후들거려 전 재산이나 마찬가지인 황소를 바치겠다고 약속했다. 농부는 그저 황 대감이 엄포를 놓은 것이라 생각했는데, 바로 오늘 아침 황 대감네 하인들이 황소를 끌고 가 버렸다.

"저런 못된 사람이 있나?"

사연을 들은 오성과 한음은 ⓒ분을 참지 못했다. 농부가 돌아간 뒤 둘은 머리를 맞대고 황소를 찾을 방법을 연구했다.

이튿날 아침, 오성과 한음은 황 대감네 밭으로 갔다. 그리고 황 대감의 가마가 지나갈 때쯤 서로 뒤엉켜 싸우기 시작했다.

"왜 길을 막고 싸우고 있느냐?

황 대감이 묻자 오성이 말했다.

"제가 하도 급해서 이 밭에 오줌을 누려고 하니까 이 친구가 여기에 오줌을 누면 황소 한 마리를 빼앗기게 된다며 말리지 않겠습니까? 이 친구가 말리는 바람에 결국 제 바지에 오줌을 싸 버려서 이렇게 싸우고 있습니다."

"저는 자기 밭에 오줌을 누었다고 황소를 빼앗은 사람이 있다고 들어서 이 친구를 말린 것입니다."

한음의 말이 끝나기도 전에 오성이 말했다.

"저 친구의 말이 사실이라면 암행어사이신 제 숙부께 말씀드려서 벌을 받게 할 것입니다."

암행어사라는 말에 황 대감은 뜨끔했다. 황 대감은 ⓓ부리나케 가마를 돌려 집으로 돌아갔다. 그리고 농부를 불러들여 황소를 돌려주며 말했다.

"젊은 아낙이 길바닥에서 소변을 보다가 큰일이라도 당하면 어떡하겠나. 내가 자네 부인의 버릇을 고쳐 주려고 황소를 빼앗은 척한 것이니 오해는 말게."

한편 오성과 한음은 황 대감에게 암행어사가 안 통하면 나라님까지 팔아먹을 작정이었는데 일이 너무 쉽게 풀려서 ⓔ싱거운 기분이 들었다.

- 「오성과 한음」

9. '오성과 한음'에 대한 설명으로 알맞지 <u>않은</u> 것은 무엇인가요? (   )

① 나라님을 팔아 문제를 해결했다.
② 일이 쉽게 풀려 싱거운 기분이 들었다.
③ 농부의 억울한 일을 해결해 주기로 했다.
④ 머리를 맞대고 황소를 찾을 방법을 연구했다.
⑤ 황 대감의 가마가 지나갈 때쯤 서로 싸우기 시작했다.

10. ⓐ~ⓔ와 바꾸어 쓸 수 있는 낱말로 알맞지 <u>않은</u> 것은 무엇인가요? (   )

① ⓐ: 부탁했다
② ⓑ: 선택해라
③ ⓒ: 분노
④ ⓓ: 급하게
⑤ ⓔ: 기쁜

11. 오성과 한음의 성격으로 알맞은 무엇인가요?
(   )

① 차분하고 순수하다.
② 정의롭고 지혜롭다.
③ 성격이 쾌활하고 밝다.
④ 욕심이 많고 이기적이다.
⑤ 소심하고 외로움을 잘 탄다.

12. 이 글을 읽고 등장인물에게 하고 싶은 말을 가장 알맞게 한 친구는 무엇인가요? (   )

① 민기: 황 대감, 황소를 잘 보살펴 줘.
② 수정: 오성과 한음, 이제는 그만 싸워.
③ 서준: 농부 아내, 황 대감을 모욕하다니 너무해.
④ 혜민: 황 대감, 못된 행동을 뉘우칠 줄 알아야 해.
⑤ 지영: 오성과 한음, 남 일에 관여를 많이 하는 것 같아.

[13~16] 다음 글을 읽고 물음에 답하시오.

"아이고! 내 아들들이 왜 죽었는지 이 원통함을 풀어 주시오."

오늘도 과양각시는 김치 고을 원님을 찾아가 고래고래 악을 쓰며 울었다. 과양각시의 세 아들이 같은 날 같은 시간에 과거 시험에 합격하고, 같은 날 같은 시간에 부모님께 절을 올리다 방바닥에 엎드린 채 죽었으니 원통할 수밖에.

원님이 며칠째 몸을 뒤척이며 잠을 이루지 못하자 부인이 말했다.

"염라대왕이라면 ⓒ그 까닭을 알겠지요. 이리하면 어떨까요? 일곱 날 동안 비상소집 명령을 내리면 늦는 차사가 하나는 나오지 않겠습니까? 그 차사를 저승으로 보내 염라대왕을 잡아 오게 하세요."

며칠 뒤, 원님 부인 말대로 차사 하나가 비상소집에 늦었다.

"강림 네 이놈! 목숨을 내놓든지 염라대왕을 잡아 오든지 둘 중 하나를 택해라."

강림은 일단 살고 보자는 마음에 염라대왕을 잡아 오겠다고 했다. 이 소식을 들은 강림 부인은 그날부터 날마다 떡을 만들어 기도를 드렸다.

"비나이다. 비나이다. 제 남편이 저승에 무사히 다녀올 수 있도록 도와주십시오."

어느 날, 강림 부인의 꿈에 조왕신이 나타나 말했다.

"어서 강림을 저승에 보내라. 서쪽으로 가다 보면 길이 열릴 게야."

강림 부인은 서둘러 강림을 깨워 새 옷을 입힌 뒤 서쪽으로 가라고 일러 주었다. 강림이 서쪽으로 한참을 가자 웬 할머니가 나타나 말했다.

"나는 너희 집 부엌을 지키는 조왕신이다. 네 아내의 정성이 갸륵해서 저승 가는 길을 알려 주러 왔다."

조왕신이 알려 준 대로 사흘 밤낮을 걷자 강림 앞에 일흔 여덟 갈림길과 웬 할아버지가 나타났다.

"나는 너희 집 대문을 지키는 문신이다. 네 아내의 정성을 봐서 저승 가는 방법을 알려 주러 왔다."

강림은 문신의 도움으로 가시덤불이 덮인 길을 지나 저승 문 앞에 도착했다. 다음 날 새벽, 저승 문에서 검은 옷을 입은 사람들과 가마들이 줄지어 나왔다. 강림은 다섯 번째 가마를 향해 몸을 날려 ⓐ눈 깜짝할 사이에 염라대왕을 밧줄로 꽁꽁 묶었다.

"나는 염라대왕을 잡으러 온 강림이오!"

"하하, 감히 나를 잡으러 오다니 네 용기가 대단하구나. 내일 이승으로 갈 것이니 먼저 가 있어라."

"그럼 증표를 주십시오."

염라대왕은 강림의 옷에 내일 틀림없이 김치 고을로 간다는 내용의 글을 써 주었다.

– 「저승사자가 된 강림도령」

7 / 11

13. 이 글을 내용으로 알맞지 <u>않은</u> 것은 무엇인가요? (   )

① 조왕신이 저승 가는 길을 알려 주었다.

② 강림은 염라대왕을 잡아 오겠다고 말하였다.

③ 강림은 염라대왕을 밧줄로 묶는 데 실패하였다.

④ 강림 부인은 날마다 떡을 만들어 기도를 드렸다.

⑤ 과양각시의 세 아들이 같은 날 같은 시간에 과거 시험에 합격하였다.

14. ㉠의 의미로 알맞은 것은 무엇인가요?
(   )

① 매우 짧은 순간

② 몸이 아픈 사이

③ 반짝 밝아진 순간

④ 빠르게 움직이는 동안

⑤ 주변이 어두워진 사이

15. 일이 일어난 순서에 맞게 ㉮~㉲의 기호를 쓰세요.

(   )→(   )→(   )→(   )→(   )

㉮ 비상소집 명령에 늦은 강림이 염라대왕을 잡으러 저승에 갔다.

㉯ 강림은 몸을 날려 염라대왕을 밧줄로 잡았다.

㉰ 염라대왕은 강림의 옷에 김치 고을로 간다는 글을 써 주었다.

㉱ 과양각시의 세 아들은 같은 날 같은 시간에 부모님께 절을 올리다 죽었다.

㉲ 과양각시는 김치 고을 원님을 찾아가 아들들이 죽은 원통함을 풀어 달라고 했다.

16. <보기>는 이 글의 일부분은 연극 대본으로 재구성한 것입니다. ⓐ와 ⓑ에 들어갈 알맞은 말은 무엇인가요? (   )

<보 기>

　강림 부인은 남편이 염라대왕을 잡아 온다고 한 소식을 듣는다.
강림 부인: (　ⓐ　) 비나이다. 비나이다. 제 남편이 저승에 무사히 다녀올 수 있도록 도와주십시오.
어느 날, 강림 부인의 꿈에 조왕신이 나타난다.
조왕신: (　ⓑ　) 어서 강림을 저승에 보내라, 서쪽으로 가다 보면 길이 열릴 게야.

	ⓐ	ⓑ
①	화난 목소리로	미소를 지으면서
②	놀란 목소리로	화난 표정으로
③	기쁜 표정으로	장난스러운 표정으로
④	간절한 표정으로	엄숙한 목소리로
⑤	너무 화난 표정으로	부끄러워하는 목소리로

[17~20] 다음 글을 읽고 물음에 답하시오.

　하루는 박씨가 대감에게 말했다.
　"내일 종로에 하인을 보내 돈 삼백 냥을 주고 유난히 작고 야윈 말 한 마리를 사 오라고 하십시오."
　대감은 당황했지만 며느리의 비범함을 알기에 더 이상 따져 묻지 않았다. 다음 날, 하인이 말을 사 오자, 박씨가 말했다.
　"아버님, 앞으로 삼 년 동안만 한 끼에 보리 석 되와 콩 석 되로 죽을 쑤어 말에게 먹이라고 하십시오."
　며칠 뒤, 박씨는 뒤뜰의 초가집에 '피화당'이라고 써 붙였다. 그리고 주위에 갖가지 나무를 심고, 오색 흙을 쌓았다. 나무는 하루가 다르게 자라더니 신기한 일이 일어났다. 뜰에는 오색구름이 자욱했고, 나무에는 용과 호랑이가 서린 것 같았다. 신비한 모습에 감탄한 대감이 박씨에게 물었다.
　"저 나무들을 심은 까닭이 무엇이냐?"
　"세상에는 길흉이 있는데 나쁜 일이 생기면 나무로 막을 수 있습니다. 나중에 저절로 아시게 될 것입니다."
　대감이 한탄하며 말했다.
　"너처럼 비범한 아이가 내 며느리라니……. 내 아들이 어리석어 너희 부부가 화목하게 지내지 못하니 안타깝기 그지없구나."
　"제 얼굴이 너무 못나서 멀리하는 것이니 이는 저의 죄입니다."
　대감은 박씨의 불쌍한 처지가 안타까워 마음이 아팠다.
　세월이 흘러, 말을 사 온 지 삼 년이 지났다. 그사이에 말은 몰라볼 정도로 훌륭해졌다.
　"아버님, 며칠 뒤에 명나라 사신이 올 것입니다. 이 말을 사신이 오는 길목에 매어 두면, 사신이 말을 사려고 할 것입니다. 값은 딱 삼만 냥만 받으라고 하십시오."

대감은 삼만 냥이 터무니없다고 생각했지만 하인에게 그대로 분부했다. 하인이 돌아와 삼만 냥을 내놓자 대감이 (㉠   ) 박씨에게 달려갔다.

"명나라 사신이 매우 기뻐하며 삼만 냥을 주고 말을 샀다니 믿을 수가 없구나."

"아버님, 그 말은 하루에 천 리를 달리는 명마입니다. 조선은 땅이 작아 그런 말이 필요 없지만 중국은 땅이 넓어 쓸 일이 많습니다. 그래서 명나라 사신이 명마를 알아보고 기꺼이 삼만 냥을 준 것입니다."

대감이 크게 감탄하며 말했다.

"네 덕분에 집안 살림이 넉넉해졌구나. ㉡너는 앞날을 내다보는 눈이 있으니, 남자였다면 나라를 구하는 관리가 되었을 텐데……."

- 『박씨전』

17. 이 글의 내용과 일치하지 <u>않는</u> 것은 무엇인가요? (   )

① 뒤뜰의 초가집 이름은 피화당이다.
② 사신이 삼만 냥을 주고 말을 샀다.
③ 박씨는 남편과 화목하게 지내고 있다.
④ 대감은 며느리의 비범함을 알고 있었다.
⑤ 말을 산 지 3년 후 말은 몰라볼 정도로 훌륭해졌다.

18. 글의 흐름상 ㉠에 들어갈 내용으로 알맞은 것은 무엇인가요? (   )

① 울면서
② 깜짝 놀라
③ 화를 내면서
④ 상냥한 표정으로
⑤ 큰 소리로 호통치며

19. ⓒ을 나타내는 성어는 무엇인가요? (　　　)

① 유유상종(類類相從): 같은 무리끼리 서로 사귐.

② 다다익선(多多益善): 많으면 많을수록 더욱 좋음.

③ 군계일학(群鷄一鶴): 많은 사람 가운데서 뛰어난 인물을 이르는 말.

④ 일편단심(一片丹心): 진심에서 우러나오는 변치 아니하는 마음을 이르는 말.

⑤ 선견지명(先見之明): 어떤 일이 일어나기 전에 미리 앞을 내다보고 아는 지혜

20. <보기>는 '온달 설화'를 요약한 내용입니다. 두 이야기를 읽고 난 후의 반응으로 알맞은 것은 무엇인가요? (　　　)

——— <보　기> ———

마음씨 착한 온달이 어머니와 함께 살고 있었다. 마음씨가 너무 착해 주위 사람들에게 '바보 온달'이라고 불렸다. 반면에 평강왕의 딸은 울보였는데, 왕은 딸이 울 때마다 바보 온달과 결혼시킨다고 말했다. 나이를 먹은 공주는 온달에게 시집을 가겠다고 우겼고, 왕은 화가나 공주를 궁에서 쫓아냈다. 공주는 바보 온달과 결혼한 뒤에 온달에게 무술과 사냥을 익히게 하였다. 그 후 온달은 전쟁에서 공을 세웠고 왕에게 인정받게 되었다.

① 박씨는 나중에 일어날 일을 예측하지 못했어.

② 왕은 평강공주와 온달을 끝까지 보지 않았어.

③ 평강공주는 바보 온달과 결혼하기 싫었을 거야.

④ 박씨와 평강공주는 모두 생각이 깊고 비범한 것 같아.

⑤ 박씨와 평강공주 모두 남편과 사이가 좋지 않은 것 같아.

끝

모의고사 정답 및 해설

제1회 모의고사 문학 정답 및 해설

---

1. ④ 2. ⑤ 3. ③ 4. ④ 5. ① 6. ④ 7. ⑤ 8. ④ 9. ① 10. ⑤ 11. ② 12. ③ 13. ③
14. ⑤ 15. ④ 16. ③ 17. ② 18. ④ 19. ① 20. ⑤

1. 이 글은 제제만 씨네 집에서 매일 아침마다 현관문이 활짝 열려 있는 이상한 일이 벌어졌다는 것(④)으로 시작됩니다.
매일 아침마다 제제만 씨네 현관문이 활짝 열려 있었습니다(④) → 제제만 씨가 집으로 돌아왔습니다(①) → 현관문 앞에 맨발에 하얀 잠옷을 입은 하이디가 서 있었습니다(⑤) → 제제만 씨가 의사인 친구와 밤새 이야기꽃을 피웠습니다(③) → 하이디는 할아버지 집에 돌아갔습니다(②)

2. 로텐마이어가 제제만 씨에게 집 안에 유령이 나타났으니 빨리 돌아오라는 첫 번째 편지를 보냈습니다. 하지만, 제제만 씨는 바쁜 일 때문에 집에 돌아갈 수 없다고 하였습니다. 로텐마이어는 제제만 씨를 집에 빨리 돌아오게 하기 위해서(⑤) ㉠의 내용으로 두 번째 편지를 보낸 것을 알 수 있습니다.

3. 하이디는 매일 밤 알프스 고원의 할아버지 집에 와 있는 꿈을 꿉니다. 따라서 ㉡에서 하이디의 모습을 통해 고향을 그리워한다는 것(③)을 알 수 있습니다.

4. 이 글과 <보기>를 통해 제제만 씨는 하이디의 건강을 걱정하여 하이디를 할아버지가 있는 알프스로 돌려보냈다는 것을 알 수 있습니다.

5. ① 교실의 분위기가 평소와 다르게 엄숙했습니다.

6. ㉠에서 마을 사람들이 슬픈 표정으로 앉아있던 이유는 아멜 선생님과 학생들이 마지막 수업을 하는 날이어서(④)라는 걸 짐작할 수 있습니다.

7. 아멜 선생님이 ㉡처럼 말한 이유는 자신들의 언어인 프랑스어를 잊지 않는 것은 민족을 잊지 않고 지키는 것(⑤)이라는 걸 알 수 있습니다.

8. 이 글과 <보기>를 통해 아멜 선생님은 학생들에게 마지막 수업이라는 것을 엄숙하게 말하고 있고, 프란츠는 수업을 빼먹었던 자신의 행동을 떠올리며 생각하고 있다는 것을 알 수 있습니다. 그러므로 ④가 들어가는 게 알맞습니다.

9. ① 이 시는 전체적으로 고요하고 평화로운 분위기입니다.

10. 이 시의 1, 3, 5연에서는 '물새알'에 대해 설명하고 있고, 2, 4, 6연에서는 '산새알'에 대해 설명하고 있습니다. 그러므로 ⑤가 들어가는 게 알맞습니다.

11. ② 날갯죽지가 하얀 물새가 날아가는 장면이 알맞습니다.
6연을 통해 산새는 '머리꼭지에 빨간 댕기를 드린 산새가 된다'는 것을 알 수 있습니다.

12. 산새는 동물로, 길게 땋은 머리끝에 장식하는 댕기를 사용할 수 없습니다. 하지만 ⓒ에서 '머리꼭지에 빨간 댕기를 드린 산새가 된다'는 부분에서 의인법이 사용되었다는 것을 알 수 있습니다. 이처럼 ③에서 사물인 기와가 웃을 수가 없는데 웃었다고 표현하는 부분에서 의인법이 사용되었다는 것을 알 수 있습니다.

13. 다이달로스는 아들 이카로스에게 적당한 높이를 유지해야 한다고 조언하였습니다. 하지만 이카로스는 더 높이 날고 싶은 욕망을 품고 태양을 향해 날아올랐고, 뜨거운 태양이 이카로스 날개의 아교풀을 녹여 날개가 떨어졌습니다. 결국 이카로스는 바다로 추락하고 말았습니다. 이 부분을 통해 ③이 주제로 알맞다는 것을 알 수 있습니다.

14. 이카로스가 바다로 추락한 원인은 아버지 다이달로스의 말을 듣지 않고 높이 날아올라 뜨거운 태양이 이카로스 날개의 아교풀을 녹였기 때문이라는 것(⑤)을 알 수 있습니다.

15. 'ⓓ 연신'은 '잇따라 자꾸'를 의미합니다.

16. 두 이야기에서 스님과 이카로스 모두 지나친 욕심을 부려 좋지 않은 일을 당했습니다. 다만, 스님보다 이카로스가 훨씬 겸손했다(③)는 내용을 찾을 수 없습니다.

17. ② 왕비는 일곱 명의 아기를 낳았지만 모두 공주였습니다.

18. 오구 대왕의 여섯 공주는 모두 핑계를 대며 약수를 얻으러 서천 서역국에 갈 수 없다고 말했습니다. 하지만 바리데기는 부모님이 아프다는 소식을 전해 듣자마자 곧바로 궁궐로 달려가 약수를 구해오겠다고 하였습니다. 이를 통해 바리데기는 부모에 대한 효심이 깊은 성격(④)이라는 것을 알 수 있습니다.

19. ㉠은 '남자와 여자'를 의미합니다. 그러므로 삼촌네 부부를 의미하는 ①이 비슷한 뜻으로 사용되었다는 것을 알 수 있습니다.
②, ④는 '안과 밖'을 의미합니다. ③, ⑤는 '수량을 나타내는 말 뒤에 사용되어 '약간 덜하거나 넘음'을 의미합니다.

20. 이 글과 <보기>에서 바리데기는 부모가 자신을 버렸지만, 부모를 위해 서천 서역국으로 약수를 구하러 가는 것을 알 수 있습니다. 그러므로 ⑤에서 복수를 위해 약수를 구하러 간다는 내용은 알맞지 않습니다.

제2회 모의고사 문학 정답 및 해설

---

1. ⑤　2. ④　3. ⑤　4. ②　5. ③　6. ④　7. ③　8. ⑤　9. ①　10. ⑤　11. ②　12. ④　13. ③
14. ①　15. 라-마-가-나-다　16. ④　17. ③　18. ②　19. ⑤　20. ④

1. ⑤ 존시는 다섯 장 남은 담쟁이덩굴의 잎을 보며, 저 잎이 다 떨어지면 나도 이 세상을 떠날지도 모른다는 죽음을 생각하고 있습니다.
① 베이먼 씨는 40년 동안 그림을 그리던 화가입니다. ② 찬 바람이 부는 11월이 되자 그리니치 마을에 폐렴이 번졌습니다. ③ 존시는 폐렴에 걸렸으며 의사는 살아날 가망이 거의 없다고 하였습니다. ④ 베이먼 씨는 존시를 위해 담쟁이덩굴 잎 그림을 그렸습니다.

2. 수와 베이먼 씨는 존시가 담쟁이덩굴의 잎을 보며 죽음을 생각했던 말을 바탕으로, 남은 다섯 개의 잎이 거센 바람에 의해 다 떨어질까 봐 걱정스러운 표정으로 창밖의 담쟁이덩굴을 살펴보았습니다. 따라서 수와 베이먼 씨의 표정은 ④가 알맞습니다.

3. ⓛ에서 밤새 비바람이 휘몰아쳤는데도 마지막 한 장이 남아 있을 수 있던 이유는 베이먼 씨가 존시를 위해 그려 놓은 그림(⑤)이기 때문입니다.

4. 베이먼 씨는 존시를 위해 자신의 재능을 활용하여 마지막 잎새를 그렸습니다. 이 글과 〈보기〉에서는 존시를 위하는 베이먼 씨의 희생과 따뜻한 마음이 담겨 있습니다. 그러므로 ②는 알맞지 않습니다.

5. ③ 어니스트가 일을 마치고 몇 시간이고 큰 바위 얼굴을 쳐다보았을 때, 큰 바위 얼굴이 자신을 격려하고 따뜻한 미소를 보내 주는 것 같다고 생각하였습니다.

6. 어니스트의 어머니는 ㉠의 내용으로 위대하고 고귀한 인물이 될 운명의 아기가 태어날 것인데, 어른이 되면 얼굴이 큰 바위 얼굴과 똑같아진다는 것을 어니스트에게 말해 주었습니다.

7. '㉡ 가슴에 새기다'는 '잊지 않게 단단히 마음에 기억하다'를 의미합니다.

8. 이 글과 〈보기〉는 어니스트가 장엄하고 기품이 넘치며 표정은 온 인류를 사랑으로 품고도 남을 것처럼 다정한 큰 바위 얼굴을 보며, 주변에서 바위와 같은 사람을 만나 깨닫는 내용을 담았습니다. 이를 통해 사람들에게 사랑과 지혜를 주는 겸손한 인물이 되어야 한다(⑤)가 주제라는 것을 알 수 있습니다.

9. ① 오성과 한음은 황 대감에게 농부의 황소를 찾기 위해 숙부가 암행어사라고 하자 너무 쉽게 풀렸습니다. 암행어사가 통하지 않으면 나라님까지 팔아먹을 작정이었습니다.

10. ⓒ는 '싱겁다'라는 말로, '행동이나 말, 글 등이 흥미를 끌지 못하고 흐지부지하다'라는 의미입니다.

11. 오성과 한음이 농부의 억울한 일을 해결해 주는 내용을 통해 정의롭고 지혜로운 성격(②)임을 알 수 있습니다.

12. 농부의 아내는 소변이 너무 급해 황 대감의 밭에 볼일을 보았습니다. 이 모습을 본 황 대감은 자신을 모욕하는 것이라고 말하며 농부의 힘 좋은 황소를 빼앗았습니다. 이런 황 대감의 행동을 통해 못된 심보를 가지고 있다는 것을 알 수 있습니다. 그러므로 ④가 알맞습니다.

13. ③ 강림은 다섯 번째 가마를 향해 몸을 날려 염라대왕을 밧줄로 꽁꽁 묶는 데 성공하였습니다.

14. 'ⓐ 눈 깜짝할 사이'는 '매우 짧은 순간(①)'을 의미합니다.

15. 과양각시의 세 아들은 같은 날 같은 시간에 부모님께 절을 올리다 죽었습니다. (ⓐ) 과양각시는 김치 고을 원님을 찾아가 아들들이 죽은 원통함을 풀어 달라고 했습니다. (ⓔ) 비상소집 명령에 늦은 강림이 염라대왕을 잡으러 저승에 갔습니다. (ⓐ) 강림은 몸을 날려 염라대왕을 밧줄로 잡았습니다. (ⓑ) 염라대왕은 강림의 옷에 김치 고을로 간다는 글을 써 주었습니다. (ⓒ)

16. 이 글과 <보기>를 통해 강림 부인은 남편을 걱정하며 간절한 표정으로 조왕신에게 빌고 있고, 조왕신은 강림 부인의 간절한 부탁을 듣고 엄숙한 목소리로 조언을 해 주고 있다는 것을 알 수 있습니다. 그러므로 ④가 들어가는 게 맞습니다.

17. ③ 박씨는 남편과 화목하게 지내고 있지 않으며, 이를 대감은 안타까워하고 있습니다.

18. 박씨의 말 대로 돈 삼백 냥을 주고 말을 사서 키운 지 삼 년 후, 명나라 사신이 삼만 냥을 주고 말을 샀습니다. 이에 대감이 깜짝 놀라며 박씨에게 달려가는 부분으로 ②가 알맞습니다.

19. ⑤ 박씨는 작고 야윈 말을 값싸게 사서 삼 년 후에 비싸게 팔아 집안 살림을 넉넉하게 만들었습니다. 이를 통해 앞을 내다보며 지혜롭게 행동한 것을 알 수 있습니다.

20. 박씨는 말을 활용하여 큰돈을 벌었고, 평강공주는 바보라고 불리던 온달을 왕에게 인정받도록 만들었습니다. 두 인물 모두 생각이 깊고 비범하다(④)고 볼 수 있습니다.
① 박씨는 나중에 일어날 일을 예측하였습니다. ② 평강공주는 왕의 말을 듣지 않고 온달과 결혼하였지만, 나중에 온달이 전쟁에서 공을 세웠고 왕에게 인정받게 되었습니다. ③ 평강공주는 궁궐을 떠나 온달과 결혼하였습니다. ⑤ 박씨는 남편과 화목하게 지내지 못했습니다.

| 초등부터 시작하는 수능 국어 전략서 |

NE 능률

빠른 정답
빈틈없는 해설

4학년 | 문학 독해

NE 능률

빠른 정답
빈틈없는 해설

4학년 | 문학 독해

NE 능률

1

세부
내용

이 글의 내용과 일치하지 않는 것은 무엇인가요? (⑤   )

① 다미는 다인이의 동생이다.

② 다미는 언니와 공부로 비교당한다. → "뭐가 좋아? 언니 때문에 만날 비교당하는데." 라는 말에서 알 수 있음.

③ 다미 언니 다인이는 공부를 잘한다. → 다인이는 학교, 시에서 일 등을 했음.

④ 엄마는 공부 잘하는 다인이를 자랑스러워한다. → "공부 잘하는 언니가 자랑스럽죠?"라고 물었을 때 엄마가 "당연하지!"라고 대답한 데서 알 수 있음.

⑤ 엄마는 공부 잘하는 다인이를 다미보다 더 예뻐한다. → 글에 나타나 있지 않음.

다인이는 다미의 언니인데, 공부를 잘해 엄마의 자랑스러운 딸입니다. 다미는 만날 언니와 비교당하는 것이 싫고, 엄마에게 자랑스러운 딸이 되지 못하는 것이 속상합니다. 하지만 엄마는 다미와 다인이를 똑같이 사랑합니다.

2

추론
하기

㉠에 나타난 '다미'의 마음으로 알맞은 것은 무엇인가요? (③   )

① 공부 잘하는 언니가 밉다.

② 아이들이 언니를 좋아하는 게 부럽다.

③ 아이들이 언니와 자신을 비교하는 것 같아 싫다.

④ 부모님에게 얼른 기쁜 소식을 알려 드리고 싶다.

⑤ 언니가 수학 경시대회에서 일등한 것이 자랑스럽다.

㉠을 통해 알 수 있는 다미의 마음은 ㉠ 앞부분에 나타나 있습니다. "뭐가 좋아? 언니 때문에 만날 비교당하는데." 라는 다미의 말처럼 다미는 아이들이 언니와 자신을 비교하는 것이 싫습니다.

3

어휘
어법

┌ 언니 이름이 제일 큰 것

㉡의 뜻으로 알맞은 것의 기호를 쓰세요.

> ㉮ 다미 언니가 학원에서 가장 높은 학년이다.
>
> ㉯ 다미 언니가 수학 경시대회에 학원 대표로 나갔다.
>
> ㉰ 다미 언니가 우리 시 수학 경시대회 중학교 3학년 중에서 일등을 했다.

(㉰   )

현수막에 써 있는 내용이 ㉡ 앞에 나타나 있습니다. 현수막에는 경시대회 입상자와 수상자들의 명단이 쓰여 있었는데, 언니 이름이 제일 컸다는 것은 다미 언니가 시 전체 수학 경시대회 중학교 3학년 중에서 일등을 했다는 뜻입니다.

4

세부
내용

㉢의 까닭으로 알맞은 것은 무엇인가요? (⑤   )

① 수학 경시대회 시험을 망쳐서

② 엄마에게 좋은 선물을 사 주지 못해서

③ 엄마 말을 안 듣고 자기 멋대로 행동해서

④ 언니랑 싸워서 엄마를 속상하게 만들어서

⑤ 언니처럼 공부 잘하는 자랑스러운 딸이 되지 못해서

㉢의 까닭은 "엄마는…… 공부 잘하는 언니가 자랑스럽죠?"와 "나는…… 공부 못해서 부끄러워요?"라는 다미의 말을 통해 짐작할 수 있습니다. 다미는 공부를 못해서 엄마의 자랑스러운 딸이 되지 못해서 괜히 미안한 마음이 들었던 것입니다.

5

추론
하기

이 글과 [보기]에서 다미의 부모님이 아이들에게 바라는 것은 무엇인가요? (⑤)

> [보기] "공부도 공부지만 바른 생각을 가진 사람으로 자라야 할 텐데." → 바른 생각을 가진 사람
> 아빠는 백미러를 통해 자고 있는 두 아이를 바라보았다.
> "그러게요. 운동 부족인 애들 건강을 더 챙겨야겠어요." → 건강한 사람
> 다미는 잠결에 들려오는 엄마 아빠의 말 속에 사랑이 느껴져 기분 좋은 미소를 지었다.

① 건강하게 오래오래 살기를 바란다. → 오래 사는 것에 대한 내용은 없음
② 공부 잘하는 학생이 되기를 바란다. → 공부보다 바른 생각을 가진 사람으로 자라길 바라심
③ 사회적으로 큰 성공을 이루기를 바란다. ⎤
④ 좋은 배우자를 만나 결혼하기를 바란다. ⎦ → 글에 나와 있지 않음
⑤ 건강하고 바른 생각을 가진 사람이 되기를 바란다.

이 글과 [보기]의 부모님의 말에서 다미의 부모님은 아이들이 건강하고 바른 생각을 가진 사람으로 자라기를 바란다는 것을 알 수 있습니다.

6

감상
하기

이 글에 대한 감상으로 알맞지 않은 것은 무엇인가요? (③)

① 요즘 아이들이 공부 스트레스를 많이 받고 있는 것 같아.
② 다미는 공부 잘하는 언니와 자주 비교당해서 속상할 것 같아.
③ 공부를 잘하면 나중에 행복하게 살 수 있으니까 열심히 공부해야겠어.
④ 다미는 언니가 자랑스럽기도 하고, 언니만큼 공부를 못해서 속상하기도 해.
⑤ 사람은 누구나 잘하는 게 다르니까, 다미도 공부를 좀 못한다고 기죽을 필요는 없어.

공부 잘하는 언니와 비교당하는 다미를 비롯해 ①의 내용을 짐작할 수 있습니다. 다미는 공부 잘하는 언니가 자랑스럽기도 하고, 언니만큼 공부를 못해서 속상하기도 합니다.(③, ④) 하지만 엄마는 다인이가 긍정적이고 배려도 잘하는 예쁜 마음씨를 가졌다고 칭찬하면서 언니가 그런 다인이도 닮았으면 좋겠다고 이야기한 부분을 통해 알 수 있습니다.(⑤) ③은 알맞지 않습니다.

7

적용
창의

이 글을 영화로 재구성하려고 합니다. 달라지는 내용으로 알맞은 것의 기호를 두 가지 쓰세요.

> ㉮ 배경 음악을 활용하여 분위기를 조성할 수 있다.
> ㉯ 작가가 사건의 전개 과정을 직접 설명할 수 있다.
> ㉢ 인물의 모습이나 장면을 상상하며 감상할 수 있다.
> ㉣ 배경이나 분위기를 생생하고 감각적으로 표현할 수 있다.

(㉮ , ㉣)

소설을 영화로 재구성하면 배경 음악을 활용하여 분위기를 조성하고, 배경이나 분위기를 생생하고 감각적으로 표현할 수 있습니다.

1 이 글의 내용과 일치하지 ⃝않는⃝ 것은 무엇인가요? (⑤)

세부
내용

① 민우는 자전거를 잃어버렸다. ┐
② 자전거를 훔친 사람은 영래이다. │ → 글의 처음 부분에서 알 수 있음.
③ 민우의 아빠가 잃어버린 자전거를 찾았다. ┘
④ 민우의 아빠는 영래를 이끌고 파출소로 가려 했다. → 아빠가 영래를 파출소에 넘기려 하심.
⑤ 영래는 민우가 새 자전거를 타고 학교에 온 것이 부러웠다.

영래는 아빠가 공사판에서 허리를 다쳐서 병원에 입원하고 동생이 아동보호소에 맡겨지자, 신문을 돌려서 아빠 병원비를 벌고 동생을 데려오려고 민우의 자전거를 훔친 것입니다.

2 이 글에서 일이 일어난 차례대로 ㉮~㉰의 기호를 쓰세요.

구조
알기

┌──┐
│ ㉮ 민우 아빠가 민우가 잃어버린 자전거를 찾았다. 1 │
│ ㉯ 민우가 자전거를 영래한테 준 거라고 아빠에게 말했다. 3 │
│ ㉰ 민우 아빠가 자전거 도둑 영래를 이끌고 파출소로 가자고 했다. 2 │
│ ㉱ 영래가 민우 아빠에게 인사를 하고 자전거를 끌고 안개 속으로 사라졌다. 4 │
└──┘

(㉮) → (㉰) → (㉯) → (㉱)

일어난 일을 정리하면, 민우가 잃어버린 자전거를 아빠가 찾았고(㉮), 아빠는 자전거 도둑인 영래를 데리고 파출소에 가자고 했습니다(㉰). 그런데 민우가 자전거를 영래한테 준 거라고 말했습니다.(㉯) 마지막에 영래는 민우 아빠에게 인사를 하고 자전거를 끌고 안개 속으로 사라졌습니다.(㉱)

3 ㉠에서 알 수 있는 내용을 ⃝두 가지⃝ 고르세요. (③ , ⑤)

세부
내용

① 영래는 신문 스크랩이 취미이다. → 글에 나오지 않음.
② 영래의 아버지 직업은 신문 배달원이다. → 영래 아버지는 공사판에서 일을 하심.
③ 영래는 자전거를 타고 신문 배달 일을 했다.
④ 영래는 자전거를 멋지게 꾸미고 싶어 노란색으로 자전거를 바꾸었다. → 영래는 어려운 형편 때문에 자전거를 훔쳐서 집칸을 바꿈.
⑤ 영래는 훔친 자전거를 들키지 않으려고 노란색으로 자전거를 바꾸었다.

영래는 훔친 자전거를 들키지 않기 위해 파란색에서 노란색으로 자전거를 칠했습니다. 그리고 짐칸에 신문이 잔뜩 실려 있는 것으로 보아 영래가 훔친 자전거를 타고 신문 배달 일을 했음을 알 수 있습니다.

┌─ 둘만 아는 눈짓

4 ㉡의 뜻으로 알맞은 것의 기호를 쓰세요.

어휘
어법

┌──┐
│ ㉮ 알고도 모른 척 하다. → 눈 감아 주다. │
│ ㉯ 얕은 수로 남을 속이려 하다. → 눈 가리고 아웅 한다. │
│ ㉰ 간단히 둘만 아는 약속의 뜻을 보이다. │
└──┘

(㉰)

민우는 아빠에게 영래에게 자기가 자전거를 주었다고 말하면서 영래에게 둘만 알게 눈짓을 했습니다. 이것은 나와 너(영래) 둘만 알자는 약속의 뜻으로 한 행동입니다.

5 ‘민우 아빠’의 마음이 어떻게 바뀌었는지 알맞게 정리한 것은 무엇인가요? (④)

추론
하기

① 슬픔 → 당황함 → 후련함

② 기쁨 → 행복함 → 부끄러움

③ 속상함 → 행복함 → 두려움

④ 화가 남 → 당황함 → 흐뭇함

⑤ 부끄러움 → 놀라움 → 안타까움

민우 아빠는 영래가 자전거를 훔쳤다는 사실을 알고 화를 냅니다. 그러다가 영래가 자전거를 훔친 게 아니라 민우가 영래에게 자전거를 주었다는 말에 당황합니다. 영래가 사라진 뒤, 어려운 처지에 놓인 친구를 도와준 민우가 대견하여 빙그레 미소 지으며 흐뭇해합니다.

6 ‘민우’와 [보기]에 나오는 ‘신부’의 공통점은 무엇인가요? (④)

추론
하기

[보기] 깊은 겨울 밤, 경찰들이 장발장을 붙잡아서 성당으로 끌고 왔다.

신부는 그가 바로 어젯밤 자신이 저녁 식사를 대접하고, 성당에서 하룻밤을 지내게 배려해 주었던 남자라는 것을 금세 알아차렸다.

“신부님, 이 남자가 성당의 은촛대를 가지고 있는 것이 수상해 데려왔습니다. 이 남자가 성당에서 이 촛대를 훔친 것이 맞지요?”

경찰이 촛대를 흔들면서 신부에게 다그쳐 물었지만, 신부는 조용히 입을 열었다.

“그 은촛대는 제가 그에게 선물한 것입니다. 그런데 왜 촛대만 가져가셨습니까? 제가 은쟁반도 같이 드렸는데 말입니다.” → 어려운 처지에 놓인 사람의 잘못을 용서하고, 그를 도와 주었다.

신부는 빙그레 웃으며 남자의 배낭에 은촛대와 은쟁반을 함께 넣어 주었다.

① 정직하게 사는 것이 가장 중요하다고 생각하였다. → 직접적으로 드러나지 않음.

② 가난한 사람들에게 자신의 전 ^{물건}재산을 나누어 주었다.

③ 형편이 어려운 사람들을 돕기 위해 봉사 활동을 하였다. → 글에 나오지 않음.

④ 어려운 처지에 놓인 사람의 잘못을 용서하고, 그를 도와 주었다.

⑤ 어려운 처지에 놓여 잘못된 행동을 선택하지 않도록 조언을 해 주었다. → 잘못된 행동을 지적하지 않음.

민우는 영래의 어려운 형편을 알고 자전거를 훔친 것을 눈 감아 주었을 뿐만 아니라, 신문 배달을 돕기 위해 자전거를 영래에게 주었습니다. [보기]에 나오는 신부도 장발장의 잘못을 용서하고, 그에게 그가 훔친 은촛대는 물론 은쟁반까지 주었습니다. 민우와 신부의 공통점은 어려운 처지에 놓인 사람의 잘못을 용서하고 도와준 것입니다.

7 이 글에 대한 감상으로 알맞지 않은 것은 무엇인가요? (③)

감상
하기

① 이기적으로 사는 현대인들에게 큰 깨달음을 주는 것 같아.

② 영래의 어려운 사정을 알고 도와주려는 민우도 좋은 친구인 것 같아.

③ 영래의 노란색 자전거가 사실은 민우의 자전거라는 것이 밝혀져 통쾌해.

④ 어려운 상황에서도 좌절하지 않고 열심히 살아가는 영래가 참 대단한 것 같아.

⑤ 민우가 아빠에게 영래의 사정을 밝히자 아빠가 이해해 주는 모습이 감동적이야.

이 글은 소설이므로, 등장 인물의 마음을 짐작하면서 읽으면 내용을 더 깊이 이해하고 감동을 받을 수 있습니다. 영래의 노란색 자전거가 민우의 자전거라는 것이 밝혀졌지만, 이것을 덮어 주는 민우의 행동을 통해 독자는 감동을 받습니다.

1

세부
내용

이 시에 대한 설명으로 알맞지 않은 것은 무엇인가요? (③)

① 6연 26행으로 이루어져 있다.

② 이 시의 중심 소재는 산새알과 물새알이다.

③ 자연환경을 파괴하는 인간들을 비판하고 있다.

④ 냄새, 맛, 모습 등 감각적인 이미지를 사용하고 있다.

⑤ 1·2연과 3·4연, 5·6연의 글자 수와 짜임이 비슷하다.

이 시는 자기에게 주어진 환경에 따라 곱게 피어나는 생명의 신비를 노래했습니다. 따라서 자연환경을 파괴하는 인간들을 비판하고 있는 내용은 찾아볼 수 없습니다.

2

세부
내용

이 시의 내용으로 알맞지 않은 것은 무엇인가요? (③)

① 물새의 날갯죽지가 하얗다. → 5연에 나옴

② 잎수풀 둥지 안에 산새알이 들어 있다. → 2연에 나옴

③ 물새알이 파도에 휩쓸려 떠내려 가고 있다.

④ 산새알에서 산새가, 물새알에서 물새가 알을 깨고 나온다. ⎤
⑤ 물새알은 보얗게 하얗고, 산새알은 알락달락 얼룩져 있다. ⎦ → 1연, 2연에 나옴

이 시에서 물새알이 간간하고 짭조름한 미역 냄새, 바람 냄새가 난다고 표현했을 뿐이며, 파도에 휩쓸려 떠내려 가는 모습은 알 수 없습니다.

3

어휘
어법

㉠~㉢에 쓰인 감각적 이미지를 알맞게 짝 지은 것은 무엇인가요? (③)

	㉠	㉡	㉢	㉣
①	시각	시각	후각	미각
②	시각	청각	미각	청각
③	시각	시각	미각	후각
④	미각	청각	촉각	후각
⑤	미각	시각	미각	촉각

㉠과 ㉡은 눈으로 관찰한 시각적 이미지입니다. ㉢은 맛을 나타내는 미각적 이미지입니다. ㉣은 냄새이므로 후각적 이미지입니다.

4

추론
하기

이 시의 전체 분위기로 알맞은 것은 무엇인가요? (②)

① 차갑고 딱딱하다.   ② 신비하고 경이롭다.

③ 지루하고 단조롭다.   ④ 시끄럽고 활기차다.

⑤ 불안하고 초조하다.

이 시를 읽으면, 산새와 물새가 알을 깨고 나오는 장면이 떠오릅니다. 그래서 새 생명 탄생의 신비롭고 경이로움을 느낄 수 있습니다.

5 이 시의 주제로 알맞은 것은 무엇인가요? (①   )

주제
찾기

① 생명 탄생의 신비
② 자연 보호의 필요성
③ 생태계 파괴에 대한 걱정
④ 산새와 물새의 사랑과 우정
⑤ 동물과 인간이 더불어 함께 살아가야 하는 이유

이 시는 산새알과 물새알에서 산새와 물새가 탄생하는 모습을 보여 주고 있습니다. 이를 통해 생명 탄생의 신비를
노래하고 있습니다.

6 [보기]를 참고해 이 시를 감상한 것으로 알맞은 것은 무엇인가요? (⑤   )

감상
하기

[보기]   이 시에서 글쓴이는 사람이 아닌 것을 사람처럼 표현하고 있다. 이런 표현들은 시를
읽는 이들이 시에 나오는 대상을 재미있고 친근하게 느끼게 하는 효과가 있다.   _{의인법}

(위 [보기]의 "사람처럼 표현하고 있다" 위에 "의인법"이 표기됨)

① 산새알, 물새알이 계속 반복되어 시를 읽을 때 재미있어. → 반복되는 말을 중심으로 감상함.
② 자연 현상을 냉정하고 객관적인 시선으로 보고 쓴 글인 것 같아. → 시의 내용과 거리가 먼 감상임.
③ 산새알에서 향긋하고 달콤한 풀꽃 냄새와 이슬 냄새가 나는 듯해. ┐
④ 물새알에서 간간하고 짭조름한 바다 냄새와 미역 냄새가 나는 듯해. ┘ → 감각적 이미지를 중심으로 감상함.
⑤ 산새가 소녀처럼 머리에 댕기를 드린다는 표현에서 산새가 친구처럼 느껴졌어. → 의인법을 중심으로 감상함.

[보기]에서 설명하고 있는 표현 방법은 '의인법'이고, 이 시에서 의인법이 사용된 구절은 '산새알은 산새알이라서
머리꼭지에 빨간 댕기를 드린 산새가 된다'입니다. 의인법을 중심으로 시를 감상한 것은 ⑤입니다.

7 이 시의 '말하는 이'와 비슷한 경험을 떠올린 것은 무엇인가요? (②   )

창의
적용

① 개와 고양이가 꼬리를 흔드는 이유가 다르다는 것이 신기했어.
② 갓 태어난 송아지를 어미 소가 혀로 핥자, 비틀비틀 일어나 걷는 게 신기했어.
③ 다친 고래를 여러 고래들이 둘러싸고 들어 나르는 것을 TV에서 보고 감동받았어.
④ 둥지를 잃은 수리부엉이 새끼들이 어미 새를 찾으며 울고 있는 모습이 안타까웠어.
⑤ 언제나 새끼를 주머니에 넣고 젖을 먹여 키우는 캥거루의 모성애가 대단하다고 생각했어.

이 시의 말하는 이는 산새알에서 산새가 태어나고 물새알에서 물새가 태어나는 생명 탄생의 신비로움을 노래했습
니다. 이와 비슷한 경험을 말한 친구는 갓 태어난 송아지의 모습을 본 ②입니다.

1 이와 같은 글을 읽는 방법으로 알맞은 것은 무엇인가요? (　②　)

구조
알기

① 주장과 근거를 파악하며 읽는다. → 논설문을 읽을 때 적합함.

②등장인물의 심리를 파악하며 읽는다.

③ 글쓴이의 경험과 생각에 공감하여 읽는다. → 수필 등을 읽을 때 적합함.

④ 운율과 같은 표현 방법을 음미하며 읽는다. → 시를 읽을 때 적합함.

⑤ 객관적인 사실에 근거하고 있는지 판단하며 읽는다. → 설명문이나 논설문을 읽을 때 적합함.

이 글은 현대 소설로 등장인물이 처한 상황과 심리를 파악하면서 읽으면 이야기의 내용을 깊이 이해하고 감상할 수 있습니다.

2 이 글의 내용으로 알맞은 것은 무엇인가요? (　③　)

세부
내용

① 오푼돌이 아저씨가 다친 곰이를 도와주었다.

② 곰이와 오푼돌이 아저씨가 서로 총을 겨누었다.

③오푼돌이 아저씨의 가슴에서는 피가 흘러내렸다.

④ 곰이와 오푼돌이 아저씨가 병원에서 치료를 받았다.

⑤ 곰이가 부상당한 오푼돌이 아저씨를 치료해 주었다.

첫 문장을 통해 오푼돌이 아저씨의 가슴에서 피가 흘러내리는 것을 알 수 있습니다.

3 '오푼돌이 아저씨'에 대한 설명으로 알맞지 않은 것은 무엇인가요? (　⑤　)

세부
내용

① 북한 인민군이었다.

② 고향이 북쪽에 있다.

③ 남한 국군의 총에 가슴을 맞았다.

④ 삼십 년 전 전쟁 때 전쟁터에서 싸웠다.

⑤전쟁이 끝나고 고향으로 돌아와 곰이를 만났다.

곰이와 오푼돌이 아저씨의 대화를 통해 6·25 전쟁 때 북한 인민군이었던 오푼돌이 아저씨가 총을 맞고 목숨을 잃었음을 알 수 있습니다. 그래서 결국 고향에 돌아가지 못했고, 그렇게 삼십 년의 세월이 흘러서 똑같이 그 전쟁에서 죽은 곰이를 만났습니다.

4 ㉠의 뜻으로 알맞은 것은 무엇인가요? (　②　)

어휘
어법

① 모두 평화를 사랑하는 민족이니까.

②같은 핏줄을 이어받은 한 민족이니까.

③ 다 같이 전쟁의 책임이 있는 사람들이니까.

④ 모두 단군 할아버지를 좋아하는 사람들이니까.

⑤ 실제로 단군 할아버지를 만나 본 적이 있으니까.

'단군 할아버지'는 우리 역사의 첫 나라를 연 인물입니다. 따라서 ㉠은 '같은 핏줄을 이어받은 한 민족이니까.'라는 뜻입니다. 6·25 전쟁은 같은 민족끼리 싸운 동족상잔의 비극입니다.

5 이 글의 주제로 알맞은 것은 무엇인가요? (③)

주제
찾기

① 전쟁 속에서 꽃핀 사랑과 우정
② 전쟁이 끝난 뒤 희망을 되찾은 조국
③ 전쟁으로 죽어간 사람들의 깊은 한과 슬픔
④ 전쟁 때문에 발생한 이산가족 문제의 심각성
⑤ 전쟁 중에 소중한 문화재가 파괴된 현실에 대한 분노

이 글은 전쟁 중에 죽어간 곰이와 오푼돌이 아저씨, 같은 민족끼리 싸우다가 많은 인민군과 국군, 사람들이 죽고
다치는 비극을 다룬 작품입니다. 따라서 이 글의 주제는 '전쟁으로 죽어간 사람들의 깊은 한과 슬픔'입니다.

6 이 글과 [보기]에서 '오푼돌이 아저씨'가 깨달은 것으로 알맞은 것은 무엇인가요? (②)

추론
하기

> [보기] 곰이는 아저씨의 손을 양손에 잡았습니다.
> "우리 할머니가 옛날 얘기를 들려주셨어요. 호랑이가 가난한 엄마를 잡아먹고, 그
> 엄마 옷을 입고 어린 오누이를 속이려 했어요."
> "……." / 오푼돌이 아저씨는 가만히 듣고 있었습니다.
> "하지만 오누이는 속지 않았어요. <u>둘이 함께 도망을 쳤어요. 꼭 붙어서 떨어지지 않</u>
> <u>았어요.</u>   형제애를 볼 수 있는 장면
> "그래, 그랬어야 해."

① 국군이 쏜 총을 피했어야 했다. → 죽은 것에 대한 후회에 해당하므로 적절하지 않음.
② 남한과 북한이 서로 싸우지 말았어야 했다.
③ 남한의 국군이 좀 더 열심히 싸웠어야 했다. → 글의 내용과 관련이 없음.
④ 북한의 인민군이 되어 전쟁에 나와 싸우지 말았어야 했다. → 피할 수 없는 상황임.
⑤ 남한과 북한이 전쟁할 때 남의 나라의 도움을 받지 말았어야 했다. → 형제애와 관련이 없음.

"인민을 위해 싸운 건데, ~ 인민들뿐이었어."와 "나라를 위해 싸운 ~ 쑥밭으로 만들었고……." 라는 오푼돌이
아저씨 말을 통해 아저씨가 6·25 전쟁 때문에 많은 사람들이 죽고 다치고 국토가 짓밟힌 상황을 안타까워하고 있
음을 알 수 있습니다. 또 [보기]의 "그래, 그랬어야 해."라는 말로 보아, 오푼돌이 아저씨가 같은 민족인 남한과 북
한이 싸우지 말았어야 했다고 생각했음을 알 수 있습니다.

7 [보기]를 참고해 이 글을 알맞게 감상하지 <u>못한</u> 친구는 누구인가요? (⑤)

감상
하기

> [보기] 『곰이와 오푼돌이 아저씨』는 아홉 살 곰이와 북한 인민군이었던 오푼돌이 아저씨가
> 전쟁에서 죽은 다음에 만나 나누는 이야기이다. 촌스럽고 소박한 두 사람의 이름에는
> 깊은 뜻이 담겨 있다. 오푼돌이는 둘로 나뉘어 반쪽이 된 상황을 뜻하고, 곰이는 이런
> 상황을 극복하려면 곰처럼 우직하고 순박한 심성이 필요하다는 것을 뜻한다.

① 민서: 같은 민족끼리 싸운 6·25 전쟁은 비극적인 우리 역사야.
② 온유: 많은 사람들이 죽고 다치는 전쟁은 절대로 일어나선 안 될 것 같아.
③ 종민: 이 글을 읽고 나니까, 6·25 전쟁을 다룬 다른 책도 읽어 보고 싶어졌어.
④ 재민: 이 글에는 곰이와 오푼돌이 아저씨가 처한 비극적인 슬픔이 잘 표현되어 있어.
⑤ 서윤: 곰이가 오푼돌이 아저씨에게 하는 질문을 보니 전쟁에 대해 호기심이 많나 봐.

이 글은 전쟁으로 죽은 곰이와 오푼돌이 아저씨를 통해 6·25 전쟁의 비극적인 참상을 잘 보여 주고 있는 소설입니
다. 이 글에서 곰이가 오푼돌이 아저씨에게 질문을 한 것은 전쟁에 대한 회한 때문입니다.

1
세부
내용

이 글의 내용과 일치하지 않는 것은 무엇인가요? (④)

① 다이달로스는 감옥을 탈출하는 데 성공했다.
② 다이달로스는 그리스에서 가장 뛰어난 장인이었다.
③ 미노스 왕은 다이달로스를 크레타 섬으로 데려왔다.
④ 다이달로스는 그리스에서 가족을 데리고 크레타 섬으로 왔다.
⑤ 미노스 왕은 다이달로스와 그의 아들을 높은 탑 속에 가두었다.

다이달로스는 크레타 섬에 와서 결혼하고 아들 이카로스를 낳았습니다. 따라서 ④의 그리스에서 가족을 데리고 크레타 섬으로 왔다는 내용은 틀린 것입니다.

2
구조
알기

이 글에서 가장 먼저 일어난 일은 무엇인가요? (④)

① 이카로스가 바다로 추락했다.
② 다이달로스와 이카로스가 감옥에 갇혔다.
③ 다이달로스와 이카로스가 감옥을 탈출했다.
④ 다이달로스가 그리스 아테네에서 추방되었다.
⑤ 다이달로스가 새의 깃털을 모아 날개를 만들었다.

이 글에서 일어난 일을 정리하면 그리스 아테네에서 추방된 다이달로스가 크레타 섬으로 와서 결혼을 하고 아들을 낳습니다. 다이달로스와 아들 이카로스가 감옥에 갇히자, 다이달로스는 날개를 만들어 아들과 함께 감옥을 탈출합니다. 하지만 태양을 향해 날아오르던 이카로스가 바다로 추락합니다.

3
어휘
어법

㉠의 상황에 어울리는 속담은 무엇인가요? (⑤)

① 빛 좋은 개살구 → 겉모양은 그럴 듯하지만, 실속이 없음을 이르는 말.
② 닭 쫓던 개 지붕 쳐다본다 → 애쓰던 일이 실패로 돌아가거나 남보다 뒤떨어져 어찌할 도리가 없음을 이르는 말.
③ 바늘 도둑이 소 도둑 된다 → 자그마한 나쁜 일도 자꾸 하면 버릇이 되어 나중에 큰 죄를 저지르게 된다는 말.
④ 똥 묻은 개가 겨 묻은 개 나무란다 → 자기는 더 큰 흉이 있으면서 도리어 남의 작은 흉을 봄.
⑤ 하늘이 무너져도 솟아날 구멍이 있다 → 어려운 상황에 부딪히더라도, 그것을 벗어날 방법이 있음.

다이달로스가 갇힌 감옥은 사방이 바다로 둘러싸여 있어 탈출하기가 쉽지 않습니다. 하지만 다이달로스는 포기하지 않고 탈출 방법을 찾아 냈습니다. 이와 어울리는 속담은 ⑤입니다.

4
세부
내용

'다이달로스'가 감옥을 탈출한 방법은 무엇인가요? (②)

① 미노스 왕에게 잘못을 빌었다.
② 날개를 만들어 하늘로 날아올랐다.
③ 감옥을 지키는 병사들과 싸워 이겼다.
④ 망치를 만들어 감옥의 벽을 부수었다.
⑤ 감옥 창문을 뜯어 내고 바다로 뛰어들었다.

다이달로스는 여러 가지 크기의 새 깃털을 모은 다음, 실과 아교풀을 사용하여 커다란 날개를 만들어 이카로스와 함께 감옥을 탈출했습니다.

5 ㉡에 들어갈 내용으로 알맞은 것은 무엇인가요? (②)

추론
하기

① 빠른 속도로 날아야 한다.

②적당한 높이를 유지해야 한다.

③ 바다 가까이 가지 말아야 한다.

④ 할 수 있는 한 땅 가까이 날아야 한다.

⑤ 될 수 있으면 하늘 높이 날아올라야 한다.

㉡ 뒤 문장 '너무 낮게 날면 바닷물의 습기가 날개를 무겁게 만들 것이고, 너무 높이 날면 태양이 너의 날개를 녹여 버릴 것이다.'를 통해 ㉡에 들어갈 내용을 알 수 있습니다.

6 이 글과 [보기]에서 공통적으로 말하려고 하는 생각은 무엇인가요? (①)

추론
하기

> [보기]　어느 날, 욕심 많은 개 한 마리가 큰 고깃덩어리를 입에 문 채 강가에 놓인 다리를
> 건너고 있었다. 중간쯤 건넜을 때 아래를 내려다본 욕심 많은 개는 깜짝 놀랐다. 강물
> 속에 또 다른 개가 커다란 고깃덩어리를 입에 문 채 자신을 노려보고 있었기 때문이
> 다. 욕심 많은 개는 겁을 주어 강물 속 개의 고깃덩어리까지 빼앗기로 결심했다.
> "멍멍멍!"　　　　　　　　　　지나친 욕심
> 욕심 많은 개가 큰소리로 짖었다. 그때였다. 강물 속으로 욕심 많은 개의 고깃덩어
> 리가 '퐁당' 빠져버리고 말았다. → 지나친 욕심의 결과

①지나친 욕심을 부려서는 안 된다.

② 맛있는 음식은 이웃과 나누어 먹어야 더 맛있다. ┐

③ 나쁘게 살면 벌을 받고, 착하게 살면 복을 받는다. │

④ 위험한 상황에서 친구를 버리고 도망가면 안 된다. ├ → 이 글과 [보기]의 주제와 관련이 없음.

⑤ 서두르지 않고 천천히 하면 더 큰 성과를 얻을 수 있다. ┘

이카로스는 태양까지 날아오르고 싶은 욕망을 이루기 위해 아버지의 말을 듣지 않고 높이 오르다가 뜨거운 태양에 날개가 녹아 추락합니다. 욕심 많은 개도 큰 고깃덩어리를 갖고 있으면서 또 다른 고깃덩어리를 가지려고 하다가 가지고 있던 것까지 잃어버립니다. 두 이야기의 공통적인 주제는 '지나친 욕심을 부려서는 안 된다.'로 볼 수 있습니다.

7 이 글에 대한 감상으로 알맞지 않은 것은 무엇인가요? (④)

감상
하기

① 태양까지 날아 오르려고 한 걸 보면, 이카루스는 호기심이 많았던 것 같아.

② 이카로스가 죽은 건 아버지의 말을 귀담아 듣지 않고 무모하게 행동했기 때문이야.

③ 눈앞에서 아들의 죽음을 본 다이달로스의 안타까움과 슬픔이 느껴져 가슴이 아팠어.

④아들을 살리고 대신 죽기로 결심한 다이달로스의 모습이 애처로우면서도 위대해 보였어.

⑤ 감옥에 갇혀서도 날개를 만들어 탈출할 생각을 한 걸 보면, 다이달로스는 포기를 모르는 사람
이야.

다이달로스는 바다로 추락하는 아들을 지켜볼 수밖에 없었습니다. 따라서 ④의 내용은 틀린 내용이므로 올바른 감상이라고 볼 수 없습니다.

1 이 글의 내용으로 알맞지 않은 것은 무엇인가요? (④)

세부
내용

① 미선 언니는 엄마의 친딸이다.

② 미선 언니의 아빠가 갑자기 돌아가셨다.

③ 현규는 미선 언니를 좋아하고 잘 따른다.

④ 현경은 미선 언니와 친하게 지내려고 노력한다.

⑤ 미선 언니가 현경이네 가족과 함께 살게 되었다.

현경이 미선 언니와 친하게 지내려고 노력하는 모습은 찾아볼 수 없습니다. 현경이는 오히려 미선 언니와 친하게 지내는 현규에게 배신자라고 이야기하며 미선 언니를 경계하고 싫어합니다.

2 ㉠에 들어갈 아빠의 말로 알맞은 것은 무엇인가요? (①)

추론
하기

① 그 애를 우리 집으로 데려왔으면 싶구나.

② 그 애를 엄마 친척에게 입양 보내고 싶구나.

③ 그 애에게 엄마를 양보하는 게 좋을 것 같구나.

④ 그 애가 혼자 잘살 수 있도록 도와주고 싶구나.

⑤ 그 애가 계속 공부할 수 있도록 학비를 지원하고 싶구나.

㉠ 뒤의 '그 애 혼자 ~ 데려오기로 했단다.'의 아빠 말을 통해 ㉠에 들어갈 말을 짐작할 수 있습니다.

3 이 글에서 '현경이'가 처해 있는 상황과 관계있는 속담은 무엇인가요? (③)

어휘
어법

① 좋은 약이 입에 쓰다 → '충성스런 말은 귀에 거슬리나 이롭다.'의 뜻

② 구렁이 담 넘어가듯 한다 → '일을 끝까지 분명히 처리하지 않고 대충 얼버무린다.'의 뜻

③ 굴러온 돌이 박힌 돌 뺀다

④ 지렁이도 밟으면 꿈틀 한다 → '아무리 순하고 좋은 사람이라도 너무 업신여기면 가만있지 아니한다.'의 뜻

⑤ 쥐구멍에도 볕 들 날이 있다 → '몹시 고생을 하는 삶도 좋은 일이 생길 날이 있다.'의 뜻

엄마의 또 다른 딸인 미선 언니가 한 집에서 살게 되면서 동생인 현규가 현경이보다 미선 언니를 더 좋아하고, 잘 따릅니다. 이 상황과 잘 어울리는 속담은 '새로 생긴 것이 이미 자리잡고 있던 것을 밀어냄.'을 뜻하는 ③이 알맞습니다.

4 '현경'이 ㉡과 같이 말한 까닭은 무엇인가요? (⑤)

세부
내용

① 현규가 현경의 말을 듣지 않았기 때문이다.

② 현규가 부모님 말을 잘 안 들었기 때문이다.

③ 현규가 미선 언니와 편을 먹고 현경과 싸웠기 때문이다.

④ 현규가 현경의 비밀을 부모님에게 일러바쳤기 때문이다.

⑤ 현규가 현경보다 미선 언니를 더 좋아하고 잘 따랐기 때문이다.

엄마의 말처럼 현규가 미선 언니랑 이야기를 하면 웃고 많이 친해진 모습을 보고 한 말이므로 현경이가 어떤 마음 일지 생각하면 짐작할 수 있습니다.

독해 정답	**1.** ④	**2.** ①	**3.** ③
	4. ⑤	**5.** ①	**6.** ⑤
	7. ①		

어휘 정답	**1.** (1) ㉮ (2) ㉯ (3) ㉺ (4) ㉰
	2. (1) 은근히 (2) 흘낏 (3) 실은 (4) 버젓이
	3. ③

5 [보기]를 참고할 때 이 글의 주제는 무엇인가요? (　①　)
주제
찾기

> [보기]　우리는 동네 사진관을 찾았다. 아빠, 엄마, 현규, 나 그리고 미선 언니! 다섯이 된
> 우리 가족은 다시 가족사진을 찍었다. 비록 앉아 있는 엄마 아빠에 가려 나오지 않았
> 지만, 난 미선 언니의 손을 꼭 잡고 있었다. / 사진을 찾아 거실에 걸던 날, 미선 언니
> 와 난 한참 동안 서서 그 사진을 바라보았다. 날 제일 기쁘게 한 건 사진 속에서 활짝
> 웃는 미선 언니 얼굴이었다. 이제 미선 언니는 다른 친구 집에 가서 그 친구네 가족사
> 진을 봐도 부러워하지 않을 것이다.

① 가족의 소중함　　　② 형제간의 우애　　　③ 친구와의 우정
④ 헤어진 가족에 대한 그리움　⑤ 다른 사람을 배려하는 마음

이 글의 주제는 '가족의 소중함'으로 미선 언니가 모든 갈등을 극복하고 현경이네 가족의 진짜 가족이 되어 가는
과정을 잘 보여 줍니다. '가족사진'을 함께 찍고, 현경이와 미선 언니가 손을 꼭 잡았다는 것을 통해 갈등이 극복되
었음을 짐작할 수 있습니다.

6 [보기]를 참고해 '현경이'에게 해 줄 말로 알맞은 것은 무엇인가요? (　⑤　)
비판
하기

> [보기]　새로운 가족이 생긴다는 것은 어린아이가 겪기에 많이 혼란스러운 일이다. 갑자기
> 나타난 새로운 형제를 받아들이는 것도 어렵지만, 새로운 형제에게 친부모의 애정을
> 빼앗기는 것에 대한 두려움도 크다.

① 부모님이 언니보다 현경이를 더 좋아할 수 있게 노력하면 좋겠어. → 경쟁은 가족애에 도움이 되지 않으므로 적절하지 않음.
② 갑자기 없던 언니가 생겼는데, 그 언니와 잘 지내는 것은 불가능해. → 새 가족이 되는 것이 어렵지만 서로 잘 지내야 함.
③ 동생과 언니 둘이서 친하게 지내라고 하고, 다른 친구를 찾아보는 건 어때? → 가족 안에서 해결 방안을 찾도록 하는 게
　　　　　　　　　　　　　　　　　　　　　　　　　　　　　　　　　　　　　적절함.
④ 동생하고만 잘 지내는 언니가 철이 없는 것 같으니, 넓은 마음으로 이해해 줘. → 언니의 행동을 철이 없다고 단정하기는 어려움.
⑤ 동생이 언니와 먼저 친해져서 서운하겠지만 지금부터라도 셋이 함께 잘 지냈으면 좋겠어.

이 글에는 엄마가 이혼하기 전에 낳은 딸인 미선 언니가 현경네 가족과 함께 살게 되면서 겪는 갈등이 잘 나타나
있습니다. [보기]도 재혼 가정에서 새로운 가족이 된 형제들이 겪는 갈등에 대한 글입니다. 이런 갈등은 온 가족이
노력하여 함께 극복해야 하므로 그런 상황에 알맞은 말을 찾습니다.

7 ㉮ 부분을 희곡으로 바꾸어 쓸 때, ㉮와 ㉯에 들어갈 알맞은 말은 무엇인가요? (　①　)
적용
창의

> 현규가 미선이 방에서 나와 현경이 방으로 들어온다. 현경이 현규를 노려본다.
> 현경:(　㉮　) 왜 이 방에서 숙제를 하니? 미선 언니 방 가서 하지.
> 현규: 큰누나 방에서?
> 현경:(　㉯　) 뭐? 큰누나? 누가 큰누나라는 거야?

	㉮	㉯
①	눈을 흘기며	화가 난 표정으로
②	슬쩍 훔쳐보며	민망한 웃음을 지으며
③	멍한 표정을 지으며	고개를 끄덕이며
④	환하고 밝게 웃으며	부드러운 표정을 지으며
⑤	궁금한 표정을 지으며	생각에 잠긴 듯한 표정으로

현경은 현규가 자신보다 미선 언니를 더 잘 따르는 현규가 밉고, 큰누나라고 부르기까지 하니까 더 화가 났을 것입
니다. 따라서 ㉮와 ㉯에 들어갈 알맞은 말은 ①입니다.

1 이 글의 내용으로 알맞지 <u>않은</u> 것은 무엇인가요? (⑤)

세부
내용

① 아버지가 부도가 났다. ┐
② 우리 가족이 시골에 이사 왔다. ┘→ 글의 중간 부분에 나옴.

③ 아버지가 시골에서 농사를 짓게 되었다. → 글의 처음 부분에 나옴.

④ 우리 가족은 할머니와 함께 살게 되었다. → 파란 기와집은 할머니 집으로, 우리 가족이 이사 온 집임.

⑤ 시골 사람들이 아버지가 시골로 온 것을 환영해 잔치를 벌였다.

'농사는 아무나 짓나. 잘살 때는 본 체도 안 하다가' 등의 말을 통해 고향 사람들이 아버지가 시골로 와서 농사를
짓는다는 것을 못마땅해 한다는 것을 알 수 있습니다.

2 ㉠~㉤ 중 '나'의 슬픈 마음이 나타나지 <u>않은</u> 것은 무엇인가요? (①)

추론
하기

① ㉠   ② ㉡   ③ ㉢   ④ ㉣   ⑤ ㉤

㉠에는 '내'가 굴렁쇠를 잘 굴린다는 것을 자랑하고 싶은 마음이 나타나 있습니다. ㉡~㉤는 아버지의 부도로 알거
지가 되어 시골로 이사 오게 되어 기운이 빠지고, 슬픈 마음이 나타나 있습니다.

3 ㉤과 바꾸어 쓸 수 있는 말은 무엇인가요? (⑤)

어휘
어법

① 맞장구를 쳤다. → '말을 맞추다.'의 뜻임.

② 신중하게 말했다. → '말이 무겁다.'의 뜻임.

③ 말이 안 된다고 생각했다. → '말도 안 된다.'의 뜻임.

④ 입을 열어 말을 하기 시작했다. → '말문을 열다. 혹은 입을 열다'의 뜻임.

⑤ 말이 입 밖으로 나오지 않았다.

㉤은 시골에 이사 온 것을 좋아하는 듯 보이던 누나의 태도가 속마음과 다르다는 것을 알게 되어 당황한 상황에서
보인 행동입니다. '말문이 막히다'는 '말이 입 밖으로 나오지 않는다.'라는 뜻을 지닌 관용 표현입니다.

4 '내'가 ㉲처럼 생각한 까닭은 무엇인가요? (⑤)

세부
내용

① 내 끼니를 꼬박꼬박 챙겨 주어서

② 자존심 강한 누나가 눈물을 흘려서

③ 누나가 나보다 두 살이나 더 많아서

④ 시골에서 할머니랑 사는 것을 너무 좋아해서

⑤ 부모님이 걱정하지 않게 힘든 상황에서도 밝고 씩씩하게 행동해서

"우리가 짜증내고 ~ 마음만 하겠니?"라는 누나의 말을 통해 누나가 시골에 와서 잘 웃고, 잘 먹고 하는 이유가 부
모님이 걱정하지 않도록 하기 위한 노력임을 알 수 있습니다. 이런 누나의 모습이 '나'는 어른스럽게 보였습니다.

독해 정답	1. ⑤	2. ①	3. ⑤
	4. ⑤	5. ④	6. ④
	7. ③		

어휘 정답	1. ⑤
	2. (1) 얄밉다 (2) 새살거리는 (3) 알거지
	(4) 실감　3. ②

5
추론
하기

◎을 통해 '나'와 누나가 앞으로 할 행동을 알맞게 짐작하지 못한 것은 무엇인가요? (④)

① 힘들더라도 웃으면서 살려고 노력할 것이다.

② 가족이 행복해질 수 있도록 함께 노력할 것이다.

③ 밥도 잘 먹고, 자신이 맡은 일을 열심히 할 것이다.

④ 다른 가족의 일에 참견하지 않고 자기의 할 일만 할 것이다.

⑤ 부모님과 할머니께 걱정을 끼쳐 드리지 않도록 노력할 것이다.

"우리 굴렁쇠 ~ 먹고 하자."라는 누나의 말을 듣고 나도 고개를 끄덕거렸습니다. 이를 통해 누나와 주인공 '나'는 힘들더라도 웃으며 살고, 밥도 잘 먹고, 맡은 일도 열심히 하면서 부모님께 걱정을 끼쳐 드리지 않고, 밝고 씩씩하게 잘 살아갈 것임을 짐작할 수 있습니다.

6
주제
찾기

이 글의 주제로 알맞은 것은 무엇인가요? (④)

① 잘못을 뉘우치고 고백하는 용기

② 사회적 약자에 대한 배려와 존중

③ 끊임없는 노력을 통해 얻은 자아 성취

④ 고난과 어려움을 극복하려는 가족 간의 사랑

⑤ 다른 사람의 잘못을 용서하는 관용과 너그러움

이 글에는 가족에게 닥친 고난과 어려움을 극복하려는 모습이 담겨 있습니다. 따라서 이 글의 주제는 '고난과 어려움을 극복하려는 가족 간의 사랑'이 알맞습니다.

7
감상
하기

[보기]의 할머니 말을 참고해 이 글을 감상한 것으로 알맞지 않은 것은 무엇인가요? (③)

> [보기]　"이렇게 큰 가마솥은 말이다. 늘상 쓰는 냄비나 양은솥과는 다르단다. 큰일이 있을 때 쓰는 솥이란다. 세상일이 어떻게 될지는 아무도 모르거든. 굴렁쇠처럼 잘 굴러가기만 한다면 아무런 문제가 없지. 다음 큰일을 위해서 이렇게 기름칠을 해두는 거란다. 녹슬지 말라고 말이다. 가마솥이 없어 봐라. 큰일 치를 때 어떻게 될지. 양은솥, 냄비, 어휴, 어림도 없다."　'가마솥'의 쓰임새가 설명되어 있음.

① 가족끼리 힘을 합쳐 어려움을 극복하는 모습이 감동적이야. → 주제에 대한 감상으로 알맞음.

② 큰 가마솥에 따뜻한 밥을 지어 든든히 먹고 힘내자는 뜻도 담겨 있는 것 같아. → 중심 제재인 '가마솥'에 담긴 뜻을 잘 이해함.

③ 형편이 어려워지니까 옛날에 쓰던 물건인 가마솥을 다시 쓰는 모습이 안타까워.

④ 이 글에 등장하는 가마솥은 가족들이 함께 힘을 모으는 계기로 사용되고 있는 것 같아. → 중심 제재인 '가마솥'의 역할을 잘 이해함.

⑤ 다음 큰일을 위해 가마솥에 기름칠을 해두는 것처럼, 가족들도 어려움을 극복하고 다시 일어서기 위해 모두 함께 노력할 것 같아. → 글이 주는 의미를 잘 파악하여 감상함.

이 글은 아버지의 부도로 할머니가 사는 시골로 이사를 온 가족이 힘을 합쳐 어려움을 극복하는 이야기입니다. 여기서 '가마솥'은 가족들에게 따뜻한 밥을 지어 주고, 가족들이 함께 힘을 모으는 계기로 사용되고 있습니다. 또한, 다음 큰일을 위해 가마솥에 기름칠을 해두는 것처럼, 가족들도 어려움을 극복하고 다시 일어서기 위해 함께 노력할 것임을 암시합니다.

1

세부
내용

이 시에 대한 설명으로 알맞은 것은 무엇인가요? (⑤)

① 시의 배경이 되는 계절이 겨울이다. → 시의 배경이 되는 계절은 나와 있지 않음.

② 수박이 자라는 과정이 주요 내용이다. → 수박이 우리에게 말해 주는 내용이 주요 내용임.

③ 같은 말을 반복하여 리듬을 형성하고 있다. → 같은 말이 반복되지 않음.

④ 빨강과 초록의 색채 대비가 주제를 드러내고 있다. → 색채 대비를 찾아볼 수 없음.

⑤ 수박을 통해 하고 싶은 말을 독자에게 전달하고 있다.

이 시에서 말하는 이는 수박을 통해 독자들에게 하고 싶은 말을 하고 있습니다. 동그란 수박처럼 오순도순 나누며 살기를 바라는 마음이 잘 나타나 있습니다.

2

세부
내용

㉠이 뜻하는 것으로 알맞은 것은 무엇인가요? (③)

① 수박이 뜨거운 태양처럼 빨갛게 익었다.

② 수박 넝쿨이 뜨거운 햇볕에 새까맣게 탔다.

③ 수박이 뜨거운 햇볕을 받아 무럭무럭 자랐다.

④ 수박 넝쿨이 뙤약볕과 싸움에 져서 시들었다.

⑤ 수박과 수박 넝쿨이 서로 햇볕을 많이 쐬려고 싸웠다.

㉠ '수박 넝쿨이 뙤약볕과 싸우며 키워 낸'은 넝쿨을 이룬 수박들이 뜨거운 햇볕을 받아 무럭무럭 자랐다는 것을 의미합니다. 일반적으로 수박은 뜨거운 햇볕을 잘 받아야 잘 자라고 튼실합니다.

3

어휘
어법

㉡에 쓰인 표현 방법이 쓰이지 않은 것은 무엇인가요? (①)

① 쟁반같이 둥근 달이 떴다. → 직유법

② 해님이 돌담과 인사를 나눈다. ⎤

③ 빨래들이 바람 따라 춤을 춘다. │

④ 나팔꽃이 나를 보고 방긋 웃는다. ├ → 의인법

⑤ 나무가 울긋불긋하게 옷을 갈아 입었다. ⎦

㉡에 쓰인 표현 방법은 사물을 사람처럼 표현한 '의인법'입니다. 수박이 웃으면서 수박을 먹고 있는 우리를 쳐다본다는 표현도 의인법입니다. ②~⑤는 모두 의인법이 쓰였지만, ①은 직유법이 쓰였습니다.

4

추론
하기

이 시의 분위기로 알맞은 것은 무엇인가요? (②)

① 차갑고 어둡다.

② 정답고 따뜻하다.

③ 쓸쓸하고 외롭다.

④ 괴롭고 우울하다.

⑤ 시끄럽고 복잡하다.

이 시를 읽으면, 맛있게 익은 둥그런 수박을 한 조각씩 나눠 먹으면서 웃고 있는 사람들의 모습이 떠오릅니다. 따라서 이 시의 분위기는 정답고 따뜻합니다.

독해 정답	1. ⑤	2. ③	3. ①
	4. ②	5. ⑤	6. ①
	7. ④		

어휘 정답	1. (1) 라 (2) 가 (3) 나 (4) 다
	2. (1) 송두리째 (2) 속살 (3) 뙤약볕 (4) 부탁
	3. ①

5
추론
하기

┌─ 둥그런 마음

ⓒ의 의미와 가장 거리가 먼 것은 무엇인가요? (⑤)

① 다른 사람을 배려하는 마음
② 친구끼리 믿고 사랑하는 마음
③ 형편이 어려운 사람을 돕는 마음
④ 힘든 일을 당한 친구를 위로하는 마음
⑤ 자기 자신을 그 누구보다 사랑하는 마음

'오순도순 살라는 거지', '나누며 살라는 부탁이겠지' 등의 시구를 통해 ⓒ '둥그런 마음'은 이웃과 오순도순 서로 도우며 사는 마음, 힘든 일을 당한 친구를 위로하고 배려하는 마음, 어려움에 놓인 사람들을 돕는 마음, 친구끼리 믿고 사랑하는 마음 등 더불어 함께 살기에 대한 마음을 표현한 것임을 알 수 있습니다. 따라서 ⑤는 '둥그런 마음'과 관계가 없습니다.

6
감상
하기

이 시를 감상한 것으로 알맞지 않은 것은 무엇인가요? (①)

① 수박씨 뱉기와 같은 재미있는 전통 놀이가 없어진 것이 아쉬워.
② 사람들이 둥그런 수박을 다정하게 나눠 먹고 있는 모습이 떠올라.
③ 달콤한 속살을 우리에게 송두리째 내놓는 수박이 새삼 고맙게 느껴졌어.
④ 수박 씨앗이 콕콕 박혀 있는 모습을 '콕콕 웃는다'라고 표현한 것이 재미있어.
⑤ 수박을 한 조각씩 나눠 먹듯이 우리도 오순도순 살아야겠다는 생각이 들었어.

이 시는 수박을 한 조각씩 나눠 먹으며 오순도순 살라고 얘기하고, 수박처럼 둥근 마음으로 나누며 살라고 말합니다. 수박씨 뱉기 놀이는 전통 놀이도 아니고 시에 나타나 있지도 않으므로, ①은 시를 감상한 내용으로 알맞지 않습니다.

7
적용
창의

이 시와 [보기]를 참고해 발표 주제를 정할 때 알맞은 것은 무엇인가요? (④)

> [보기] 힘든 일을 서로 거들어 주면서 품을 지고 갚고 하는 일을 '품앗이'라고 한다. 품앗이는 우리 민족의 오랜 전통 중 하나이다. 한 가족의 부족한 노동력을 해결하기 위해 다른 가족들의 노동력을 빌려 쓰고 나중에 갚는 형태인데, 주로 모내기, 김매기, 추수할 때 품앗이가 이루어졌다. └─ 품앗이의 핵심은 '서로 돕고 나누며 사는 것'임.

① 꿈을 크게 갖자. ─┐
② 언제나 최선을 다하자. ├─→ 시의 주제와 관련이 없음.
③ 지나친 욕심을 버리자. ─┘
④ 서로 돕고 나누며 살자.
⑤ 나와 남을 비교하지 말자. ─→ 시의 주제와 관련이 없음.

'오순도순 살라는 거지', '나누며 살라는 부탁이겠지' 등의 시구를 통해. 이 시는 '서로 돕고 나누며 살자'고 말하고 있습니다. [보기]의 품앗이도 '서로 돕고 나누며 사는 것'을 강조합니다. 따라서 발표 주제는 ④가 알맞습니다.

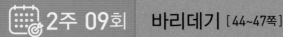

1 이 글의 내용과 일치하는 것은 무엇인가요? (②)

세부
내용

① 오구 대왕은 일곱 공주를 귀하게 키웠다. → 일곱째 공주를 버림.
②오구 대왕은 혼인하여 일곱 공주를 낳았다.
③ 일곱 공주 모두가 서천 서역국에 가겠다고 나섰다. → 여섯 공주가 모두 서천 서역국에 가는 것을 거절했지만, 바리데기는
　　　　　　　　　　　　　　　　　　　　　　　　　　 서천 서역국에 가겠다고 말했음.
④ 오구 대왕은 점쟁이가 정해 준 날에 혼례식을 하였다. → 점쟁이의 말을 듣지 않았음.
⑤ 오구 대왕이 갑자기 큰 병에 걸리자 왕비가 크게 슬퍼하였다. → 왕과 왕비가 모두 병에 걸렸음.

오구대왕은 점쟁이의 말을 무시하고 그 해에 왕비와 혼례를 올렸습니다. 그 뒤 왕비가 일곱 공주를 낳자, 오구 대
왕은 화가 나서 일곱째 공주를 버렸습니다.

2 이 글에서 일이 일어난 차례대로 ㉮~㉱의 기호를 쓰세요.

구조
알기

㉮ 어느 노부부가 바리데기를 정성껏 키웠다. 3
㉯ 왕비가 딸을 계속 낳아, 일곱 공주를 낳았다. 1
㉰ 오구 대왕과 왕비가 큰 병이 걸려 죽게 되었다. 4
㉱ 오구 대왕이 화가 나 일곱째 공주를 버리라고 명령했다. 2
㉲ 바리데기가 궁궐로 달려와 부모를 살릴 약을 구해 오겠다고 말했다. 5

(㉯) → (㉱) → (㉮) → (㉰) → (㉲)

이 글에서 일어난 일은 다음과 같습니다. 왕비가 딸을 계속 낳아 일곱 공주를 낳자(㉯), 오구 대왕이 화가 나 일곱
째 공주를 버렸습니다(㉱). 버려진 바리데기를 어느 노부부가 정성껏 키웠습니다(㉮). 세월이 흘러 왕과 왕비가 큰
병에 걸려 죽게 되자(㉰), 바리데기가 궁궐로 달려가 부모를 살릴 약을 구해 오겠다고 했습니다(㉲).

3 ㉠에 나타난 '오구 대왕'의 마음으로 알맞은 것은 무엇인가요? (④)

추론
하기

① 첫 아이를 만난 기쁨이 크다.
② 공주가 어여쁘게 생겨서 기분이 좋다.
③ 큰딸을 귀하게 길러야겠다고 생각한다.
④다음은 아들을 낳을 것이란 기대가 크다.
⑤ 부인과 아기가 모두 건강하여 안심이 된다.

"공주를 낳았으니 세자도 낳지 않겠느냐."는 오구 대왕의 말 속에는 왕비가 다음에는 아들을 낳을 것이라고 기대하
는 마음이 잘 나타나 있습니다.

┌── 왕과 왕비가 큰 병에 걸려 앓음.

4 ㉡의 까닭으로 알맞은 것은 무엇인가요? (⑤)

세부
내용

① 오구 대왕이 부인과 딸들을 구박했기 때문이다.
② 왕비가 일곱 번째 공주를 몰래 키웠기 때문이다.
③ 오구 대왕이 나라를 잘 다스리지 못했기 때문이다.
④ 오구 대왕이 딸들에게 왕위를 물려주지 않았기 때문이다.
⑤오구 대왕이 옥황상제가 점지한 일곱 번째 공주를 버렸기 때문이다.

꿈 속에 나타난 푸른 옷을 입은 아이의 말을 통해 왕과 왕비가 갑자기 큰 병에 걸린 원인을 알 수 있습니다. 푸른
옷을 입은 아이는 오구 대왕이 옥황상제가 점지한 일곱 번째 공주를 버린 죄로 왕과 왕비가 한날한시에 죽을 것이
라고 말했습니다.

5
추론
하기

'바리데기'와 [보기]에 나오는 '오이디푸스'의 공통점은 무엇인가요? (③   )

> [보기]   오이디푸스는 테베 왕의 아들이다. 오이디푸스는 왕의 아들로 태어났지만, 아버지
> 를 죽이고 어머니와 결혼하게 된다는 예언 때문에 세상에 태어나자마자 산속에 버려
> 진다. 하지만 목동에게 발견되어 살아남았고, 이웃 나라의 왕자로 성장하여 결국 예
> 언대로 아버지를 죽이고 테베의 왕위에 올라 자신의 어머니와 결혼한다.

① 가장 낮은 신분으로 태어났다. → 오이디푸스와 바리데기 둘 다 높은 신분으로 태어남.
② 부모를 찾아가 용서하고 화해한다. → 오이디푸스는 자신의 아버지를 죽이고, 어머니와 결혼 함.
③ 어려서 부모로부터 버림을 받았다.
④ 자신을 버린 부모를 용서하지 못한다. → 바리데기는 부모를 용서하고 도우려고 함.
⑤ 부모를 살리기 위해 위험한 모험을 선택한다. → 바리데기만 해당되는 내용임.

'바리데기'와 '오이디푸스'는 어려서 부모로부터 버림 받았다는 공통점이 있습니다. 바리데기는 점쟁이 말대로 왕비
가 공주만 낳자, 화가 난 왕이 버렸고, 오이디푸스는 아버지를 죽이고 어머니와 결혼한다는 예언을 받은 왕이 아들
을 버린 것입니다.

6
감상
하기

이 글에 대한 감상으로 가장 알맞은 것은 무엇인가요? (⑤   )

① 공주의 신분을 되찾고 싶어하는 것을 보니 바리데기는 욕심이 많아.
② 바리데기가 자신의 비범한 능력을 너무 믿고 무모한 일을 하려는 것 같아.
③ 자신들이 버린 자식에게 약수를 구해 오게 시키는 오구 대왕이 너무 뻔뻔한 것 같아.
④ 부모를 살릴 약수를 구하러 가는 것을 거절한 여섯 공주는 벌을 받아야 한다고 생각해.
⑤ 자신을 버린 부모를 살리기 위해 위험한 길을 떠나는 바리데기의 희생이 아름답게 느껴져.

이 글에서 바리데기는 자신을 버린 부모를 살리기 위해 궁궐로 달려와 부모를 살릴 약을 구해 오겠다고 말합니다.
바리데기의 희생이 아름답게 느껴지는 이야기입니다.

7
비판
하기

[보기]처럼 오구 대왕을 비판할 때 빈칸에 들어갈 알맞은 말은 무엇인가요? (①   )

> [보기]   오구 대왕이 [   ] 잘못된 행동이야. 왜
> 냐하면 왕비가 딸만 낳았다고 화를 내며 일곱째 딸을 버렸기 때문이야. → 왕비가 아들을 낳지 못했다고 일곱째
> 딸을 버린 것이 오구 대왕이 잘못한
> 행동임.

① 아들과 딸을 차별한 것은
② 딸들에게 지나치게 의지하는 것은 → 이 글로는 알 수 없음.
③ 가족들을 사랑으로 대하지 못하는 것은 → 다른 가족은 버리지 않음.
④ 점쟁이의 말을 무시하고 혼례식을 올린 것은 → 비판받을 일은 아님.
⑤ 딸들을 서천 서역국에 강제로 보내려고 한 것은 → 딸들에게 의견을 물었지 강제로 보내려고 한 것은 아님.

빈칸 뒤의 '왜냐하면 ~ 때문이야.'의 내용으로 보아, 오구 대왕의 잘못된 행동이 '아들과 딸을 차별한 것'임을 알
수 있습니다.

1 이 글의 내용과 일치하지 <u>않는</u> 것은 무엇인가요? (④)

세부
내용

① 톰은 하얀색 페인트로 울타리를 칠했다.
② 톰은 학교에 가지 않고 수영을 하고 거짓말까지 했다.
③ 폴리 이모가 톰에게 울타리 페인트칠 하는 일을 시켰다.
④ 톰의 친구들은 톰을 도와주고 싶어서 페인트칠을 함께 했다.
⑤ 톰은 페인트칠하는 것을 보고 친구들이 놀릴까 봐 걱정이 되었다.

벤을 비롯한 톰의 친구들은 톰이 페인트칠을 하는 것이 재미있어 보여서 톰을 졸라 페인트칠을 한 것입니다. 따라서 ④는 글의 내용과 일치하지 않는 내용입니다.

2 이 글에서 일이 일어난 차례대로 ㉮~㉺의 기호를 쓰세요.

구조
알기

㉮ 톰은 휘파람을 불며 페인트칠을 했다. 2
㉯ 벤이 페인트칠을 하고 있는 톰을 놀렸다. 3
㉰ 벤과 친구들이 페인트칠을 하게 해 달라고 톰을 졸랐다. 4
㉱ 친구들에 의해 페인트가 세 번 칠해져 울타리가 깔끔해졌다. 5
㉲ 톰은 높이가 3미터에 폭이 30미터나 되는 울타리에 페인트칠을 하게 되었다. 1

(㉲) → (㉮) → (㉯) → (㉰) → (㉱)

이야기의 순서는 다음과 같습니다. 톰이 페인트칠을 하게 되었는데(㉲), 친구들이 비웃을까 봐 휘파람을 불며 페인트칠을 했습니다(㉮). 그 모습을 보고 벤이 톰을 놀렸습니다(㉯). 그런데 톰이 페인트칠 하는 것이 재미있어 보이자, 벤과 친구들이 페인트칠을 하게 해 달라고 톰을 졸랐습니다(㉰). 톰은 친구들에게 울타리 페인트칠을 맡겼고, 울타리는 페인트가 세 번이나 칠해져 아주 깔끔해졌습니다(㉱).

3 ┌ 기발한 생각
㉠의 뜻으로 알맞은 것은 무엇인가요? (⑤)

세부
내용

① 친구들과 함께 페인트칠을 할 수 있는 방법
② 혼자서 재빨리 페인트칠을 할 수 있는 방법
③ 페인트칠을 좀 더 재미있게 할 수 있는 방법
④ 폴리 이모와 함께 페인트칠을 할 수 있는 방법
⑤ 페인트칠을 친구들에게 맡겨 빨리 끝낼 수 있는 방법

톰은 '페인트칠을 친구들에게 맡겨 빨리 끝낼 수 있는 방법'을 생각해 냈습니다. 페인트칠하는 것을 재미있는 것처럼 보이게 하여 친구들이 페인트칠을 해 보고 싶게 만든 것입니다.

4 ㉡의 상황과 어울리는 속담은 무엇인가요? (③)

어휘
어법

① 내 코가 석 자다 → 자기의 곤란이 심하여 남의 사정을 돌볼 겨를이 없음을 뜻하는 말.
② 가는 날이 장날이다 → 우연히 갔다가 뜻하지 않은 사건이나 일을 만났을 때 하는 말.
③ 남의 떡이 더 커 보인다
④ 닭 잡아먹고 오리발 내민다 → 어떤 일을 하고도 안 한 척 함을 이르는 말.
⑤ 가지 많은 나무에 바람 잘 날 없다 → 자식을 많이 둔 부모는 걱정이 그칠 날이 없다는 말.

벤은 맛있는 사과를 먹으며 수영을 하러 갈 수 있었는데도, 톰이 하고 있는 페인트칠이 훨씬 더 재미있어 보입니다. 이 상황과 어울리는 속담으로 '자기 것보다 남의 것이 더 좋아 보인다.'의 뜻인 '남의 떡이 더 커 보인다'가 어울립니다.

5 ⓒ에 들어갈 내용으로 알맞은 것은 무엇인가요? (　⑤　)

추론
하기

① 친구들과 함께 수영하러 갔다.

② 페인트 통에 페인트를 갖다 부었다.

③ 벤 옆에서 신나게 페인트칠을 했다.

④ 벤에게 물을 갖다 주고, 땀을 닦아 주었다.

⑤ 나무 그늘 아래 앉아 벤이 준 사과를 먹었다.

ⓒ의 빈칸에 들어갈 말은 앞의 내용과 대조를 이루어야 합니다. 벤이 땀을 뻘뻘 흘리며 페인트칠을 하는 동안, '톰은 나무 그늘 아래 앉아 벤이 준 사과를 먹었다.'가 들어가는 것이 알맞습니다.

6 이 글과 [보기]에서 알 수 있는 톰의 성격으로 알맞은 것은 무엇인가요? (　③　)

추론
하기

┌──┐
[보기]　톰과 아이들은 자신들의 계획이 실행되기를 바라며 가슴을 졸이고 있었다.

　　　　그때 도빈슨 선생님 머리 위 바로 천장에 뚫린 창에서 허리에 끈이 묶인 고양이가 내려왔다. / 고양이는 칠판에 미국 지도를 그리고 있는 도빈슨 선생님 머리 위로 내려가더니, 마침내 <u>도빈슨 선생님의 가발을 꽉 움켜쥐었다.</u> 그 순간 고양이가 다락방으로 끌어 올려졌고, 도빈슨 선생님의 대머리가 반짝반짝 빛을 발했다. 갑자기 교실 안에서 '와' 웃음이 터졌다. 이것으로 학예회는 끝났다.　　　　→ 장난이 심함.
└──┘

　　　　　　　　　　　　　　　　　→ 꾀가 많음을 알 수 있음.

① 부끄러움을 많이 탄다.　　　　　② 친절하고, 이해심이 많다.

③ 꾀가 많고, 장난이 심하다.　　　④ 변덕스럽고, 참을성이 없다.

⑤ 불평 불만이 많고, 화를 잘 낸다.

이 글에서 톰은 꾀를 내어 친구들에게 울타리 페인트칠을 맡기고 자신은 시원한 나무 그늘 아래에서 사과를 먹으면서 편안히 쉬었습니다. 또 [보기]에서는 톰이 고양이를 이용해 대머리 도빈슨 선생님께 짓궂은 장난을 칩니다. 이를 통해 톰이 꾀가 많고 장난이 심하다는 것을 알 수 있습니다.

7 ㈎ 부분을 희곡으로 바꾸어 쓸 때, ㉮와 ㉯에 들어갈 알맞은 말은 무엇인가요? (　④　)

적용
창의

벤이 사과를 베어 물다 말고 톰이 페인트칠하는 모습을 물끄러미 바라본다. 톰은 벤을 힐끔힐끔 보면서 휘파람을 불며 페인트칠을 한다.

벤: (　㉮　) 톰, 나도 한 번 칠해 보자.

톰: (　㉯　) 안 돼. 이모가 특별히 나한테만 맡긴 일이니까.

	㉮	㉯
①	명령하듯이	웃음을 참으면서
②	고개를 푹 숙이고	장난스러운 표정으로
③	매우 화를 내면서	땀을 뻘뻘 흘리면서
④	간절하게 사정하며	곤란한 표정을 지으며
⑤	고양이처럼 살금살금	불만스러운 표정으로

톰이 페인트칠하는 것이 재미있어 보였던 벤이 톰에게 페인트칠을 하게 해 달라고 조르고 있기 때문에 ㉮에는 '간절하게 사정하며'가, ㉯에는 벤의 부탁을 받고, 톰이 마지못해 부탁을 들어 주는 척했기 때문에 '곤란한 표정을 지으며'가 들어가는 것이 알맞습니다.

1
구조
알기

이 글에서 가장 먼저 일어난 일은 무엇인가요? (⑤)

① 건우가 민영이의 치마를 들추었다.

② 선생님의 중재로 민재와 건우는 화해를 하였다.

③ 민재가 건우의 얼굴을 때려 건우가 코피를 흘렸다.

④ 민재는 자신이 아이들을 괴롭히는 일이 많았다는 것을 깨달았다.

⑤ 민영이가 꽃무늬가 있는 원피스를 입고 민재를 따라 학교에 왔다.

이 글에서 일이 일어난 차례는 '민영이가 민재를 따라 학교에 온 일 → 건우가 민영이의 치마를 들춘 일 → 민재가 건우를 때려 코피를 흘리게 만든 일 → 선생님의 중재로 민재와 건우가 화해한 일 → 민재가 자신이 아이들을 괴롭히는 일이 많았다는 것을 깨달은 일.' 순입니다.

2
추론
하기

㉠을 통해 짐작할 수 있는 것은 무엇인가요? (①)

① 민영이는 수업에 흥미가 없다.

② 민영이는 치마를 좋아하지 않는다.

③ 민영이는 수업을 열심히 듣고 있다.

④ 민영이는 한자리에 앉아 있지 못한다.

⑤ 민영이는 손을 쓰지 못하는 장애를 가지고 있다.

공부 시간 내내 수업을 듣지 않고 치마를 폈다 말았다 하면서 시간을 보낸 것으로 보아, 민영이는 수업이 무척 지루하고 수업에 흥미가 없음을 짐작할 수 있습니다.

3
세부
내용

'민재'가 건우를 때린 까닭은 무엇인가요? (⑤)

① 건우가 민재를 놀려서

② 건우가 민영이를 때려서

③ 건우가 민영이를 넘어뜨려서

④ 건우가 민재에게 거짓말을 하여서

⑤ 건우가 민영이의 치마를 들추어서

2문단에 민재가 건우를 때린 까닭이 들어 있습니다. 민재는 건우가 민영이의 치마를 들추는 것을 보고 그대로 건우의 얼굴을 주먹으로 쳐 버렸습니다.

4
세부
내용

원인   결과
'건우'의 코피 사건 때문에 일어난 일은 무엇인가요? (③)

① 민영이에게 친구들이 많이 생겼다. → "너 때문에 ~ 외롭겠네"를 통해 알 수 있음.

② 민영이가 학교에 나오지 않게 되었다. → 글에 나와 있지 않음.

③ 민영이를 놀리는 아이들이 줄어들었다.

④ 건우가 다른 학교로 전학을 가게 되었다. → 글에 나와 있지 않음.

⑤ 친구들 사이에서 민재의 인기가 많아졌다. → 민재가 친구들을 괴롭혔으므로 짐작할 수 있음.

건우의 코피 사건 이후에 벌어진 일을 찾아야 합니다. 민재가 건우를 때려 코피를 터뜨렸기 때문에 그 뒤부터 민영이를 놀리는 아이는 거의 없었습니다.

5

추론
하기

ⓒ에 나타난 '민재'의 마음으로 알맞은 것은 무엇인가요? (④)

① 고맙고 기쁜 마음

② 어이없고 황당한 마음

③ 섭섭하고 억울한 마음

④ 미안하고 부끄러운 마음

⑤ 안쓰럽고 안타까운 마음

민재는 자신이 아이들을 괴롭히는 일이 많았다는 것을 깨닫고, 아이들에게 미안한 마음과 자기 자신에게 부끄러운
마음이 들었을 것입니다.

6

어휘
의미

㉮ 부분에서 '민재'의 상황에 어울리는 속담은 무엇인가요? (①)

① 도둑이 제 발 저리다

② 비 온 뒤에 땅이 굳어진다 → '어려운 일을 경험한 뒤에 더 강해진다.'의 뜻

③ 낫 놓고 기역 자도 모른다 → '기역 자 모양의 낫을 앞에 두고도 기역 자를 모를 만큼 매우 무식하다.'의 뜻

④ 고래 싸움에 새우 등 터진다 → '강한 자들이 싸우는 틈에서 아무 상관없는 약한 자가 해를 입는다.'의 뜻

⑤ 가까운 남이 먼 일가보다 낫다 → '이웃끼리 친하게 지내다 보면 먼 곳에 있는 일가보다 더 친하게 된다.'의 뜻

㉮ 부분에서 민재는 자신이 반 아이들을 괴롭혔던 것을 깨닫고, 아이들이 자신에게 섭섭했던 일을 편지로 쓰고 있
는 건 아닌지 조마조마한 마음이 들어 눈치를 살폈습니다. 이에 어울리는 속담은 '지은 죄가 있으면 자연히 마음이
조마조마해진다.'의 뜻인 '도둑이 제 발 저리다'가 알맞습니다.

7

어휘
의미

[보기]의 글쓴이가 '민재'에게 했을 말로 알맞은 것은 무엇인가요? (⑤)

> [보기] 친구는 크게 이로운 친구와 해로운 친구로 나뉜다. 마음이 올바르고 넓으며, 배운
> 것이 많은 친구는 이롭다. 생각이 한쪽으로 치우치고 나약하며 아첨하는 친구는 해롭
> 다. _{이로운 친구} 친구에게는 착하고 바르게 살 것을 요구하고, 믿음과 간절한 마음으로 충고하여_{해로운 친구}
> 친구를 바른 길로 이끌어야 한다. 그저 장난을 치고 실없이 놀리는 것으로 친구를 사
> 귄다면 친구 사이가 오래 갈 수 없다.
>
> — 박세무, 『동몽선습』

① 민영이에게 수치심을 준 건우를 때린 건 잘한 일이야. ┐

② 친구가 너를 괴롭히면 너도 두 배로 친구를 괴롭히면 돼. ┘ → 친구가 잘못된 행동을 하면 믿음과 간절한 마음으로 충고해야 함.

③ 너에게 잘 보이려고 네 비위를 맞추는 친구가 좋은 친구야. → 아첨하는 친구는 해로움.

④ 친구를 사귀려면 장난을 잘 치고 재미있는 친구를 사귀어야 해. → 그저 장난을 치는 친구 사이는 오래 가지 못함.

⑤ 건우가 올바르지 않은 행동을 했을 때 그런 행동을 하면 안 된다고 충고해 주었어야 해.

글쓴이는 친구에게 믿음과 간절한 마음으로 충고하여 친구를 바른 길로 이끌어야 한다고 했습니다. 따라서 글쓴이
는 건우가 민영이의 치마를 들추는 잘못된 행동을 했을 때 폭력을 쓰지 말고 왜 그런 행동을 하면 안 되는지 충고
해 주라고 했을 것입니다.

1 이 시에 대한 설명으로 알맞지 ~~않은~~ 것은 무엇인가요? (④)

세부
내용

① 9연 19행으로 구성되었다. → 2~3행씩을 묶어 9연으로 구성됨.

② 말하는 이는 여러 갈래로 이어진 길을 보고 있다. → 포도 덩굴처럼 여러 갈래로 이어진 길

③ 말하는 이는 집들이 늘 때마다 마을이 커진다고 생각한다. → '포도알이 늘 때마다 / 포도송이는 자꾸 커 가고'

④ 포도의 맛과 향을 직접 맛보고 냄새 맡는 것처럼 표현하였다.

⑤ 길, 집, 마을의 모습을 포도나무의 여러 부분에 비유하여 표현하였다.

말하는 이는 여러 갈래로 이어진 길, 집들이 모여 이루어진 마을의 모습을 바라보고 있습니다. 포도의 맛과 향에 대한 내용은 나타나 있지 않습니다.

2 이 시를 두 부분으로 알맞게 나눈 것은 무엇인가요? (④)

구조
알기

중심 내용	1~3연 길의 여러 갈래마다 마을이 있고, 마 을에는 집들이 있다. 5연	6~8연 사람과 사람, 마을과 마을이 길로 이 어져서 세계가 한 덩이로 되었다. 9연
①	1~2연	3~9연
②	1~3연	4~9연
③	1~4연	5~9연
④	1~5연	6~9연
⑤	1~6연	7~8연

이 시는 길을 구성하는 마을, 집들을 포도 덩굴, 포도송이, 포도알로 표현한 부분(1~5연)과 이것을 통해 사람, 마을, 세계로 시야를 넓힌 부분(6~9연)으로 나눌 수 있습니다.

3 ㉠~㉢이 비유한 대상을 알맞게 짝 지은 것은 무엇인가요? (③)

추론
하기

	㉠ 길은 포도 덩굴(은유법)	㉡ 포도송이 같은 마을(직유법)	㉢ 포도알 같은 집(직유법)
①	사람	마을	집
②	길	집	마을
③	길	마을	집
④	땅덩이	사람	마을
⑤	땅덩이	길	집

'포도 덩굴'은 여러 갈래로 이어진 길을, '포도송이'는 집들이 모여 이루어진 마을을, '포도알'은 각각의 집을 비유한 것입니다.

4 다음처럼 두 낱말로 나눌 수 있는 낱말은 무엇인가요? (③)

어휘
어법

> • 포도송이 → 포도 + 송이   • 포도알 → 포도 + 알

① 나무   ② 아기   ③ 비옷 비 + 옷   ④ 무지개   ⑤ 아버지

'포도송이'는 '포도'와 '송이'라는 두 낱말로 나눌 수 있습니다. 마찬가지로 '포도알'도 '포도'와 '알'로 나눌 수 있는 낱말입니다. ③의 '비옷'도 '비'와 '옷' 두 낱말로 나눌 수 있습니다. 나머지는 둘로 나눌 수 없는 낱말입니다.

5 [보기]와 같은 표현 방법이 쓰인 문장은 무엇인가요? (②)

어휘
어법

> [보기]   '포도알 <u>같은</u> / 집'은 '집'을 '포도알'에 비유하여 표현하였다. 이처럼 '~같이', '~ 같
은', '~처럼' 등을 사용하여 어떤 모습이나 사물을 비슷한 다른 것에 비유하여 표현하
는 것을 '<u>직유법</u>'이라고 한다.

① 돌멩이가 나를 부른다 → 사람이 아닌 것을 사람인 것처럼 표현한 의인법

②구름처럼 폭신한 베개 → '베개'를 구름에 빗대어 표현한 직유법

③ 내 마음은 차디찬 겨울 → '~은 ~이다.'로 표현한 은유법

④ 바다가 소리 내어 운다 → 사람이 아닌 것을 사람인 것처럼 표현한 의인법

⑤ 어머니 손은 메마른 나뭇가지이다 → '~은 ~이다.'로 표현한 은유법

[보기]는 직유법에 대해 설명하고 있습니다. 직유법을 사용한 것은 '~처럼'을 사용하여 베개를 구름에 빗대어 표현
한 ②입니다.

6 이 시의 주제로 알맞은 것은 무엇인가요? (⑤)

주제
찾기

① 시간을 헛되이 보내지 말자. → 시간의 소중함

② 보잘것없는 식물도 소중한 생명이다. → 생명의 소중함

③ 과거에 얽매이지 말고 미래를 향해 나아가자. → 미래로의 지향

④ 외적인 아름다움보다 내적인 아름다움을 키우자. → 내적인 아름다움의 가치

⑤세계로 뻗어 있는 길을 통하여 세계가 하나가 되자.

말하는 이는 포도 덩굴처럼 이어진 길을 통하여 사람과 사람이 서로 돕고, 마을과 마을이 이어져 세계가 한 덩이가
되기를 바라고 있습니다.

┌─ 세계가 한 덩이가 되다

7 이 시와 [보기]를 참고해 표어를 만들 때 가장 알맞은 것은 무엇인가요? (⑤)

적용
창의

> [보기]   세계화란 국제 사회가 점점 더 가까워지면서 <u>상호 의존성이 높아지고</u>, 서로 많은 영_{세계가 서로 도움을 주고받음.}
향을 주고받는 것을 말한다. <u>교통과 통신의 발달로</u> 세계는 종교, 국가, 인종을 넘어
경제, 정치, 사회, 문화 전반에 걸쳐 긴밀한 영향을 주고받는다.   _{세계가 하나가 됨.}

① 설마 하는 마음이 큰 사고를 만든다. → 안전과 관련된 표어

② 역사를 바로 알아야 나라가 바로 선다. → 역사 인식의 중요성과 관련된 표어

③ 내가 지킨 전통 문화, 대대손손 빛난다. → 전통 문화 보존과 관련된 표어

④ 내 나라에서 난 농산물이 내 몸을 살린다. → 신토불이와 관련된 표어

⑤서로 돕고 의지하는 하나의 지구촌, 하나 된 세계.

이 시와 [보기]에서 공통적으로 말하려는 것과 관련된 표어를 찾아봅니다. 시에서 말하는 이는 세계가 한 덩이가
되기를 바라고 있고, [보기]는 세계화의 의미에 대해 설명하고 있으므로 표어는 세계화와 관련된 것이어야 합니다.

1

구조
알기

이 글을 읽는 방법으로 알맞은 것은 무엇인가요? (　②　)

① 사실과 의견을 구분하며 읽는다. → 주장하는 글

②인물, 사건, 배경을 파악하며 읽는다.

③ 인물의 업적과 본받을 점을 생각하며 읽는다. → 전기문

④ 반복되는 말이나 흉내 내는 말을 찾으며 읽는다. → 시

⑤ 근거가 주장을 잘 뒷받침하는지 판단하며 읽는다. → 주장하는 글

이 글은 현대 소설입니다. 소설을 읽을 때에는 누가 등장하는지(인물), 인물들에게 어떤 일이 일어나는지(사건), 언제 어디에서 일어난 일인지(배경) 등을 파악하며 읽습니다.

2

구조
알기

이 글에서 일이 일어난 차례대로 ㉮~㉲의 기호를 쓰세요.

㉮ 구구가 사육장을 빠져나왔다. 2

㉯ 구구가 개구쟁이에게 잡힐 뻔하였다. 4

㉰ 구구가 먹을 것을 구하기 위해 거리를 쏘다녔다. 3

㉱ 연실이 구구의 발에 얽혀 구구의 발가락 하나가 잘려 나갔다. 5

㉲ 구구는 날갯죽지에 힘을 기르기 위해 사육장 안을 날아다녔다. 1

(　㉲　) → (　㉮　) → (　㉰　) → (　㉯　) → (　㉱　)

바깥세상이 궁금했던 구구는 날갯죽지에 힘을 기르기 위해 사육장 안을 날아다녔습니다(㉲). 마침내 사육장을 빠져 나왔으나(㉮), 먹을 것을 구하기 위해 거리를 헤매야 했습니다(㉰). 그러다가 개구쟁이에게 잡힐 뻔하기도 하였습니다(㉯). 다시 구구는 먹이를 구하다 연실에 두 발이 얽혔고, 발버둥을 치다 발가락 하나를 잃게 되었습니다(㉱).

3

어휘
어법

이 글에서 시간을 알 수 있는 말이 아닌 것은 무엇인가요? (　④　)

① 해질 무렵 → 저녁

② 아침이 되어도 → 아침

③ 저녁놀에 물든 산허리 → 저녁

④먹을 것을 찾아 거리를 쏘다녔지만 → 일이 일어난 장소가 거리임을 알 수 있음.

⑤ 별처럼 많은 전깃불이 밤을 밝히는 데다 → 밤

일이 일어난 때가 언제인지를 알 수 있는 말이 아닌 것을 찾아봅니다. 시간을 알 수 있는 말은 '아침', '밤'과 같이 직접적으로 드러나기도 하고, '해질 무렵', '저녁놀'처럼 간접적으로 드러나기도 합니다.

4

세부
내용

'구구'가 배고픔을 면할 만큼만 먹기로 한 까닭은 무엇인가요? (　⑤　)

① 살이 찌는 것을 막기 위해서

② 언제든지 먹을 것을 구할 수 있어서

③ 스스로 먹이를 찾아 나서는 것이 귀찮아서

④ 몸이 무거우면 하늘을 날지 못할 것이라고 생각해서

⑤위험을 무릅쓰고 먹이를 구하느니 안전한 것이 낫다고 생각해서

구구는 먹을 것을 찾아 거리를 쏘다녔지만 거리엔 수많은 위험이 도사리고 있어서 쉽지 않았습니다. 그래서 위험을 무릅쓰고 먹이를 구하느니 안전한 것이 낫다고 생각해서 배고픔을 면할 만큼만 먹기로 했습니다.

5

추론
하기

'구구'의 마음이 어떻게 바뀌었는지 알맞게 정리한 것은 무엇인가요? (④)

	사육장을 빠져나올 때	먹이를 찾아 헤맬 때	연실에 걸렸을 때
①	기쁨	속상함	행복함
②	안타까움	즐거움	설렘
③	두려움	자랑스러움	즐거움
④	기쁨	고생스럽지만 행복함	두려움
⑤	속상함	고생스럽지만 행복함	설렘

사육장을 빠져나온 구구는 좋아서 어쩔 줄을 몰랐습니다. 그리고 거리에서 먹이를 찾아 헤매는 것이 고생스러웠지만 자유를 누릴 수 있는 대가라고 생각하여 고생스럽지만 행복했을 것입니다. 연실에 걸려 연실이 살 속으로 파고들었을 때는 죽을지도 모른다는 생각에 두려웠을 것입니다.

6

주제
찾기

'구구'가 추구하는 삶으로 알맞은 것은 무엇인가요? (①)

① 도전적이고 자유로운 삶
② 다른 이에게 존경받는 삶
③ 자신을 희생하며 남을 돕는 삶
④ 다른 이를 지배하고 다스리는 삶
⑤ 현실에 만족하며 편안하게 사는 삶

구구는 어떤 위험이 닥친다 해도 반드시 하늘을 날아 보겠다고 하였습니다. 또 거리의 생활이 사육장 생활에 비하면 말할 수 없이 고생스러웠지만 자유를 누릴 수 있는 대가라고 생각했습니다. 이로 보아 구구는 편안한 삶에 만족하지 않고 도전적이고 자유로운 삶을 추구했습니다.

7

적용
창의

[보기]를 참고해 이 글을 영화로 만들 때 고려할 점이 아닌 것은 무엇인가요? (④)

[보기] 영화에서 조명과 음악은 분위기를 연출하는 데 중요한 역할을 한다. 즐겁거나 희망찬 분위기에서는 밝은 조명을, 슬프거나 공포스러운 분위기에서는 어두운 조명을 사용하여 분위기를 강조한다. 공포 영화의 경우 인물의 뒤에서 빛을 세게 비추면 섬뜩한 분위기가 연출되기도 한다. 음악도 감정을 고조시키거나 분위기를 강조할 때 중요한 역할을 한다. 대사 없이 음악 하나만으로 감정과 상황을 전달하기도 한다.

① 구구가 사육장을 빠져나올 때 빠르고 경쾌한 음악을 사용해야겠어. → 사육장을 빠져나와 기쁜 분위기
② 구구가 산허리를 향해 날아가는 장면에서는 붉은 조명을 어둡게 해야겠어. → 저녁놀을 붉은 조명으로 어둡게 조절
③ 구구가 잠을 이루지 못하는 장면에는 느리고 어두운 음악을 사용해야겠어. → 잠을 자지 못해 괴로운 분위기
④ 구구가 연실에 걸려 발버둥을 치는 장면에는 차분하고 조용한 음악을 사용해야겠어.
⑤ 구구를 잡으려는 개구쟁이 뒤에서 빛을 세게 비춰서 공포스러운 분위기를 만들어야겠어. → 개구쟁이에게 잡힐 뻔한 위험한 분위기

구구가 연실에 걸려 발버둥을 치는 장면은 공포, 두려움, 불안함 등이 느껴지도록 만들어야 하므로, 빠르고 긴장감을 높이는 음악을 사용합니다.

1 '대감'에 대한 설명으로 알맞은 것은 무엇인가요? (⑤)

세부
내용

① 박씨가 하는 일마다 간섭을 하였다. → 박씨의 말을 따져 묻지 않고 하인에게 말을 사 오라고 함.

② 박씨의 비범함을 달갑지 않게 여겼다. → 박씨의 비범함에 감탄함.

③ 뒤뜰의 초가집 이름을 피화당이라고 짓게 하였다. → 박씨가 피화당이라고 이름 지음.

④ 박씨 때문에 집안 살림이 기울었다고 생각하였다. → 박씨 덕분에 살림이 넉넉해졌다고 말함.

⑤ 박씨의 못난 얼굴 때문에 박씨를 멀리하는 아들을 어리석다고 생각하였다.

대감은 박씨의 비범함에 감탄했습니다. 그런데 박씨의 비범함은 보지 않고 박씨의 얼굴만 보고 멀리하는 아들이 어리석다고 생각했습니다.

2 이 글에서 일이 일어난 차례대로 ㉮~㉱의 기호를 쓰세요.

구조
알기

㉮ 박씨의 말대로 명나라 사신이 삼만 냥을 주고 말을 샀다. 4

㉯ 박씨가 삼백 냥에 작고 야윈 말 한 마리를 사 오게 하였다. 1

㉰ 박씨가 뒤뜰의 초가집 주위에 갖가지 나무를 심고 오색 흙을 쌓았다. 3

㉱ 박씨가 삼 년 동안 보리 석 되와 콩 석 되로 죽을 쑤어 말에게 먹이라고 하였다. 2

(㉯) → (㉱) → (㉰) → (㉮)

이 글에서 일어난 일은 다음과 같습니다. 박씨는 삼백 냥에 작고 야윈 말을 사 오게 한 뒤(㉯), 삼 년 동안 보리 석 되와 콩 석 되로 죽을 쑤어 말에게 먹이라고 했습니다(㉱). 그 후 뒤뜰 초가집 주위에 갖가지 나무를 심고 오색 흙을 쌓았습니다(㉰). 말을 사 온 지 삼 년 뒤 박씨는 명나라 사신이 오는 길목에 말을 매어 두게 하였고, 명나라 사신이 삼만 냥을 주고 말을 샀습니다(㉮).

3 '박씨'가 초가집 주위에 갖가지 나무를 심은 까닭은 무엇인가요? (②)

세부
내용

① 나무로 초가집을 가리기 위해서

② 나쁜 일이 생기면 나무로 막기 위해서

③ 나무를 기르며 외로움을 달래기 위해서

④ 나무로 뒤뜰을 아름답게 꾸미기 위해서

⑤ 나무를 팔아 집안 살림에 보태기 위해서

대감이 갖가지 나무를 심은 까닭을 묻자 박씨는 세상에는 길흉이 있는데 나쁜 일이 생기면 나무로 막을 수 있다고 했습니다.

4 ㉠에 나타난 '박씨'의 마음으로 알맞은 것은 무엇인가요? (④)

추론
하기

① 설레고 즐거운 마음

② 벅차고 감동적인 마음

③ 초조하고 다급한 마음

④ 슬프고 죄송스러운 마음

⑤ 어이없고 기가 막히는 마음

박씨는 자신의 못난 얼굴 때문에 부부가 화목하게 지내지 못하는 것이라 생각하여 슬프고, 대감에게 죄송스러운 마음이 들었을 것입니다.

독해 정답	1. ⑤	2. ㈏, ㈐, ㈑, ㈎	
	3. ②	4. ④	5. ③
	6. ①	7. ④	

어휘 정답	1. (1) ㉰ (2) ㉮ (3) ㉱ (4) ㉯	
	2. (1) 유난히 (2) 자욱 (3) 야위어 (4) 분부	
	3. (1) ㉮ (2) ㉯ (2) ㉰	

┌─ 마음이 아프다

5
어휘
어법

㉡과 바꾸어 쓸 수 있는 관용 표현은 무엇인가요? (③)

① 귀가 가려웠다. → 남이 제 말을 한다고 느끼다.

② 코가 납작해졌다. → 몹시 무안을 당하거나 기가 죽어 위신이 뚝 떨어지다.

③ 가슴이 미어졌다.

④ 눈도 깜짝 안 했다. → 조금도 놀라지 않고 태연하다.

⑤ 간이 콩알만 해졌다. → 몹시 두려워지거나 무서워지다.

'마음이 아프다'는 몹시 괴롭고 안타깝다는 뜻이므로, '마음이 슬픔이나 고통으로 가득 차 견디기 힘들게 되다.'는 뜻의 관용 표현인 '가슴이 미어졌다'와 바꾸어 쓸 수 있습니다.

6
추론
하기

이 글에 나타난 시대적 상황으로 알맞은 것은 무엇인가요? (①)

① 명나라와 교류를 하였다.

② 여자도 능력이 있으면 관리가 될 수 있었다. → "남자였다면 나라를 구하는 관리가 되었을 텐데"라는 말로 보아 여자는 관리가 될 수 없었음.

③ 나라의 허락을 받아야 말을 사고팔 수 있었다. → 하인이 시장에서 말을 사 왔으므로 나라의 허락을 받지 않아도 됨.

④ 결혼을 하면 신랑은 신부의 집에서 살아야 했다. → 박씨는 신랑의 집에서 살고 있음.

⑤ 며느리는 시아버지에게 자신의 생각을 말할 수 없었다. → 박씨는 시아버지에게 자신의 생각을 말함.

이 글의 시대적 배경은 조선 시대입니다. 글의 마지막 부분에서 명나라 사신이 박씨가 키운 말을 삽니다. 이렇게 명나라의 사신이 왕래한 것으로 보아, 조선이 명나라와 교류하였음을 알 수 있습니다.

수능 연계

7
주제
찾기

[보기]는 이 글 뒷부분의 줄거리입니다. [보기]를 참고할 때 이 글의 주제는 무엇인가요? (④)

[보기] 박씨는 혼인한 지 3년이 되자 허물을 벗고 절세미인이 된다. 남편 이시백은 박씨에게 그동안의 일을 사과하고, 박씨의 도움으로 벼슬에 오른다. 그 뒤 청나라 가달이 용골대 형제에게 삼만의 군사를 거느리고 조선을 침략하게 한다. 나라가 위태로워지자 왕은 남한산성으로 도망치고 많은 사람이 죽었으나 박씨의 피화당에 모인 부녀자들만은 무사했다. 박씨는 뛰어난 능력으로 용골대를 물리쳐 나라를 구하고 이시백과 행복한 여생을 보낸다.

┌─ 남자보다 뛰어난 박씨의 능력
└─ 여자의 몸으로 나라를 구함.

① 힘없는 백성들을 괴롭히는 양반 비판 → 글에 나타나 있지 않음.

② 태어날 때부터 신분이 정해지는 신분 제도 비판 → 직접적 비판 대상이 아님.

③ 주체성 없이 청나라를 받들어 섬기는 사대주의 비판 → 글에 나타나 있지 않음.

④ 남자를 여자보다 귀하게 여기는 남성 중심 사회 비판

⑤ 물건값이 오를 것을 예상하여 한꺼번에 샀다가 파는 행위 비판 → 글에 나타나 있지 않음.

『박씨전』에서 박씨는 신비한 능력을 가진 비범한 인물이지만 남편인 이시백은 지극히 평범한 인물입니다. 신비한 능력을 가진 여자 주인공을 영웅으로 내세워 가부장적인 제도에서 해방되고자 했던 여성들의 욕망과 여성도 남성 못지않게 우수한 능력을 갖추어 국난을 해결할 수 있다는 것을 보여 줍니다.

1

세부
내용

이 글의 내용으로 알맞은 것은 무엇인가요? (②)

① 교실 분위기는 소란하고 분주하다. → 이상하게도 일요일 아침처럼 조용했음.

②'내'가 사는 곳은 프랑스 알자스 지방이다.

③ 부모님들은 평소에 교육에 대한 열의가 높았다. → 한 푼이라도 더 벌기 위해 아이들을 학교 대신 밭이나 공장으로 보냈음.

④ '나'는 분사의 규칙을 하나도 틀리지 않고 외웠다. → 첫마디부터 막혀 버렸음.

⑤ '나'는 학교에 지각하여 아멜 선생님께 꾸중을 들었다. → 아멜 선생님은 부드러운 목소리로 자리에 앉으라고 말함.

"교육을 내일로 미루어 온 것이 우리 알자스의 크나큰 불행이었어."와 프랑스어를 절대로 잊어서는 안 된다는 아멜 선생님의 말에서 '내'가 사는 곳이 프랑스 알자스 지방임을 알 수 있습니다.

2

어휘
어법

밑줄 친 낱말이 ㉠과 같은 뜻으로 쓰인 것은 무엇인가요? (①)

①벽에 포스터가 붙어 있다.

② 바지가 다리에 딱 붙어 불편하다. → '옷이 몸에 꼭 끼다.'의 뜻

③ 작은 불씨가 나뭇잎에 붙어 산불이 났다. → '불이 옮아 타기 시작하다.'의 뜻

④ 요즘에는 편의점이 붙어 있는 주유소가 많다. → '어떤 것에 시설이 딸려 있다.'의 뜻

⑤ 나와 연수는 어릴 때부터 붙어 다니는 단짝이다. → '물체와 물체 또는 사람이 서로 가깝다.'의 뜻

㉠은 게시판에 소식을 알려 주는 종이가 붙어 있는 상황으로, 여기서 '붙이다'는 '무엇이 어디에 닿아 떨어지지 않다.'의 뜻입니다. 이와 같은 뜻으로 쓰인 것은 ①입니다.

3

세부
내용

'그날 아침' 게시판에 붙어 있던 내용은 무엇인가요? (⑤)

① 학교가 문을 닫는다는 것

② 프랑스가 전쟁에서 이겼다는 것

③ 프랑스어를 절대 잊어서는 안 된다는 것

④ 아멜 선생님이 다른 학교로 가신다는 것

⑤알자스와 로렌 지방의 학교에서는 독일어만 가르치라는 것

'게시판에 붙어 있던 내용이 이것이었구나!'라는 문장 앞에 어떤 내용이 나오는지 살펴봅니다. 앞에 나오는 아멜 선생님의 말을 통해 알자스와 로렌 지방의 학교에서는 독일어로만 가르치라는 내용임을 알 수 있습니다.

4

추론
하기

㉡에 나타난 '나'의 마음으로 알맞은 것은 무엇인가요? (④)

① 새롭고 신기하다.

② 부럽고 샘이 난다.

③ 시시하고 지루하다.

④슬프고 후회스럽다.

⑤ 뿌듯하고 자랑스럽다.

내일부터 학교에서 프랑스어를 배울 수 없다는 것을 알게 된 '나'는 더 이상 프랑스어를 배울 수 없다는 것이 슬프고, 수업을 빼먹고 놀러 다닌 것이 후회스러웠을 것입니다.

독해 정답	1. ②	2. ①	3. ⑤
	4. ④	5. ②	6. ④
	7. ①		

어휘 정답	1. (1) 하지 않다 (2) 시끄럽고 (3) 강한 (4) 깊이
	(5) 오랫동안 2. (1) 빼먹고 (2) 소란 (3) 열의
	(4) 간직 3. (1) ㉮ (2) ㉯ (2) ㉯

5

추론
하기

이 글에 나타난 시대 상황으로 알맞지 않은 것은 무엇인가요? (②)

① 프랑스가 전쟁을 치르고 있었다. → '패전'이라는 말로 짐작

②일요일에도 학교에서 수업을 하였다.

③ 사람을 강제로 군대에 보내기도 하였다. → '징병'이라는 말로 짐작

④ 면사무소 게시판으로 소식을 전하기도 하였다. → 면사무소 게시판에 징병. 패전 등의 소식이 붙어 있음.

⑤ 학교에 가지 않고 공장에서 일하는 아이들도 있었다. → 한 푼이라도 더 벌기 위해 아이들을 밭이나 공장으로 보냈음.

'나'는 수업이 시작되는 소란한 틈을 타 자리에 앉으려고 했는데 오늘따라 일요일 아침처럼 조용했다는 것으로 보아, 수업이 없는 일요일은 조용하였음을 짐작할 수 있습니다.

6

주제
찾기

이 글의 주제로 가장 알맞은 것은 무엇인가요? (④)

① 조국에 대한 그리움

② 가난한 서민들이 꿈꾸는 새로운 세상

③ 자연과 함께 하는 소박하고 검소한 삶

④자기 나라의 말을 빼앗긴 고통과 슬픔 → 프랑스어를 쓰지 못하고 독일어를 사용해야 하는 상황

⑤ 물질적인 것만 추구하는 사람들에 대한 비판

이 글은 프랑스 알자스 지방이 독일의 지배를 받게 되면서 더 이상 프랑스어를 사용하지 못하게 된다는 내용을 통해 자기 나라의 말을 빼앗긴 고통과 슬픔을 보여 주고 있습니다.

7

감상
하기

[보기]를 참고해 이 글을 감상한 것으로 알맞지 않은 것은 무엇인가요? (①)

[보기]　우리가 사용하는 말 속에 그 사람의 생각이나 정신이 깃들어 있듯이, 한 민족이 사용하는 말과 글에는 그 민족의 얼과 사상이 담겨 있다. ❶ 언어 속에 담긴 민족의식

이런 이유로 1930년대 일제는 우리의 민족의식을 말살하여 조선을 자신들의 확실한 ❷ 식민지로 만들기 위해 한글 사용을 금지하였다. 일제는 한글 교육을 폐지하고, 학교에서 ❸한글을 사용하면 벌을 주거나 학교를 폐쇄하였다. 또 ❹한글로 발간되던 신문과 잡지를 전부 없앴으며, 한글을 연구하고 지켜 왔던 조선어 학회 간부들을 잡아들였다.

①마을 사람들은 독일어로 대화하는 것을 자랑스러워할 거야.

② 프란츠가 학교에서 프랑스어를 사용하면 벌을 받을 수도 있겠어. → ❸을 바탕으로 짐작

③ 프란츠가 사는 마을에서 프랑스어로 된 책을 찾아보기 어렵겠구나. → ❹를 바탕으로 짐작

④ 독일이 프랑스를 완전히 점령하기 위해 프랑스어를 사용하지 못하게 했구나. → ❷를 바탕으로 짐작

⑤ 아멜 선생님 말처럼 프랑스어를 절대 잊지 않으면 자신들의 얼과 사상은 지킬 수 있어. → ❶을 바탕으로 짐작

프랑스어 마지막 수업에 마을 사람들이 슬픈 표정으로 앉아 있는 것으로 보아, 마을 사람들은 독일어로 대화하는 것을 안타깝고 분하게 여길 것입니다.

1
세부
내용

일이 일어난 장소가 어디인지 글에서 찾아 쓰세요.
공간적 배경
(　　학교 운동장　　)

'학교 운동장에도 낙엽이 하나둘 뒹굴기 시작하였습니다.'라는 문장을 통해 일이 일어난 장소가 학교 운동장임을 알 수 있습니다.

2
세부
내용

'꿈쟁이'에 대한 설명으로 알맞은 것을 두 가지 고르세요. (① . ⑤)

① '나'와 알던 사이이다.
② 달나라에 가고 싶어 한다. ┐
③ 글자를 알아서 생각을 기록한다. ┘ → 꿈쟁이가 가정한 것임.
④ 제비와 함께 강남으로 날아간다. → 제비가 꿈쟁이를 잡아 간 것임.
⑤ 자신의 흔적을 남기지 않으려 한다.

① 이 글에서 '나'는 단풍나무입니다. 단풍나무가 "너는 꿈쟁이가 아니니?"라고 말한 것으로 보아 꿈쟁이와 단풍나무는 알던 사이입니다. ⑤ 꿈쟁이는 자신이 살았던 흔적을 말끔히 지우고 사라지는 것이 자신이 세상을 위하는 일이라고 생각했습니다.

3
추론
하기

다른 고추잠자리가 다 죽은 까닭은 무엇인가요? (②)

① 공기가 오염되어서
② 날씨가 서늘해져서 → 단풍잎이 떨어지는 늦가을의 날씨
③ 천적에게 잡아먹혀서
④ 사람들이 약을 뿌려서
⑤ 먹을 것을 구하지 못해서

이 글에서 시간적 배경은 단풍잎이 떨어지는 늦가을입니다. '나'가 꿈쟁이에게 "이런 날씨에 용케도 살아 있었구나."라고 말한 것으로 보아, 다른 고추잠자리들은 날씨가 서늘해져서 죽었음을 짐작할 수 있습니다.

4
추론
하기

㉠에 들어갈 '나'의 마음으로 알맞은 것은 무엇인가요? (②)

① 두려운　　　　　② 흥분된　　　　　③ 화가 난
④ 심술궂은　　　　⑤ 안타까운

'나'는 꿈쟁이가 흔적을 남기고 싶어 한다고 생각합니다. 이런 꿈쟁이가 마치 흔적을 남긴 것처럼 여유 있는 웃음을 보이자 나는 꿈쟁이가 꿈을 이룬 줄 알고 기뻐서 흥분되었을 것입니다.

5

감상 하기

이 글에 대한 감상을 알맞게 말한 친구는 누구인가요? (①)

① 나희: 고추잠자리와 단풍나무를 사람처럼 표현한 것이 재미있어. → 의인화

② 동유: 고추잠자리의 생김새를 눈에 보이듯이 자세히 표현해서 실감 나. → 고추잠자리의 생김새는 글에 나오지 않음.

③ 하늘: 글쓴이는 그리움은 시간이 가면 쉽게 잊힌다는 것을 말하고 있어. ┐
→ 고추잠자리에 대한 그리움이 흔적으로 남음.

④ 다정: 단풍나무가 꿈쟁이의 흔적을 어디에서도 찾을 수 없어서 안타까워. ┘

⑤ 누리: 꿈쟁이가 단풍나무와의 갈등을 끝까지 풀지 못하고 떠난 것이 아쉬워. → 단풍나무와 꿈쟁이는 서로 대립하는 인물이 아님.

고추잠자리와 단풍나무가 마치 사람인 것처럼 대화를 주고받고 감정을 느끼고 생각을 하고 있습니다.

6

적용 창의

㉮ 부분을 희곡으로 바꾸어 쓸 때 빈칸에 들어갈 알맞은 말은 무엇인가요? (①)

나: ([_____]) 안녕! ← 희곡에서 인물의 말과 행동, 무대 장치나 분위기 등을 지시하는 말을 '지문'이라고 함.

꿈쟁이: (가지에 앉으며 속삭이듯이) 너무나 슬픈 모습이에요.

① 슬픈 목소리로 단풍잎에게 손을 흔들며

② 지루한 눈빛으로 단풍잎에게 손을 흔들며

③ 즐거운 목소리로 단풍잎에게 손을 흔들며

④ 귀찮은 표정으로 단풍잎에게 손을 흔들며

⑤ 의심스러운 눈빛으로 단풍잎에게 손을 흔들며

단풍나무는 떨어지는 단풍잎한테 손을 흔들어 주고, 잎이 떨어져 나갈 때마다 슬픔을 느꼈다고 했으므로, '슬픈 목소리로 단풍잎에게 손을 흔들며'가 지문으로 알맞습니다.

7

어휘 어법

[수능 연계]

이 글의 독자가 [보기]처럼 답했다면 빈칸에 들어갈 알맞은 속담은 무엇인가요? (⑤)

[보기] 사회자: 이 글에 나타난 꿈쟁이와 관점이 같으십니까?
└ 자신이 잘났던 흔적을 말끔히 지우고 사라지는 것이 세상을 위한 일이라는 관점

독자: 저는 반대입니다. "[_____]"라는 속담처럼 저는 역사에 빛날 훌륭한 일을 하여 후손들에게 오래오래 기억되고 싶습니다.
└ 세상에 자신의 흔적을 남겨야 한다는 관점

① 달면 삼키고 쓰면 뱉는다 → 자기의 이익만 꾀함을 이르는 말

② 빈대 잡으려고 초가삼간 태운다 → 당장의 마땅치 아니한 것을 없애려고 그저 덤비기만 하는 경우.

③ 사공이 많으면 배가 산으로 간다 → 여러 사람이 자기주장만 내세우면 일이 제대로 되기 어렵다는 말.

④ 가루는 칠수록 고와지고 말은 할수록 거칠어진다 → 시비가 길어지면 말다툼에까지 이를 수 있음을 경계하는 말.

⑤ 사람은 죽으면 이름을 남기고 범은 죽으면 가죽을 남긴다

꿈쟁이의 관점은 '세상에 자신의 흔적을 남기지 않아야 한다.'이고, 독자의 관점은 꿈쟁이와 반대이므로 '세상에 자신의 흔적을 남겨야 한다.'는 관점입니다. 독자의 관점과 관련된 속담은 인생에서 가장 중요한 것은 생전에 보람 있는 일을 해 놓아 후세에 명예를 떨치는 것이라는 뜻의 ⑤입니다.

1

추론
하기

'나'에 대해 바르게 짐작한 친구는 누구인가요? (④)

① 민국: 남한에서 태어나고 자란 것 같아.
② 은우: 남한 생활에 쉽게 적응한 것 같아.
└→ 아이들의 말을 알아듣지 못해 반벙어리 신세로 지냄.
③ 기영: 생일잔치가 무엇인지 모르는 것 같아. → '생일잔치 ~ 필요하나?'에서 뜻을 알고 있음을 알 수 있음.
④ 보라: 북한을 탈출하여 우리나라에 온 것 같아.
⑤ 진주: 생일 때마다 물고기를 먹는 습관이 있었던 것 같아. → '생선'의 뜻을 알아듣지 못해 진짜 생선을 가져옴.

'나'의 이름이 '림혁'이고, '남조선 아이들'이라는 표현이나 '-임다' 등의 북한말을 쓰고 있는 점 등으로 보아 '나'가 북한을 탈출하여 우리나라에 온 북한 이탈 주민임을 짐작할 수 있습니다.

2

구조
알기

이 글에서 일이 일어난 차례대로 ㉮~㉲의 기호를 쓰세요.

㉮ 나는 고등어자반 구이를 들고 앞으로 나갔다. 4
㉯ 친구들이 앞으로 나아가 생일 선물을 주었다. 3
㉰ 미선이가 나에게 생선을 준비하라고 알려 주었다. 2
㉱ 미선이가 나에게 무슨 생선을 준비할 것인지 물었다. 1
㉲ 나는 아수라장이 된 교실을 보고 일이 잘못되었음을 깨달았다. 5

(㉱) → (㉰) → (㉯) → (㉮) → (㉲)

이 글에서 일어난 일은 다음과 같습니다. 미선이가 나에게 무슨 생선을 준비할 것인지 물었고(㉱), 생선이 무슨 뜻인지 몰라 어안이 벙벙해진 나에게 어쨌든 생선을 준비하라고 했습니다(㉰). 생일잔치 때 친구들이 앞으로 나아가 생일 선물을 준 뒤, 나도 고등어자반 구이를 들고 앞으로 나갔고(㉮) 자신 때문에 아수라장이 된 교실을 보고 일이 잘못되었음을 깨달았습니다(㉲).

3

세부
내용

'내'가 고등어자반 구이를 가져온 까닭은 무엇인가요? (④)

① 고등어자반을 좋아하여서
② 생일 선물을 살 돈이 없어서
③ 아이들을 골탕 먹이고 싶어서
④ 미선이가 말한 생선을 물고기라고 생각하여서
⑤ 아이들에게 맛있는 고등어자반을 먹이고 싶어서

미선이가 말한 생선은 생일 선물을 말합니다. '내'가 생일잔치하는데 물고기 필요하느냐고 묻는 것으로 보아, 미선이가 말한 생선을 물고기라고 잘못 생각하였음을 알 수 있습니다.

4

추론
하기

이 글에 나타난 '미선이'의 성격으로 알맞은 것은 무엇인가요? (②)

① 겁이 많고 소심하다.
② 짓궂고 장난을 잘 친다. → 짓궂다: '장난스럽게 남을 괴롭히고 귀찮게 굴어 미운 느낌이 있다.'의 뜻
③ 속이 깊고 인정이 많다.
④ 다정다감하고 친절하다.
⑤ 차분하고 참을성이 많다.

미선이는 혁이가 생선을 물고기라고 잘못 이해하였다는 것을 알면서도 일부러 알려 주지 않았습니다. 혁이는 미선이의 말 때문에 고등어자반을 가져왔다가 반 아이들에게 망신을 당했으므로, 미선이는 짓궂고 장난을 잘 치는 성격임을 알 수 있습니다.

5
어휘
어법

㉔ 부분에서 '나'의 상황에 쓸 수 있는 한자 성어는 무엇인가요? (④)

① 살신성인(殺身成仁): 자기 자신을 희생하여 어진 행동을 함.
② 각골난망(刻骨難忘): 뼈에 새길 만큼 큰 은혜를 입어 잊지 못함.
③ 온고지신(溫故知新): 옛것을 익히고 그것을 통해서 새로운 것을 앎.
④ 사면초가(四面楚歌): 아무에게도 도움을 받지 못하는 어려운 상황이나 형편.
⑤ 격세지감(隔世之感): 짧은 시간 동안 많은 변화를 겪어 다른 세상이 된 것 같은 느낌.

'나'는 고등어자반 구이 때문에 반 아이들에게 크게 망신을 당하고 있지만 아무에게도 도움을 받지 못하는 어려운
상황입니다.

6
추론
하기

이 글에서 '나'의 성격이 다음과 같이 바뀔 때, 일어날 일로 알맞은 것은 무엇입니까? (⑤)

> 밝고 당찬 성격
> 마음이나 행동이 빈틈이 없고 기운찬.

① 생일잔치 때 학교를 결석했을 것이다.
② 부모님께 전학을 가자고 졸랐을 것이다.
③ 미선이를 멀리하며 날마다 울면서 지냈을 것이다.
④ 생선이 무엇인지 몰라서 혼자 끙끙거리며 고민하였을 것이다.
⑤ 미선이에게 생선이 무엇인지 확실하게 묻고 알맞은 선물을 준비했을 것이다.

'나'는 금세 주눅이 들고 창피를 당할까 봐 궁금한 것을 물어보지도 못하는 성격입니다. '나'의 성격이 밝고 당차
면 미선이에게 생선이 무엇인지 꼬치꼬치 물었을 것이고, 고등어자반 구이를 가져오는 일도 없었을 것입니다.

어떤 문제에 대한 가장 좋은 해결 방법을 찾기 위해 여럿이 함께 의논하는 것

7
창의
적용

이 글과 [보기]의 공통적인 토의 주제로 알맞은 것은 무엇인가요? (⑤)

> [보기] '북한 이탈 주민'이란 북한을 탈출하여 북한 이외의 지역에 머물고 있는 북한 주민
> 이다. 이 글에서 '나'는 북한 이탈 주민임.
>   북한 이탈 주민의 상당수는 문화적 차이, 빈곤, 외로움 등으로 어려움을 겪고 있다.→ 문제 상황
> 이질적인 언어 사용으로 의사소통에 문제가 생기고, 편견으로 인해 취업도 어렵다. 북한 이탈 주민의 어려움.
> 또 북한에 가족을 남겨 두고 온 경우에 그리움과 외로움을 느낀다고 한다. 이로 인해
> 자신감을 잃고 점점 사회로부터 멀어지는 경우가 많다.
> 이 글에서 '나'가 겪는 어려움.

① 북한 이탈 주민은 어떤 일을 할까
② 북한과 우리나라의 언어는 어떻게 다를까
③ 북한 이탈 주민은 어떻게 북한을 탈출했을까   → 문제에 대한 해결 방법을 찾기에 알맞지 않음.
④ 우리나라에 들어온 북한 이탈 주민은 몇 명일까
⑤ 북한 이탈 주민을 도울 수 있는 방법은 무엇일까

이 글에는 이질적인 언어 사용 때문에 점점 주눅이 들고 아이들에게 망신을 당하는 '나'의 어려움이 나타나 있고,
[보기]에는 북한 이탈 주민들이 겪는 어려움이 나타나 있습니다. 두 글에서 공통된 문제 상황은 '북한 이탈 주민이
어려움을 겪고 있다.'이므로, 토의 주제로 알맞은 것은 ⑤입니다.

1 이 시에서 '말하는 이'에 대한 설명으로 알맞은 것은 무엇인가요? (⑤)

세부
내용

① 지나온 날들을 반성하고 있다.
② 어머니를 뵙지 못해 슬퍼하고 있다.
③ 다른 사람의 행복을 부러워하고 있다.
④ 아무도 없는 곳에서 혼자 있고 싶어 한다.
⑤ 남에게 자신의 마음을 내어 준 것을 행복해하고 있다.

→ 시의 내용과 관련 없음.

말하는 이는 나무의 뿌리, 작은 풀잎, 텃밭의 상추를 보듬은 흙, 나무, 울타리처럼 남을 위해 내 마음을 조금 내어
주어 참으로 행복하다고 했습니다.

┌ 도움을 받은 대상

2 이 시에서 ㉠에 해당하지 않는 것은 무엇인가요? (②)

세부
내용

① 흙   ② 풀잎   ③ 나무
④ 울타리   ⑤ 말하는 이

누군가를 보듬고 있다는 것은 누군가에게 도움을 준다는 뜻입니다. 흙은 나무의 뿌리에게, 나무는 작은 풀잎에게,
울타리는 텃밭의 상추에게, 말하는 이는 남에게 도움을 주었습니다.

3 다음 중 낱말의 관계가 다른 하나는 무엇인가요? (④)

어휘
어법

① 나 – 남   ② 작다 – 크다
③ 조금 – 많이   ④ 감싸다 – 둘러싸다
⑤ 행복하다 – 불행하다

①, ②, ③, ⑤는 뜻이 반대되는 말입니다. '감싸다'는 '둘러서 덮다.'라는 뜻이고, '둘러싸다'는 '전체를 감아서 싸다.'
라는 뜻입니다.

4 이 시의 분위기로 알맞은 것은 무엇인가요? (③)

추론
하기

① 무섭고 두렵다.
② 외롭고 쓸쓸하다.
③ 다정하고 따뜻하다.
④ 지루하고 딱딱하다.
⑤ 시끄럽고 어수선하다.

자연을 다정하고 따뜻한 시선으로 바라보면서 누군가에게 도움을 주고 행복하다는 내용이므로 다정하고 따뜻한
분위기가 느껴집니다.

5 ㉐이 가리키는 이 시의 주제로 알맞은 것은 무엇인가요? (②)

주제
찾기

① 널리 이름을 알리는 삶
②남에게 도움을 주는 삶
③ 새로운 지식을 배우려는 자세
④ 불공평한 현실에 맞서는 용기
⑤ 자신을 낮추고 겸손하게 사는 삶

이 시는 가까이 있는 생물에게 도움을 주는 생물들처럼 남에게 도움을 주면 행복하다고 말하고 있습니다. 어머니가 말한 '이런 행복'은 남에게 도움을 주는 삶입니다.

6 이 시의 '말하는 이'와 비슷한 경험으로 알맞은 것은 무엇인가요? (⑤)

적용
창의

① 부모님께 꾸중을 들었던 경험
② 노래 대회에서 일등을 한 경험
③ 냇가에서 다슬기를 잡았던 경험   → 누군가에게 도움을 주었던 경험과 관련이 없음.
④ 보름달을 보며 소원을 빌었던 경험
⑤다리를 다친 친구의 가방을 들어 준 경험

이 시에서 말하는 이는 남에게 도움을 주고 행복해하고 있습니다. 시의 내용처럼 다른 사람에게 도움을 주었던 경험을 떠올린 것은 ⑤입니다.

7 이 시와 [보기]에서 공통적으로 말하고 있는 것은 무엇인가요? (①)

추론
하기

[보기]   지난 달, ○○시에 사는 김한결 씨가 90세가 넘은 어머니와 함께 구청을 방문하였다. 김한결 씨는 자신보다 어려운 사람을 위해 써 달라며 육백만 원을 기부하였다. 이 돈은 김한결 씨가 10년 동안 폐지를 모아 저축한 돈으로, 전 재산이나 마찬가지였다. 김한결 씨는 그동안 이웃에게 받았던 따뜻한 사랑과 도움을 이렇게나마 갚게 되어 무척 행복하다고 말했다.

<small>남을 돕는 행동
형편이 어려움.
남을 돕고 난 뒤의 행복을 느낌.</small>

①나눌수록 행복은 커진다. → 남에게 도움을 줄수록 행복은 커짐.
② 어머니의 사랑은 위대하다.
③ 작은 돈도 모으면 큰돈이 된다.
④ 남을 돕는 일은 아무나 할 수 없다.
⑤ 어려움이 닥쳐도 포기하지 말고 이겨 내야 한다.

이 시에서는 남에게 도움을 주면 행복하다고 말하고 있습니다. [보기]에서도 김한결 씨는 형편이 어려운데도 자신보다 어려운 사람을 위해 써 달라며 전 재산을 기부하고 행복하다고 말하고 있습니다. 따라서 모두 남에게 나누어 주는 행복에 대해 말하고 있습니다.

1

구조
알기

이 글에서 가장 나중에 일어난 일은 무엇인가요? (②)

① 오성과 한음이 일부러 싸움을 하였다.
②황 대감이 농부에게 황소를 돌려주었다.
③ 황 대감네 하인들이 농부네 황소를 끌고 갔다.
④ 농부의 아내가 황 대감네 밭에 소변을 보았다.
⑤ 농부가 오성과 한음을 찾아와 억울한 사정을 말했다

농부의 아내가 황 대감네 밭에 소변을 보았다가 황 대감에게 황소를 빼앗겼습니다. 농부가 오성과 한음을 찾아와 이런 억울한 사정을 말하고, 오성과 한음은 일부러 황 대감네 밭에서 싸움을 하며 황 대감에게 자기 밭에 소변을 보았다고 황소를 빼앗은 사람이 있다면 암행어사인 숙부께 말씀드려 벌을 받게 하겠다고 말합니다. 겁이 난 황 대감은 결국 농부에게 황소를 돌려줍니다.

2

추론
하기

㉠에서 짐작할 수 있는 것은 무엇인가요? (④)

① 농부의 아내는 몸이 아프다. → 글에 나타나 있지 않음.
② 농부의 아내는 황소를 팔고 싶어 한다. → 전 재산이나 마찬가지인 황소를 바치기로 약속함.
③ 농부의 아내는 황소가 여러 마리 있다. → 전 재산이나 마찬가지인 황소라고 하였으므로 황소는 한 마리임.
④농부의 아내는 황 대감을 두려워하고 있다. → 황 대감이 두려워서 손과 다리가 후들거림.
⑤ 농부의 아내는 황 대감에게 몹시 화가 나 있다. → 신분 차이로 인해 억울해도 황소를 바치기로 함.

마을의 세도가인 황 대감이 노여워하자 농부의 아내는 손과 다리가 후들거려 전 재산이나 마찬가지인 황소를 바치겠다고 했습니다. 이로 보아 농부의 아내는 황 대감을 몹시 두려워하고 있음을 짐작할 수 있습니다.

3

어휘
어법

㉡의 뜻으로 알맞은 것은 무엇인가요? (⑤)

① 기분이 좋지 않거나 골이 띵하고
② 흥분되거나 긴장된 마음을 가라앉히고
③ 어떤 대상이나 사실을 단단히 기억해 두고
④ 싫고 두려운 상황에서 의욕이나 생각이 없어지고
⑤어떤 일을 의논하거나 결정하기 위하여 서로 마주 대하고

오성과 한음이 농부의 딱한 사정을 해결하기 위해 함께 궁리하는 상황입니다. '머리를 맞대다'는 어떤 문제를 해결하기 위해 여러 사람이 지혜를 모아 협력하여서 방안을 모색할 때 쓰는 말입니다.

4

세부
내용

'한음'이 황 대감에게 오성이 밭에 오줌을 누려는 것을 말렸다고 한 까닭은 무엇입니까? (⑤)

① 양반의 체면이 깎일까 봐 걱정되어서
② 오줌을 누다가 바지가 젖을 것 같아서
③ 오줌 때문에 밭의 식물이 죽을 것 같아서
④ 밭에 오줌을 누었다고 관아에서 곤장을 맞을 것 같아서
⑤밭에 오줌을 누었다고 황소를 빼앗은 사람이 있다고 들어서

오성과 한음이 황 대감을 혼내 주기 위해 연극을 하는 상황입니다. 한음은 황 대감에게 자기 밭에 오줌을 누었다고 황소를 빼앗은 사람이 있다고 들어서 오성을 말린 것이라고 연기했습니다.

5 '황 대감'이 농부에게 황소를 돌려준 까닭은 무엇인가요? (①)

세부
내용

① 암행어사에게 벌을 받을까 봐 무서워서
② 농부가 황소를 돌려 달라고 간청하여서
③ 오성과 한음이 황 대감의 밭을 사겠다고 해서
④ 농부의 아내가 관아로 가서 곤장을 맞겠다고 해서
⑤ 농부의 아내가 길바닥에 소변을 보는 버릇을 고친 것 같아서

오성이 만약 자기 밭에 오줌을 누었다고 황소를 빼앗은 사람이 있다면 암행어사인 숙부께 말씀드려 벌을 받게 하
겠다고 하자, 황 대감은 암행어사라는 말에 뜨끔하여 농부에게 황소를 돌려주었습니다.

6 이 글에 나타난 '황 대감'의 성격으로 알맞은 것은 무엇인가요? (③)

추론
하기

① 정의롭고 용감하다.
② 냉정하고 합리적이다.
③ 욕심이 많고 이기적이다. → 자신의 이익만을 생각하는 것
④ 소심하고 외로움을 잘 탄다.
⑤ 성격이 차분하고 참을성이 많다.

자기 밭에 오줌을 누었다고 농부의 전 재산이나 마찬가지인 황소를 빼앗으려고 한 것으로 보아 황 대감은 욕심이
많고 이기적인 성격입니다.

　　　　　　　　　— 극본에 있는 이야기를 관객에게 전하는 예술

　　　　　　　　　— 마을의 세도가인 황 대감의 집에서 황 대감이 농부에게 황소를 돌려주는 장면

7 [보기]를 바탕으로 ⓒ을 연극의 한 장면으로 만들 때 알맞지 않은 것은 무엇인가요? (③)

적용
창의

[보기]　연극은 배우가 관객에게 어떤 사건이나 인물을 말과 동작으로 보여 주는 예술이다.
연극에서 배우는 대사와 함께 알맞은 목소리, 말투, 표정, 몸짓 등으로 인물을 실감
나게 연기한다. 그리고 배경, 의상, 소품 등의 무대 장치 사용하여 장면을 효과적으로
나타낸다.

　　　　　　　　　　　　　　　　　　　　　　　　대사를 실감 나게 함.
　　　　　　　　　　　　　　　　　　　연극의 내용을 돋보이게 함.

① 농부는 낡고 허름한 옷을 입는다. → 의상
② 황 대감은 비단옷을 입고 가죽신을 신는다. → 의상
③ 농부는 귀찮은 표정으로 황소를 건네받는다. → 표정, 몸짓
④ 황 대감의 집은 으리으리한 기와집으로 꾸민다. → 배경
⑤ 황 대감은 점잖은 표정으로 농부를 다독이듯이 말한다. → 표정

ⓒ을 연극의 한 장면으로 구성할 때에는 상황에 맞는 무대 장치와 실감 나는 대사로 구현해야 합니다. 농부가 억울
하게 빼앗긴 황소를 돌려받는 상황이므로, 기쁜 표정이나 감격스러운 표정이 알맞습니다.

1 이 글에 대한 설명으로 알맞은 것은 무엇인가요? (　⑤　)

구조
알기

① 두 인물이 싸우면서 갈등이 벌어지고 있다. → 인물 사이의 갈등은 나타나지 않음.

② 사건이 마무리되고 이야기의 결말이 분명해지고 있다. → 인물, 배경 등을 설명하고 사건이 시작되는 발단 부분임.

③ 시간의 흐름이 과거 → 현재 → 과거로 진행되고 있다. → 현재의 이야기가 진행됨.

④ 등장인물의 대화 없이 글쓴이가 직접 사건을 설명하고 있다. → 어니스트와 어머니의 대화로 사건이 진행됨.

⑤ 이야기의 중심 내용이 큰 바위 얼굴에서 어니스트로 바뀌고 있다.

이 글의 앞부분에서는 큰 바위 얼굴에 대해 서술하고 있으며, 뒷부분에서는 어니스트의 어릴 적 이야기가 펼쳐지고 있습니다.

2 '큰 바위 얼굴'에 대한 설명으로 알맞지 않은 것은 무엇인가요? (　③　)

세부
내용

① 표정이 다정해 보인다.

② 이마의 높이가 30미터나 된다.

③ 가까이 다가갈수록 얼굴의 형체가 뚜렷하게 보인다. → 가까이 다가가면 얼굴의 형체는 사라짐.

④ 구름과 안개에 휩싸이면 살아 있는 것처럼 느껴진다.

⑤ 거대한 바위들이 겹겹이 쌓여 사람 얼굴처럼 보인다.

큰 바위 얼굴에 아주 가까이 다가가면 얼굴의 형체는 사라지고 겹겹이 쌓인 거대한 바위들만 보이지만 바위에서 멀어질수록 신비함을 지닌 사람의 얼굴이 드러나고, 구름과 안개에 휩싸이면 살아 있는 것처럼 느껴졌다고 했습니다.

┌─ 두루

3 ㉠과 바꾸어 쓸 수 있는 낱말은 무엇인가요? (　②　)

어휘
어법

① 똑바로　　　　　② 골고루　　　　　③ 샅샅이

④ 함부로　　　　　⑤ 반듯이

큰 바위 얼굴은 빠진 것 없는 생김새를 갖추었다는 내용입니다. '두루'는 '어느 하나에 치우치지 않고 여러 가지를 빠짐없이 골고루'라는 뜻이므로, '골고루'의 바꾸어 쓸 수 있습니다.

4 '큰 바위 얼굴'에 대한 마을 사람들의 생각은 무엇인가요? (　③　)

추론
하기

① 큰 바위 얼굴이 무섭다.

② 큰 바위 얼굴이 부끄럽다.

③ 큰 바위 얼굴이 성스럽다. → 함부로 가까이할 수 없을 만큼 순결하고 위대함.

④ 큰 바위 얼굴이 쓸모가 없다.

⑤ 큰 바위 얼굴이 있어 답답하다.

마을 사람들은 큰 바위 얼굴을 바라보는 것만으로도 아이들에게 큰 가르침이 된다고 생각했고, 골짜기의 땅이 기름진 것도 햇빛 속에 부드러움을 녹아들게 하는 큰 바위 얼굴 덕분이라고 믿었습니다.

5 어머니가 들려준 **예언의 내용**으로 알맞은 것은 무엇인가요? (⑤)

세부
내용
① 큰 바위 얼굴이 말을 하게 된다는 것
② 큰 바위 얼굴이 아이들에게 선생님이 될 것이라는 것
③ 큰 바위 얼굴이 온 인류를 사랑으로 품을 것이라는 것
④ 큰 바위 얼굴과 똑같이 생긴 아이가 태어날 것이라는 것
⑤ 큰 바위 얼굴과 얼굴이 똑같은 위대한 인물이 나타날 것이라는 것

어머니가 들려준 예언의 내용은 언젠가 이 부근에 위대하고 고귀한 인물이 될 아이가 태어날 것이며, 그 아이가 어른이 되면 얼굴이 큰 바위 얼굴과 똑같아진다는 것입니다.

6 '**어니스트**'의 성격으로 알맞은 것은 무엇인가요? (①)

추론
하기
① 순수하고 착하다.
② 겁이 많고 소심하다.
③ 신경질적이고 까다롭다.
④ 거짓말을 잘하고 뻔뻔하다.
⑤ 남에게 잘 속고 바보스럽다.

어니스트의 말과 행동을 볼 때, 어니스트는 어머니가 들려준 예언을 믿는 순수한 성격이며, 어머니가 하시는 일을 사랑으로 도와드리는 착한 성격이라는 것을 알 수 있습니다.

7 [보기]는 이 글 뒷부분의 줄거리입니다. [보기]를 참고할 때, 이 글의 주제로 알맞은 것은 무엇인가요? (⑤)

주제
찾기
[보기]　어니스트는 어린 시절부터 노인이 되기까지 큰 바위 얼굴과 닮은 인물이 나타나기를 바라는데 그 결과 네 명을 만난다. 첫 번째 만난 재력가는 돈은 많지만 자비심이 없었고, 두 번째 만난 장군은 힘이 강했지만 지혜가 없었다. 세 번째 만난 정치가는 말을 잘했지만 권력욕이 많았고, 네 번째 만난 시인은 큰 바위 얼굴과 닮지 않았다.
　　어느 날, 시인은 사람들이 모인 자리에서 어니스트가 바로 큰 바위 얼굴을 닮은 사람이라고 외쳤다. 그토록 기다렸던 예언 속 인물은 바로 어떻게 살아야 큰 바위 얼굴처럼 될까 생각하며 늘 진실되고 겸손한 마음으로 살았던 어니스트였던 것이다.
주제: 자아 성찰

성스럽고 위대한 인물

① 사회적인 성공 → 어니스트가 만난 네 사람은 사회적으로 성공하였으나 큰 바위 얼굴과 닮은 인물이 아님.
② 마을을 지키는 수호신
③ 자연이 만들어 낸 신비로움　→ 큰 바위 얼굴로 대표됨.
④ 현실에 존재하지 않는 환상
⑤ 늘 자기를 반성하고 살피는 삶

이 글에서 큰 바위 얼굴은 성스럽고 위대한 인물을 상징합니다. 그러나 진정으로 위대한 인물은 현실의 부, 권력, 명예 등을 가진 사람들보다 어니스트처럼 끊임없는 자기 반성과 성찰을 바탕으로 사람들에게 사랑과 지혜를 가르치는 인물이라는 것을 보여 주고 있습니다.

1 이 글에 대한 설명으로 알맞은 것은 무엇인가요? (　②　)

구조
알기

① 두 인물의 대화로 사건이 진행되고 있다. → 사건을 서술한 부분도 있음.
②하나의 이야기 안에 또 다른 이야기가 들어 있다.
③ 인물의 행동보다 인물의 마음을 설명하는 부분이 많다. → 인물의 행동 설명도 많음.
④ 이야기의 주인공이 자신의 이야기를 직접 들려주고 있다. → 이야기 속 말하는 이는 작품 밖에 있음.
⑤ 인물의 생김새를 그림을 그리듯이 자세히 설명하고 있다. → 생김새에 대한 설명은 나타나지 않음.

이 글은 노인이 손녀와 함께 소녀상에게 운동화를 선물하러 온 이야기 속에 노인의 아버지에 대한 이야기가 들어
있습니다.

2 이 글에서 시간을 나타내는 말은 무엇인가요? (　⑤　)

어휘
어법

① 산길
② 어느 날
③ 그 후로는
④ 소녀가 사는 마을
⑤조선이 해방되기 3년 전

시간을 나타내는 말은 어제, 오늘, 저녁 등 일이 일어나는 때를 알려 주는 말입니다. 이 글에서는 '조선이 해방되기
3년 전, 나흘이 지난 오후' 등이 이에 해당합니다.

3 '소년'에 대한 설명으로 알맞지 (않은) 것은 무엇인가요? (　②　)

세부
내용

① 동갑내기 조선 소녀를 좋아하였다.
②소녀에게 하얀 운동화를 선물로 주었다. → 시간이 흘러 소년의 손녀가 소녀상에게 갖다 줌.
③ 아버지의 감시 때문에 소녀를 만나지 못하게 되었다.
④ 소녀가 공장에 가서 돈을 벌고 싶어 한다는 것을 알았다.
⑤ 소녀가 그리울 때면 소녀와 논두렁을 달리던 모습을 그림으로 그렸다.

소년은 소녀에게 줄 운동화를 허리춤에 끼고 소녀가 사는 마을로 달려갔지만, 소녀는 이미 공장에 취직시켜 준다
고 해서 떠난 뒤였습니다.

4 일본군이 조선 소녀들을 끌고 가기 위해 한 일은 무엇인가요? (　⑤　)

세부
내용

① 하얀 운동화를 살 수 있는 돈을 주었다.
② 조선 소녀들을 공장에 취직시켜 많은 돈을 벌게 해 주었다.
③ 조선 소녀들이 논두렁을 달리는 모습을 그림을 그려 주었다.
④ 조선 소녀들에게 하얀 운동화를 선물로 주며 함께 가자고 하였다.
⑤공장에 취직하면 돈을 많이 벌 수 있다고 조선 소녀들을 꼬드겼다.

소년이 아버지가 부하에게 하는 말을 듣는 장면에 잘 나타나 있습니다. 소년의 아버지는 공장에 취직하면 돈을 많
이 벌 수 있다고 여자애들을 꼬드겨 보라고 했습니다.

독해 정답	1. ②	2. ⑤	3. ②
	4. ⑤	5. ⑤	6. ①
	7. ④		

어휘 정답	1. (1) ㉮ (2) ㉮ (3) ㉮ (4) ㉯
	2. ③
	3. ⑤

5

추론
하기

㉠을 들은 '소년'의 마음으로 알맞은 것은 무엇인가요? (⑤)

① 기쁜 마음

② 서운한 마음

③ 억울한 마음

④ 통쾌한 마음

⑤ 걱정스러운 마음

소년은 공장에 취직시켜 준다는 것이 거짓말이라는 것을 알았습니다. 자신이 좋아하는 소녀도 공장에 취직하고 싶다는 말을 한 적이 있으므로, 소녀가 꼬임에 넘어갈까 봐 걱정스러웠을 것입니다.

6

적용
창의

[보기]는 ㉮ 부분을 희곡으로 바꾸어 쓴 것입니다. 빈칸에 들어갈 알맞은 말은 무엇인가요?

(①)

[보기]　소년이 주변을 두리번거리다가 운동화를 허리춤에 끼고 산길을 달려간다. 앞에 소녀의 부모가 걸어온다.

　　소년: (인사를 하며) 안녕하세요. 소녀는 집에 있나요? → 꼬임에 넘어갔을지도 모른다는 불안한 마음임.

　　소녀의 부모: 공장에 취직시켜 준다고 해서 떠났단다.

　　소년: (　　　　　　　) 안 돼.　┐

　　　　　　　　　　　　　　　　　　└─ 절망의 상황에서 나타나는 태도와 몸짓

① 털썩 주저앉아 울먹이며

② 화난 표정으로 따지듯이

③ 박수를 치며 기쁜 목소리로

④ 억울한 표정으로 주먹을 불끈 쥐며

⑤ 궁금한 표정으로 고개를 갸웃거리며

소년은 소녀가 공장에 취직시켜 준다는 말에 속아 떠났다는 것을 알고 절망적인 마음이 들었을 것입니다. 절망적인 마음을 잘 표현할 수 있는 지문은 ①입니다.

7

주제
찾기

┌─ 글에 등장한 소녀도 강제로 끌려 감.　　　　┌─ 소년이 소녀에게 미처 전해 주지 못한 운동화가 뜻하는 것

[보기]를 참고할 때 유리 상자 안의 하얀 운동화가 상징하는 것은 무엇인가요? (④)

[보기]　소녀상은 일제 강점기 때 일본군에게 강제로 끌려 간 소녀들을 기리고 올바른 역사 인식을 세우기 위하여 만든 조각상이다. 단발머리는 가족과 고향으로부터의 단절을 의미하며, 맨발은 광복이 된 뒤에도 고향에 정착하지 못하고 방황하는 소녀들을 의미한다.

① 욕심이 없고 깨끗한 삶

② 소년과 소녀의 아름다운 추억

③ 일제 강점기 일본군의 잔인함

④ 일제 강점기 일본의 만행에 대한 사과 → 소녀를 강제로 끌고 간 일

⑤ 증손녀에 대한 할아버지의 아낌없는 사랑

할아버지가 된 소년은 손녀에게 서울에 있는 소녀상에게 하얀 운동화를 주고 오라고 부탁했습니다. 그리고 정말 미안하다고 사과해 달라고 했습니다.

1
세부
내용

이 글의 내용으로 알맞지 않은 것은 무엇인가요? (①)

① 강림은 저승에 가는 것을 자랑스러워했다. → 목숨을 건지기 위해 염라대왕을 잡아 오겠다고 함.
② 염라대왕은 다섯 번째 가마에 타고 있었다.
③ 강림은 일흔 여덟 갈림길이 있는 곳에서 문신을 만났다.
④ 강림 부인은 저승으로 떠나는 강림에게 새 옷을 입혀 주었다.
⑤ 조왕신이 강림 부인의 꿈에 나타나 서쪽으로 가라고 알려 주었다.

강림은 김치 고을 원님의 비상소집에 늦은 벌로 저승에 가서 염라대왕을 잡아 오라는 명령을 받아들였습니다. 강림은 일단 살고 보자는 마음에 염라대왕을 잡아 오겠다고 했습니다.

2
구조
알기

이 글에서 가장 먼저 일어난 일은 무엇인가요? (③)

① 비상소집에 늦은 강림이 저승에 가게 되었다.
② 강림은 조왕신과 문신의 도움으로 저승에 도착했다.
③ 과양각시가 원님을 찾아가 원통함을 풀어 달라며 울었다.
④ 염라대왕이 강림에게 내일 이승으로 갈 것이라는 증표를 주었다.
⑤ 강림 부인은 강림이 저승에 무사히 다녀오도록 매일 기도를 드렸다.

이 글에서 일어난 일은 다음과 같습니다. 과양각시는 원님을 찾아가 세 아들이 죽은 원통함을 풀어 달라며 울었습니다. 원님은 비상소집에 늦은 강림에게 염라대왕을 잡아 오라고 했고, 이 소식을 들은 강림 부인은 강림이 저승에 무사히 다녀오도록 조왕신과 문신에게 기도를 드렸습니다. 강림은 조왕신과 문신의 도움으로 저승에 도착했고, 강림에게 꽁꽁 묶인 염라대왕은 내일 이승으로 갈 것이라는 증표를 주었습니다.

3
추론
하기

㉠에서 짐작할 수 있는 것은 무엇인가요? (⑤)

① 원님은 일이 많아서 몸이 불편했다. → 글에 나타나 있지 않음.
② 원님은 평소에 별로 잠이 없는 편이었다. → 괴로워서 잠을 이루지 못함.
③ 원님은 어렸을 때의 기억 때문에 어둠을 무서워했다. → 글에 나타나 있지 않음.
④ 원님은 염라대왕에게 갈 방법을 찾지 못해 고민하고 있다. → 원님이 직접 갈 방법을 고민한 것은 아님.
⑤ 원님은 과양각시의 원통함을 풀어 줄 방법을 찾지 못해 괴로워하고 있다.

㉠의 앞부분에 과양각시가 원통함을 풀어 달라고 원님을 찾아와 악을 쓰며 운 것으로 보아, 원님은 과양각시의 원통함을 풀 방법을 몰라 괴로워하고 있음을 알 수 있습니다.

과양각시의 세 아들이 죽은 까닭

4
어휘
어법

㉡이 가리키는 내용은 무엇인가요? (②)

① 과양각시가 원님을 찾아온 까닭
② 과양각시의 세 아들이 죽은 까닭
③ 과양각시가 고래고래 악을 쓰는 까닭
④ 과양각시의 세 아들이 절을 올린 까닭
⑤ 과양각시의 세 아들이 과거 시험에 합격한 까닭

과양각시는 세 아들이 절을 올리다 방바닥에 엎드린 채 죽었는데, 그 까닭을 몰라 원통함을 풀어 달라고 했습니다.

5 추론하기

이 글에 나타난 시대적 배경을 오늘날과 알맞게 비교한 것의 기호를 쓰세요.

㉮ 옛날에는 오늘날과 달리 윗사람의 명령을 거역해도 벌을 받지 않았어. → 강림은 원님의 명령을 거역하지 못해 저승에 가게 됨.
㉯ 옛날과 오늘날 모두 자신이 믿는 신에게 기도를 드리며 기원하기도 해.
㉰ 오늘날에는 범죄자를 잡는 경찰서가 있지만 옛날에는 그런 곳이 없었어.
　　　　　　　　　　　　　　→ 차사는 고을 원님이 죄인을 잡으려고 내보내던 관아의 하인임.

(　　㉯　　)

강림 부인은 떡을 만들어 조왕신과 문신에게 기도를 드렸습니다. 옛날에는 조왕신이나 문신처럼 집 안을 지키는 신이 있다고 믿었습니다. 오늘날에도 기독교, 불교 등 다양한 신을 믿습니다.

6 감상하기

이 글에 대한 감상으로 알맞지 않은 것은 무엇인가요? (②)

① 원님의 명령대로 염라대왕을 잡으러 간 강림은 책임감이 강해.
② 이야기 속에 실제 인물들이 등장해서 생생한 느낌을 주고 있어.
③ 과양각시가 원님을 찾아온 일이 시작이 되어 다른 일들이 벌어지고 있어.
④ 자신을 잡으러 온 강림을 용감하다고 칭찬한 염라대왕은 배포가 큰 사람이야.
⑤ 염라대왕을 잡기 위해 비상소집을 하라고 한 원님의 부인은 꾀가 많은 사람이야.

이 글에 등장하는 인물들은 모두 실제 인물이 아니라 가상의 인물입니다. 원님과 원님의 아내는 글쓴이가 꾸며 낸 인물이며, 염라대왕은 저승을 다스리는 신입니다. 조왕신, 문신 등도 옛날부터 우리 민족이 장소나 사물에 깃들어 있다고 믿었던 신입니다.

7 적용창의

㉮ 부분을 [보기]의 조건에 따라 알맞게 고쳐 쓴 것은 무엇인가요? (⑤)

[보기]　• 염라대왕의 시점으로 다시 쓸 것
　　　　• 염라대왕의 마음이 잘 나타날 것

① 가마들이 저승 문을 나서는 것이 보였다. 나는 재빨리 달려들어 염라대왕을 꽁꽁 묶었다. → 강림의 시점.
② 다음 날 새벽, 나는 가마를 타고 저승 문을 나섰다. 그때 강림이 몸을 날려 나를 밧줄로 꽁꽁 묶었다. → 염라대왕의 시점이지만 염라대왕의 마음이 나타나 있지 않음.
③ 나는 가마에 달려들어 순식간에 염라대왕을 밧줄로 묶었다. 내가 염라대왕을 잡다니 믿어지지 않았다. → 강림의 시점
④ 새벽이 되자 검은 옷을 입은 사람들과 가마들이 저승 문에서 나왔다. 강림은 순식간에 염라대왕을 밧줄로 묶었다. → 제3자의 시점
⑤ 가마를 타고 저승 문을 나서는데 강림이 달려들어 나를 밧줄로 꽁꽁 묶었다. 나를 잡으러 저승에 오다니 강림의 용기에 감탄했다. → 염라대왕의 시점, 염라대왕의 마음이 나타남.

'시점'이란 이야기에서 인물의 성격이나 행동, 사건 등을 누구의 눈으로 바라보고 이야기하는지를 말합니다. 염라대왕의 시점이라고 하였으므로, '나'는 염라대왕이 됩니다. 염라대왕의 시점으로 쓴 것은 ②와 ⑤이지만, ②에는 염라대왕의 마음이 나타나 있지 않습니다.

1
구조
알기

이 시에 대한 설명으로 알맞은 것은 무엇인가요? (　⑤　)

① 연의 구분이 없다. → 5연 15행으로 이루어짐.

② 묻고 대답하는 형식으로 이루어졌다. → 자유로운 형식으로 이루어짐.

③ 장소의 변화에 따라 일어난 일을 자세히 썼다. → 말하는 이의 마음의 변화에 따라 전개됨.

④ 행마다 같은 말이 반복되어 노래하는 느낌을 준다. → 반복되는 말은 사용되지 않음.

⑤5연에서는 손을 별에 빗댄 비유적 표현이 사용되었다.

5연의 "내 손이 반짝 별처럼 빛난다."에서 손을 별에 빗대어 표현하였습니다. '내 손이 ~ 빛난다.'는 '내'가 이웃을
도와서 '뿌듯했다'는 것을 '내 손'이 '별처럼 빛난다'고 비유적으로 표현한 것입니다.

2
세부
내용

이 시에서 '말하는 이'가 한 일은 무엇인가요? (　①　)

①자선냄비 속에 돈을 집어넣었다.

② 할아버지의 손수레를 밀어 드렸다.

③ 선생님의 질문에 손을 들고 대답하였다.　　→ 마음이 주머니에서 꼼지락거리기만 함.

④ 여자 친구에게 자신의 마음을 고백하였다.

⑤ 할머니의 바구니에 먹을 것을 넣어 드렸다.

5연의 '오늘은 그 부끄러운 마음을 자선냄비 속에 집어넣는다.'를 통해, 말하는 이가 부끄러운 마음을 무릅쓰고 자
선냄비에 돈을 넣었음을 알 수 있습니다.

3
세부
내용

㉠은 어떤 모습을 표현한 것인가요? (　②　)

① 말하는 이가 주머니를 만드는 모습

②말하는 이가 할까 말까 망설이는 모습

③ 말하는 이가 주머니에 물건을 넣는 모습

④ 말하는 이가 주머니에 손을 넣고 추위에 떠는 모습

⑤ 말하는 이가 손가락을 꼼지락거리며 장난을 치는 모습

내 마음이 망설이는 모습을 주머니에서 내 마음이 꼼지락거린다고 표현했습니다. 또 손을 들까 말까, 여자 친구에
게 말을 할까 말까 망설이는 모습을 주머니에서 내 마음이 꼼지락거린다고 새롭게 표현했습니다.

4
어휘
어법

다음처럼 둘로 나눌 수 있는 낱말은 무엇인가요? (　④　)

자선냄비 → 자선 + 냄비

① 마음　　　　　　　　② 얼굴　　　　　　　　③ 주머니

④손수레 손 + 수레　　⑤ 할머니

'자선냄비'는 뜻이 있는 두 낱말 '자선'과 '냄비'로 나눌 수 있습니다. 마찬가지로 '손수레'도 '손'과 '수레' 두 낱말로
나눌 수 있습니다. 나머지는 둘로 나눌 수 없는 낱말입니다.

5

추론
하기

이 시의 전체 분위기로 알맞은 것은 무엇인가요? (④)

① 슬프고 안타깝다.

② 차갑고 쓸쓸하다.

③ 겁이 나고 두렵다.

④ 따뜻하고 사랑스럽다.

⑤ 시끄럽고 정신이 없다.

선생님의 질문에 손을 들까 말까 망설이고, 여자 친구 앞에서 얼굴을 붉히고, 부끄러워 할머니와 할아버지를 도와
드리지 못했지만 자선냄비에 돈을 넣고 뿌듯해하는 장면 등을 통해 따뜻하고 사랑스러운 분위기가 느껴집니다.

6

추론
하기

'말하는 이'의 마음이 어떻게 바뀌었는지 알맞게 정리한 것은 무엇인가요? (③)

① 지루한 마음 → 즐거운 마음

② 귀찮은 마음 → 억울한 마음

③ 부끄러운 마음 → 뿌듯한 마음 5연
      1연~4연

④ 자랑스러운 마음 → 슬픈 마음

⑤ 설레는 마음 → 부끄러운 마음

1연~4연까지는 부끄러워 망설이는 마음이었지만, 5연에서는 부끄러운 마음을 무릅쓰고 자선냄비에 돈을 넣어 뿌
듯한 마음이 들었을 것입니다.

7

감상
하기

[보기]의 ㉮와 같은 방법으로 이 시를 감상한 것은 무엇인가요? (②)

[보기]	시 감상하기	시와 관련된 경험을 중심으로 감상하기
		㉮기억에 남는 표현을 중심으로 감상하기
		말하는 이의 생각을 중심으로 감상하기

① 나도 일 년 동안 모은 용돈을 자선냄비에 넣은 적이 있어. → 시와 관련된 경험 중심으로 감상하기

②눈에 보이지 않는 마음을 꼼지락거린다고 표현한 것이 새로워.

③ 마지막 행에서 말하는 이는 마치 하늘을 날아가는 것처럼 기뻤을 거야. ┐
                                                    ├→ 말하는 이의 생각 중심으로 감상하기

④ 이 시에서 말하는 이는 용기가 필요한 일에는 망설이지 말라고 말하는 것 같아. ┘

⑤ 나도 부끄러움을 많이 타서 수업 시간에 선생님이 질문할까 봐 긴장한 적이 많아. → 시와 관련된 경험 중심으로 감상하기

이 시는 망설이는 마음을 '주머니에서 내 마음이 꼼지락 거린다.'와 같이 재미있게 표현했습니다. 재미있는 표현,
새로운 표현, 인상적인 표현 등 시에 나타난 표현을 중심으로 감상한 것은 ②입니다.

1 이 글의 내용으로 알맞지 <u>않은</u> 것은 무엇인가요? (④)

세부
내용

① 존시가 폐렴에 걸려 자리에 누웠다. → 글의 첫 부분에서 알 수 있음.

② 수와 존시, 베어먼 씨는 같은 건물에 살고 있다. → 베어먼 씨는 일 층에, 수와 존시는 3층에 살고 있음.

③ 수는 베어먼 씨에게 그림의 모델을 부탁하려고 했다. → 베어먼 씨는 수에게 늙은 광부 모델을 해 줌.

④ 존시는 누가 담벼락에 잎을 그렸는지 끝내 알지 못했다.

⑤ 존시는 담쟁이덩굴의 잎과 자신의 운명이 같다고 생각했다. → 첫 번째 존시의 말에서 알 수 있음.

글의 끝부분에서 수는 존시에게 바람이 불어도 흔들리지 않는 잎은 베어먼 씨가 남겨 놓은 걸작이라고 말해 주었습니다.

2 '수'와 '베어먼 씨'가 창밖의 담쟁이덩굴을 살펴본 까닭은 무엇인가요? (④)

세부
내용

① 남아 있는 다섯 장의 잎을 그릴 방법을 찾아보려고

② 남아 있는 잎을 존시의 약으로 쓸 수 있을지 살펴보려고

③ 존시가 담쟁이덩굴의 잎이 남아 있는지 보고 와 달라고 말해서

④ 잎이 모두 떨어져 존시가 삶의 의지를 잃지 않을까 걱정되어서

⑤ 다섯 장의 잎이 모두 거센 바람을 견디고 남아 있다고 생각해서

수와 베어먼 씨는 담쟁이덩굴의 잎이 다 떨어지면 자신도 이 세상을 떠날 것이라는 존시의 생각을 알게 되었습니다. 그래서 거센 바람이 불자 잎이 모두 떨어져 존시가 삶의 의지를 잃을까 봐 걱정했습니다.

3 ㉠의 상황에 어울리는 한자 성어는 무엇인가요? (⑤)

어휘
어법

① 과유불급(過猶不及): 무엇이든 지나친 것은 좋지 않음.

② 우문현답(愚問賢答): 어리석은 질문에 대한 현명한 대답.

③ 살신성인(殺身成仁): 자기 자신을 희생하여 어진 행동을 함.

④ 외유내강(外柔內剛): 겉은 순하고 부드러워 보이지만 속은 곧고 굳셈.

⑤ 호언장담(豪言壯談): 어떤 목적을 이루겠다고 씩씩하고 자신 있게 하는 말.
　　　　　　　　　　　　└─ 흉내 낼 수 없는 걸작을 그릴 것이라고

40년 동안 그림을 그리고도 아무에게도 인정받지 못한 베어먼 씨가 술에 취하면 걸작을 그릴 것이라고 큰 소리치는 상황이므로, ⑤가 알맞습니다.

4 '존시'의 마음은 어떻게 바뀌었는지 알맞게 정리한 것은 무엇인가요? (⑤)

추론
하기

① 슬프고 화난 마음 → 두렵고 안타까운 마음

② 기쁘고 행복한 마음 → 불쌍하고 안타까운 마음

③ 용감하고 적극적인 마음 → 슬프고 절망적인 마음

④ 불쌍하고 안타까운 마음 → 기쁘고 다행스러운 마음

⑤ 소극적이고 절망적인 마음 → 적극적이고 희망찬 마음

처음에 존시는 자신과 담쟁이덩굴의 잎의 운명이 같다고 생각하는 소극적이고 절망적인 마음이었습니다. 그러나 휘몰아치던 비바람을 이겨 내고 용하게 남아 있는 잎 한 장을 보고 다시 살아야겠다는 적극적이고 희망찬 마음으로 바뀌었습니다.

5 이 글에 나타난 '베어먼 씨'의 성격으로 알맞은 것은 무엇인가요? (④)

추론
하기

① 겸손하고 조심성이 많다.

② 화를 잘 내고 인정이 없다.

③ 게으르고 남의 일에 관심이 없다.

④ 허풍이 심하지만 마음이 따뜻하다.

⑤ 남을 잘 헐뜯고 남에게 지는 것을 싫어한다.

베어먼 씨는 아무에게도 인정받지 못하는 화가이면서도 걸작을 그리겠다고 허풍을 떨었지만, 존시를 위해 비바람을 무릅쓰고 담벼락에 잎을 그린 따뜻한 마음을 지녔습니다.

6 이 글의 주제로 알맞은 것은 무엇인가요? (②)

주제
찾기

① 어린 시절의 아름다운 추억

② 따뜻한 인간애와 희망의 중요성

③ 예술가의 고달픈 삶과 창작의 어려움

④ 환자를 돌보는 가족들의 희생과 고통

⑤ 다양한 경험으로 얻을 수 있는 삶의 지혜

이 글은 존시를 위해 비바람을 무릅쓰고 담벼락에 잎을 그린 베어먼 씨를 통해 따뜻한 인간애를, 삶을 포기했던 존시가 마지막까지 남은 잎 한 장을 보고 삶의 희망을 가지면서 몸이 나아진 것을 통해 희망의 중요성을 보여 주고 있습니다.

┌─ 살고 싶다는 의지가 없으면 아무리 좋은 약도 효과가 없음.

7 ㈎ 부분과 [보기]에서 공통적으로 말하고자 하는 것은 무엇인가요? (②)

적용
창의

[보기]　　한 의사가 불치병을 앓고 있는 환자에게 특효약이 나왔다며 알약을 주었다. 하지만 이것은 아무런 효능이 없는 가짜 약이었다. 이 사실을 모르는 환자는 특효약이라는 믿음 하나로 꾸준히 알약을 복용하였고 실제로 불치병이 나을 수 있었다. 플라세보 효과 또 다른 환자에게는 '이것을 먹으면 머리가 아플 수 있습니다.'라고 말한 뒤 효능이 없는 가짜 약을 주었다. 놀랍게도 가짜 약을 복용한 환자는 두통을 호소하였다.　노시보 효과

→ 똑같은 가짜 약을 주었지만 믿음에 따라 증상이 다르게 나타남.

① 환자에게는 효능이 좋은 약을 주어야 한다. → 약의 효능보다 마음을 강조함.

② 마음가짐이나 믿음에 따라 상황이 달라질 수 있다.

③ 살고 싶다는 의지가 강할수록 약의 효능은 ~~떨어진다.~~ 높아진다.

④ 헛된 희망을 갖지 말고 현실을 똑바로 바라보아야 한다. → 가짜 약이 긍정적 결과를 내기도 함.

⑤ 삶에 대한 의지가 없는 사람에게 헛된 믿음을 주어서는 안 된다. → 베어먼 씨의 희생으로 존시가 살아남.

㈎ 부분은 살고 싶다는 의지가 없으면 아무리 좋은 약도 효과가 없다는 내용이고, [보기]는 똑같은 가짜 약을 주었지만 효과가 있을 것이라고 믿은 사람은 병이 나았고, 두통이 있을 것이라고 믿은 사람은 진짜 두통이 나타났다는 내용입니다. 이를 통해 마음가짐이나 믿음에 따라 상황이 달라질 수 있다는 것, 더 나아가 긍정적인 마음을 가져야 한다는 것을 알 수 있습니다.

1
세부
내용

이 글의 내용으로 알맞지 ~~않은~~ 것은 무엇인가요? (③)

① 하이디는 알프스 고원의 할아버지 집을 그리워한다. → 하이디는 향수병에 시달림.

② 사람들이 유령이라고 착각했던 것은 바로 하이디이다. → 하얀 잠옷을 입은 하이디를 유령이라고 생각함.

③ 하이디는 사람들을 놀라게 하려고 밤에 집 안을 돌아다녔다.

④ 제제만 씨의 의사 친구는 하이디를 집으로 돌려보내라고 하였다. → 하이디의 건강을 회복하기 위함.

⑤ 세바스티안과 요한은 로텐마이어에게 집 안에 유령이 나타났다고 보고하였다. → 눈으로 직접 확인한 뒤 보고함.

하이디의 행동으로 사람들이 놀라서 소란이 벌어졌습니다. 그런데 하이디는 자신의 의지와 상관 없이 몽유병을 앓고 있어서 밤마다 자기도 모르게 집 안을 돌아다녔습니다.

2
어휘
어법

㉠의 상황에 어울리는 속담을 [보기]에서 골라 기호를 쓰세요.

[보기] ㉮ 귀신이 곡할 노릇이다 → '어찌된 일인지 영문을 모를 정도로 뜻밖이다.'의 뜻

   ㉯ 개구리 올챙이 적 생각 못 한다

   ㉰ 서당 개 삼 년에 풍월을 읊는다

→ '어떤 분야에 지식이 전혀 없는 사람이라도 그 부문에 오래 있으면 지식과 경험을 갖게 된다.'의 뜻

(㉮)

제제만 씨네 집에 아침마다 현관문이 열려 있지만 없어진 물건도 없고 왜 열려 있는지 영문을 모르는 상황이므로 ㉮가 알맞습니다.

3
구조
알기

이 글에서 일이 일어난 차례대로 ㉮~㉺의 기호를 쓰세요.

㉮ 집으로 돌아온 제제만 씨가 의사 친구와 밤을 지새웠다. 3

㉯ 제제만 씨는 의사 친구의 말대로 하이디를 집으로 돌려보내기로 했다. 5

㉰ 로텐마이어가 제제만 씨에게 집 안에 유령이 나타났다는 편지를 보냈다. 2

㉱ 제제만 씨와 의사 친구는 맨발에 하얀 잠옷을 입고 서 있는 하이디를 발견했다. 4

㉲ 세바스티안과 요한이 왜 집 안에 이상한 일이 벌어지는지 알아보려고 밤을 지새웠다. 1

(㉲) → (㉰) → (㉮) → (㉱) → (㉯)

이 글에서 일이 일어난 차례는 다음과 같습니다. 세바스티안과 요한은 집 안에서 벌어지는 이상한 일을 알아보려고 밤을 지새우다 허연 것을 보았습니다(㉲). 이에 로텐마이어는 제제만 씨에게 유령이 나타났다고 편지를 보냈고(㉰), 집으로 돌아온 제제만 씨는 의사인 친구와 밤을 지새웁니다(㉮). 제제만 씨와 의사 친구는 하얀 잠옷을 입은 하이디를 발견했고(㉱), 하이디가 몽유병과 향수병을 앓고 있으므로 집으로 돌려보내기로 합니다(㉯).

4
추론
하기

㉡에서 짐작할 수 있는 것은 무엇인가요? (③)

① 제제만 씨는 유령을 무서워한다. → 의사 친구에게 세상에 유령이 어디 있느냐고 함.

② 제제만 씨는 바쁜 일을 모두 끝냈다.

③ 제제만 씨는 딸을 무척 아끼고 사랑한다.

④ 제제만 씨는 딸을 보고 싶어 하지 않는다.

⑤ 제제만 씨는 로텐마이어에게 화가 나 있다.

제제만 씨는 처음에는 바쁜 일 때문에 갈 수 없고 유령 이야기도 터무니없다고 했습니다. 그러나 유령 때문에 딸 클라라의 건강이 염려된다고 하자 이틀 만에 집으로 돌아왔습니다. 이로 보아 제제만 씨는 딸을 아끼고 사랑한다는 것을 짐작할 수 있습니다.

5 이 글의 전체 분위기로 가장 알맞은 것은 무엇인가요? (⑤)

추론
하기

① 정겹고 따뜻하다.

② 흥겹고 활기차다.

③ 조용하고 평화롭다.

④ 잔인하고 비극적이다.

⑤ 긴장되고 조마조마하다.

이야기의 시간적 배경이 주로 밤이고, 이유 없이 문이 열려 있고 유령이 나타난것으로 의심하는 상황이므로 긴장되고 조마조마한 분위기가 알맞습니다.

6 이 글에 대한 감상으로 알맞지 않은 것은 무엇인가요? (③)

감상
하기

① 유령 이야기를 해 주자 벌벌 떠는 것을 보니 클라라는 겁이 많은 아이야.

② 하이디는 몽유병에 걸려서 자신이 밤중에 돌아다니는 일을 알지 못하고 있네.

③ 유령을 직접 확인하려는 제제만 씨와 의사인 친구는 의심이 많은 사람들이야.

④ 하이디는 고향에 있는 꿈을 꾸면서 돌아다니다가 유령이라는 오해를 받았구나.

⑤ 글쓴이는 이 사건을 통해 고향을 그리워하는 하이디의 마음을 잘 보여 주고 있어.

제제만 씨는 의사인 친구와 함께 밤을 지새우며 유령의 존재를 확인하기로 합니다. 두 사람은 현관문 열리는 소리를 듣고 무서워하지 않고 달려가 유령이 하이디임을 확인합니다. 이로 보아 두 사람은 용감한 성격임을 알 수 있습니다. 따라서 ③은 이 글에 대한 감상으로 알맞지 않습니다.

7 [보기]의 ㉮와 같은 방법으로 이 글의 제목을 지을 때 가장 알맞은 것은 무엇인가요? (②)

적용
창의

[보기]　이야기의 제목은 다음과 같이 여러 가지 방법으로 지을 수 있다.

첫째, 특정한 배경이 이야기에서 중요한 역할을 한다면 지명을 활용하여 제목을 짓는다. (예) 한라산의 신비

㉮둘째, 이야기를 이끄는 중요한 사건이 있다면 이 중심 사건이 잘 나타나도록 제목을 짓는다. 이 글의 중심 사건은 집 안에 유령이 나타난 줄 알고 사람들이 놀란 일임.

셋째, 이야기에서 중심 역할을 하는 인물이나 특이한 인물이 있다면 인물의 이름이나 별명을 중심으로 제목을 짓는다. (예) 오성과 한음, 햄릿

넷째, 이야기의 주제를 잘 담고 있거나 새롭고 신선한 구절이 있다면 이 구절들을 활용하여 제목을 짓는다. (예) 소중한 친구

① 그리운 알프스 고원 → 중요한 지명을 활용해 지은 제목임.

② 제제만 씨네 유령 소동

③ 집에 돌아온 제제만 씨 → 이야기의 중심 인물은 아님.

④ 클라라와 하이디의 우정 ┐

⑤ 하이디의 마음을 알아주는 의사 선생님 ┘ → 이야기의 중심 인물을 중심으로 지은 제목임.

이 글의 중심 사건은 집 안에 유령이 나타난 줄 알고 사람들이 놀라고 제제만 씨까지 집으로 돌아온 것이므로, ②가 알맞습니다.